《我们深圳》文丛

首部全面记录深圳人文的非虚构图文丛书

《我们深圳》丛书，

因“我们”而起，为“深圳”而生。

这是一套“故园家底”丛书。

这是一套“城市英雄”丛书。

这是一套“蓝天绿地”丛书。

这是一套“都市精灵”丛书。

《我们深圳》，是你的！

特区舞裳

深圳服装潮流记

尹维颖/著

我们深圳

深圳报业集团出版社

FASHION SHENZHEN

brother

1996年，深圳影儿时装有限公司的早期研发车间

2000年前后，名模郭桦为服装品牌GROUND SHOW（阁兰秀）拍摄的宣传画报

2001年中国国际时装周，超模王敏压轴演绎由设计师梁子以“元”为主题的“天意”品牌2002春夏时装发布会。这一年，梁子获得全国服装设计师总排名、院校排名、商业排行榜3项第一

影儿时尚集团旗下品牌“恩裳INSUN”于2014年春夏推出“洗牌幻想”系列服饰。图为该系列设计手绘稿

2022年深圳时装周“正宫”品牌发布会上，时年76岁的品牌创始人陈灵梅身着新品登场

2014年深圳时装周，设计师谢海平以“云词”为主题的走秀现场

2016年深圳服装交易会上，近2万颗闪耀光芒的纽扣投射着20岁影儿的金色年华

创立于1997年的奔霓诗，是一家集女装、高定、针织、毛织等全品类为一体的服装企业。图为2017年奔霓诗新品展“蝶恋花”T台谢幕照

BENNIS
COSTUME
奔霓詩

被称为“秘境之地”的奇幻建筑——玛丝菲尔总部大厦，是集办公、酒店、秀场等多功能的创意园区（谢瑞航 供图）

“一体两面，敢于不同”，是深圳独立设计师品牌ANNAKIKI的品牌精神。图为该品牌2022年秋冬系列走秀作品

罗峥是深圳首位获得中国服装设计最高奖“金顶奖”的设计师。图为她创立的个人同名品牌“LUOZHENG”的形象宣传大片

2018年2月，设计师赵卉洲携品牌HUI第二次参加米兰时装周，用艺术展览的形式阐述当季主题“丝路 · 新生”

2018早春澳大利亚时装周，设计师朱威特与秀场模特合影

2021年，歌力思打造了中国时尚行业的第一个虚拟数字人——@飒ELISA，并正式入职成为该集团的首个数字员工和可持续时尚大使

2023年2月26日下午，深圳品牌HUI全新系列“木兰辞”于米兰时装周举行线下发布。HUI是米兰时装周的老面孔，第12次参加米兰时装周，系列作品中依然流露出具有强故事性的非遗色彩，聚焦女性，表达力量，交融东西之韵，展现东方美学的设计魅力。图为发布会现场走秀图

位于龙华大浪时尚小镇的艺之卉百年时尚博物馆，用馆内近万件藏品来展现近百年来中国时尚的生活方式，为20世纪中国服饰潮流打造了可观看、可触摸、可思考的空间。图为艺之卉百年时尚博物馆一角

德玺见萩官方形象片

祝愿《特区舞裳》助力深圳成为世界时尚之都

陈贤梅

2022.6.24

《特区舞裳》

舞出時尚特區

劳锦

二〇二二年八月五日

《特区舞裳》

让梦想飞扬！

罗峰

2022.6.24

特区舞裳

设计改变我们的生活，

让深圳这座城市更有温度

计文波

2022.7.2

《特区舞裳》舞裳世界！

王羽

2022.7.28

in Paris

《特区舞裳》

城市，因时尚而美！

王智森

2022.8.6

服装设计师寄语《特区舞裳》

039

总序

《我们深圳》?

是的。我们，而且深圳。

所谓“我们”，就是深圳人：长居深圳的人，暂居深圳的人，曾经在深圳生活的人，准备来深圳闯荡的人；是所有关注、关心、关爱深圳的人。

所谓“深圳”，就是我们脚下、眼前、心中的城市：是深圳市，也是深圳经济特区；是撤关以前的关内外，也是撤关以后的大特区；是1978年以来的改革热土，也是特区建立之前的南国边陲；是现实的深圳，也是过去的深圳、未来的深圳。

《我们深圳》丛书，因“我们”而起，为“深圳”而生。

这是一套“故园家底”丛书，它会告诉我们：深圳从哪里来，到哪里去，路边有何独特风景，地下有何文化遗存。我们曾经唱过什么歌，跳过什么舞，点过什么灯，吃过什么饭，住过什么房，做过什么梦……

这是一套“城市英雄”丛书，它将一一呈现：在深圳，为深圳，谁曾经披荆斩棘，谁曾经独立潮头，谁曾经大刀阔斧，谁曾经侠胆柔情，谁曾经出生入死，谁曾经隐姓埋名……

这是一套“蓝天绿地”丛书，它将带领我们遨游深圳天空，观测南来北往的鸟，领略聚散不定的云，呼叫千姿百态的花与树，触碰神出鬼没的兽与虫。当然，还要去海底寻珊瑚，去古村采异草，去离岛逗灵猴，去深巷听传奇……

这是一套“都市精灵”丛书，它会把美好引来，把未来引来。科技的、设计的、建筑的、文化的、创意的、艺术的……

这座城市，已经并且正在创造如此之多的奇迹与快乐，我们将召唤它们，吟诵它们，编织它们，期待它们次第登场，一一重现。

这套书，是都市的，是时代的。

是注重图文的，是讲究品质的。

是故事的，是好读的，是可爱的，是美妙的。

是用来激活记忆的，是拿来珍藏岁月的。

《我们深圳》，是你的！

胡洪侠

2016年9月4日

序言

在尹维颖女士所撰写的《特区舞裳：深圳服装潮流记》一书即将脱稿之际，她邀请我为该书作序。我自然没有推脱的理由，一是她作为媒体界的资深人士，一直奔波在新闻一线为推介和传播深圳时尚产业而努力工作，贡献非凡。二是我作为深圳大学时尚设计教育的拓荒者，始终坚持把深圳的高等设计教育与地方产业密切结合的教育理念，致力于为深圳时尚产业培养和输送设计人才，这样才能使深圳的高等设计教育与城市和行业共成长。从这一视角来看，我们都是深圳时尚产业发展的参与者和见证者，在过往的交集中相识相知。再者，她对深圳的时尚设计教育，尤其对深圳大学艺术设计学院的工作给予了很大的帮助和支持，自然我们便成了好朋友，朋友之托必为之。

深圳是一座充满朝气和活力的年轻城市，在短短不到半个世纪的时间里，从一座落后的边陲小镇蜕变成具有全球影响力的国际化大都市，无论从建设速度、质量，还是产业和成效上都创造了人类城市建设历史上的辉煌。其中，深圳时尚产业的发展和所创造的成就，作为这一城市发展极具代表性的缩影，可以映射出中国改革开放所带来经济发展腾飞的史实。

本书作者尹维颖女士从她所熟悉并具有代表性的深圳时尚行业入手，通过采访深圳市、区政府职能部门，各相关协会，著名服装品牌经营者、顶级设计师、专家学者、媒体人、模特、“Z世代”独立设计师、时尚买手等深圳时尚的创造者、见证者、参与者而形成的鲜活手记，从宏观层面描述了该行业发展的四个阶段：一、起步于外向型“三来一补”“纯来料加工”的产业。二、逐步建立自创品牌，自主开发国内外市场并逐步完善从原材料、产品生产、品牌传播到产品销售的全产业链建设。三、以创新驱动设计开发产品来带动产业转型升级。四、以主动融入世界，走上国内和国际时尚中心舞台，彰显中国·深圳时尚话语，倡导新生活方式，引领时尚潮流。本书详尽地分析了深圳时尚产业近40年来由农民工集聚，到星罗棋布的初创者企业、品牌运营者带来名牌矩阵的形成，再到注重创新、打造名师工程、营造适应设计师队伍人才聚集的生态环境，吸引来自全球众多时尚设计师人才进驻的从业人员结构变化。近40年来，影儿时尚集团、赢家服饰集团、歌力思和玛丝菲尔这些在深圳本土诞生的四大时尚品牌帝国，先后成为行业中的翘楚，自20世纪90年代起便成为中国时尚品牌的领军者。而赢家服饰集团和歌力思公司在资本市场上市，成功完成了由商业经营到资本运作的转型，揭示了深圳时尚品牌成长的不同模式。

近5年里由中国服装设计师协会主办的中国国际时装周上评选出的50位“中国十佳服装设计师”中，出自深圳或者入驻深圳的竟有22位，几乎占据了半壁江山。特别值得一提的是，问鼎中国时装设计最高奖“金顶奖”的深圳设计师有梁子（天意）、罗峥（欧柏兰奴）、赵卉洲（艺之卉），而著名设计师刘勇更是两次夺得“金顶奖”，这一傲人成绩在中国任何一个城市都是绝无仅有的。由该批设计师精英构成的时尚创新设计群体，必然成为深圳原创设计的“急先锋”。

本书聚焦近些年来服装产业获得成功的典型事例，记述了深圳服装产业发展变迁的史实，揭示了深圳成功从一个生产型城市向创新型城市转变的发展历程。尹维颖女士所著的《特区舞裳：深圳服装潮流记》就是从时尚领域来记录和实证这段历史。为一个建市40来年的都市及其传统优势行业著史，远比述说那些具有成百上千年悠久历史的城市故事要单薄得多。好在无论城市历史和行业发展时间的长短，中国时尚产业和时尚文化是随着改革开放，在步入全球化的进程中吸收了现代西方商业文化。在现代商业文明环境下所催生出的时尚文化，即不同于农业文明环境中的部族文化带有纯粹的精神性，时尚文化有着将精神与物质、产品与商业、科学与技术、审美与生活有机融合的特征，因此它在域的概念上超越了族性，具有反映当下性和时代的特征。时尚文化是一种新的文化形式，在现代社会更易被传播和接受，更易产生经济价值。当然，任何一种文化的发展都有延续性，传统的部族文化往往被隐喻在现代时尚文化之中。因此，从现代时尚文化的视角来看，深圳作为中国改革开放和实施市场经济的实验特区，可能起步还要早于内地的其他城市。

作者的选题、着眼点，以及媒体人具有的敏锐性和所拥有的一手资料，加上女性特有的轻松而时尚的笔调，让她顺利地完成了这一具有非凡意义的撰写工作。该书的完成及其理论文本的建设，会让深圳这座行胜于言的城市以及时尚产业变得逐步丰裕和厚重起来。我欣喜地看到尹维颖女士撰写的《特区舞裳：深圳服装潮流记》一书完稿，它可成为深圳这座城市的时尚行业发展史录，更具有填补空白的意义，故以此为序并为她喝彩。

吴洪 博士

深圳大学艺术设计学院前院长、博士生导师

中国美术家协会服装设计艺术委员会主任

中国文化艺术发展促进会传统服饰文化专业委员会主任

中国服装设计师协会副主席

深圳市服装设计协会主席

2022年7月

目录
CONTENTS

序章

第一章

潮流风起

第二章

时尚“弄潮儿”

第三章

品牌帝国

字而被记住的一位知识女性。时光如此神奇。2000年大学毕业后，我做的第一份工作，就是在报社担任时尚记者。在
里写着“生命是一袭华美的袍”，在《童言无忌》中写着“对于不会说话的人，衣服是一种言语
时候，也是一往情深的”……张爱玲用辛辣机智俏皮的文字来讲服装背后的时代变化、
容评语），是中国古代丝绸和服饰研究领域的开山之作。不知道生于20世纪70年代的艺之卉时尚集团创始
友，让世界看到中国的时尚力量，看到千百年来，美在服装
设宴招待各国驻华公使夫人。她拣了一件
国的大门被打开，人民正在逐渐接受来自西方的新时尚理念，中国的时尚也开始踩
记》写下了文学意义的中国时装史，而建市仅40多年
让读者的目光在此聚焦，看看中国时尚的缘起，也看看特区40多年的服装潮流，在
衣物，了解彼时皇室与民间的生活方式与服饰潮流；1912—19
进入中国风靡一时，为中国蓝黑灰注入了新鲜血液。60年代的“海魂衫
可以称为“时尚”。这一百年，是中国社会文化与经
建市，1980年被正式确定为经济特区。那么，特区的服饰潮流之
大都市的时尚秘密。站在
帝国”。我从深圳市服装行业协会和媒体看到的官方报道是：深圳
公司数量第一、品牌数量第一、市场
龄的，在此之前，我们看到的深圳人的服
饰，大概在这座城市如今的南头古城、大
时期得到了较全面的充分的传承、发展，创造了以简
年时尚大潮共融，在80年代的“港风”浪潮，形成集体共舞的姿
路，在他的记忆里，当时的衣服就“两个口袋”“三个颜色”
彼时，深圳服装以外贸出口为主，40多万从业人员为10
企业和艺之卉、天意、欧柏兰奴等一大批国内外知名原创
想象过去的世界，这么迁缓，安
心中多少是充满羡慕的。20世纪90年代
之曲。这一刻，张爱玲与衣服有关的字句再次冒了出来
我们各人住在各人的衣服里
事、经济、文化、民俗、哲学、伦理等
“艺之卉”既是东方的，又是国际的；既
实物在深圳服装潮流上的奇妙
体，电影
可思考的空间，这是深圳服装行业中，令人尊敬的
道来的故事，也有与故事同步的
晚清皇室时尚与民族非遗服饰，让观众用可近距离观看
看见1956年苏联式女服“布拉吉”（俄语“连衣裙”的译音）进入中国风靡一时，为
体时尚记忆。上述种种，让20世纪的时尚才有“史”可论，才可以称为
言却有力地诉说着有关中国时尚的一切风云及秘密。深圳1979年建
历史印痕，它们共处一室，诉说着深圳这个
落地分布于大浪时尚小镇的各处，共
10家上市企业。深圳在中国服装业具有四个“第一”，
中最多的是客家人。所以，深圳的服装潮流是
在还能常在深圳的老村、海边见到，20世纪80
化艺术元素为基础变化发展而来的文化艺
己服饰文化的同时，也随着时代浪潮的冲击，与
港）有限公司董事长刘起棠靠着72把大剪刀开启了深圳
20世纪80年代初期深圳1000多家服装企业家中有
国处于领军地位，涌现出玛丝菲尔、影儿、赢家、歌
清皇室时尚与民族非遗服饰，让观众用可近距离观看的衣物，
1956年苏联式女服“布拉吉”（俄语“连衣裙”的译音）进入中国风靡
尚记忆。上述种种，让20世纪的时尚才有“史”可论，才可以称为“时尚”
有力地诉说着有关中国时尚的一切风云及秘密。深圳1979年建
印痕，它们共处一室，诉说着深圳这个仅有42年历史的国际大都市的时尚秘密。站
地分布于大浪时尚小镇的各处，共同成就了深圳的时尚“新帝国”。我从深圳市服装行业

第四章
设计之“顶”

第五章
时尚新生代

第六章
时尚对话

字而被记住的一位知识女性。时光如此神奇。2000年大学毕业后，我做的第一份工作，就是在报社担任时尚记者。在毕业22年后的夏天，我要写的这本书，是与时尚有关的《特区舞裳》

里写着“生命是一袭华美的袍”，在《童言无忌》中写着“对于不会说话的人，衣服是一种言语，随身带着的一种袖珍戏剧”。她说，“衣裳让我快乐，这份快乐是别人无法理解的”。

时候，也是一往情深的”……张爱玲用辛辣机智俏皮的文字来讲服装背后的时代变化、民意的洪流、社会心理的变化，是立体的、风趣的、充满想象力的时尚观察与点评。但首版于1981

蓉评语），是中国古代丝绸和服饰研究领域的开山之作。不知道生于20世纪70年代的艺之卉时尚集团创始人兼首席设计师赵卉洲在成长期有没有受张爱玲和沈从文的影响，但我觉得这位

发，让世界看到中国的时尚力量，看到千百年来，美在服装上的沿袭与生长，看到经济、社会、世俗生活、各地风情自然而然地在服装上开出了花。荣获“深圳经济特区建立40周年创新

设宴招待各国驻华公使夫人。她拣了一件最华贵的朝袍，是用孔雀翠羽织成的，上面绣着凤凰，每只凤凰嘴上挂着一串二寸长的珠璎珞，慈禧一动，这些珠璎珞就前后摇摆起来，放出灿

国的大门被打开，人民正在逐渐接受来自西方的新时尚理念，中国的时尚也开始踩上了西方时尚的尾巴。”2022年5月19日，在位于龙华大浪时尚小镇的艺之卉百年时尚博物馆内，讲解员

记》写下了文学意义的中国时装史，而建市仅40多年的深圳，却用百年时尚博物馆这样一个实体空间，用馆藏近万件藏品来展现近百年来中国时尚生活方式。我徜徉于此，让文学、历史

让读者的目光在此聚焦，看看中国时尚的缘起，也看看特区40多年的服装潮流，在这里找到有迹可循的源头。然后，成为一直闪耀的支流，汩汩地汇入时尚的大江大海。

物，了解彼时皇室与民间的生活方式与服饰潮流；1912—1949年的民国服饰，因“西服东渐”而呈现出中西交融的独特时尚风潮；1949年新中国成立后，实用和简朴成为服饰的主流。在

进入中国风靡一时，为中国蓝黑灰注入了新鲜血液。60年代的“海魂衫”是一股强劲的风潮，70年代的绿军装火了很久，80年代末DISCO（迪斯科）文化影响下的垫肩、蛤蟆镜、蝙蝠衫

可以称为“时尚”。 这一百年，是中国社会文化与经济生活变迁最为迅速的时代，而服饰潮流与之密不可分地连接在一起。穿越百年时光，时装潮流因时代留下来的一件又一件珍贵的实

建市，1980年被正式确定为经济特区。那么，特区的服饰潮流之风，从哪里吹来？风会“潮”向何处呢？当我把目光从近景改为远景，从百年时尚博物馆走出来，看到深圳服装名牌艺之

大都市的时尚秘密。站在艺之卉美术馆二楼的天台上，可以俯瞰其产业园浓郁的现代风，更可以看到紧邻的深圳服装名牌玛丝菲尔的新地标建筑，这里已然成为大浪时尚小镇的潮流打卡

帝国”。我从深圳市服装行业协会和媒体看到的官方报道是：深圳已连续五次跻身全球六大时尚之都，目前已汇聚了全国70%的高端女装品牌，形成了中国女装的“深圳军团”，深圳有25

公司数量第一、品牌数量第一、市场占有率第一、销售额第一。这是深圳服装的赫赫成绩单。那么，在特区成立之前，你如果在深圳，可能看到的就是另一个景象。东晋时期设立的广州

岭的，在此之前，我们看到的深圳人的服装潮流，大约是由客家人引领的，客家服饰就是客家文化的载体和象征。今时今日的深圳人，喜欢周末去甘坑客家小镇，那里刻满时光印痕的大

饰，大概在这座城市如今的南头古城、大鹏所城、渔民村等处还可看到。“上穿大襟衫，下着大裆裤”是客家人最常见的衣着打扮，“衫”指上衣，“裤”指下衣。相关史料记载，“唐

时期得到了较全面的充分的传承、发展，创造了以简洁大方、舒适耐磨的客家服饰。”比如，民国时期，男子侧襟衫逐渐淘汰，开始穿长衫马褂，之后知识青年开始穿中山装。而妇女一

年时尚大潮共融，在80年代的“港风”浪潮，形成集体共舞的姿态。时尚的流变就是如此奇妙。在特区建立之后，全国各地的移民纷纷抵达深圳，带着各自的成长经历、城市记忆、生活

路，在他的记忆里，当时的衣服就“两个口袋”“三个颜色”，没有时尚可言。1980年，就把在香港做服装的经验拿到深圳，他接受媒体采访时说：“我记得当初我们在莲塘一块钱一平

彼时，深圳服装以外贸出口为主，40多万从业人员为100多个国际品牌进行“三来一补”和“贴牌生产”。靠着加工出口，深圳拥有当时国内较先进的生产设备和较高的加工水平，逐渐形

企业和艺之卉、天意、欧柏兰奴等一大批国内外知名原创设计师品牌及产业链集群。有媒体评论指出：“40年里，有许多时装品牌在这里扎根、成长，走向国际。40年的深圳服装史，是

想象过去的世界，这么迁缓，安静，齐整——在清王朝三百年的统治下，女人竟没有什么时装可言！一代又一代的人穿着同样的衣服而不觉得厌烦。”张爱玲的《更衣记》是在大学时代

心中多少是充满羡慕的。20世纪90年代后期，她是人群中能够因为“时尚”二字而被记住的一位知识女性。时光如此神奇。2000年大学毕业后，我做的第一份工作，就是在报社担任时尚

然之曲。这一刻，张爱玲与衣服有关的字句再次冒了出来。她在《我的天才梦》里写着“生命是一袭华美的袍”，在《童言无忌》中写着“对于不会说话的人，衣服是一种言语，随身带着

我们各人住在各人的衣服里”“再没心肝的女人，说起她去年那件织锦夹袍的时候，也是一往情深的”……张爱玲用辛辣机智俏皮的文字来讲服装背后的时代变化、民意的洪流、社会心

军事、经济、文化、民俗、哲学、伦理等诸多变迁之轨迹联系起来”（学者王亚蓉评语），是中国古代丝绸和服饰研究领域的开山之作。不知道生于20世纪70年代的艺之卉时尚集团创始人

“艺之卉”既是东方的，又是国际的；既是中国的，又是世界的。她从深圳出发，让世界看到中国的时尚力量，看到千百年来，美在服装上的沿袭与生长，看到经济、社会、世俗生活、

与实物在深圳服装潮流上的奇妙连接。“光绪二十九年（1903年）四月间，慈禧设宴招待各国驻华公使夫人。她拣了一件最华贵的朝袍，是用孔雀翠羽织成的，上面绣着凤凰，每只凤凰嘴

群体，电影《黄飞鸿》里的十三姨就是留洋回来的。全球化的脚步迈进中国，中国的大门被打开，人民正在逐渐接受来自西方的新时尚理念，中国的时尚也开始踩上了西方时尚的尾巴。”

可思考的空间，这是深圳服装行业中，令人尊敬的一个创举。张爱玲用《更衣记》写下了文学意义的中国时装史，而建市仅40多年的深圳，却用百年时尚博物馆这样一个实体空间，用馆

尾道来的故事，也有与故事同步的世事、生活及时尚的温度。我摘录下部分字句，让读者的目光在此聚焦，看看中国时尚的缘起，也看看特区40多年的服装潮流，在这里找到有迹可循的源

晚清皇室时尚与民族非遗服饰，让观众用可近距离观看的衣物，了解彼时皇室与民间的生活方式与服饰潮流；1912—1949年的民国服饰，因“西服东渐”而呈现出中西交融的独特时尚风潮

看见1956年苏联式女服“布拉吉”（俄语“连衣裙”的译音）进入中国风靡一时，为中国蓝黑灰注入了新鲜血液。60年代的“海魂衫”是一股强劲的风潮，70年代的绿军装火了很久，80

集体时尚记忆。上述种种，让20世纪的时尚才有“史”可论，才可以称为“时尚”。 这一百年，是中国社会文化与经济生活变迁最为迅速的时代，而服饰潮流与之密不可分地连接在一起。

言却有力地诉说着有关中国时尚的一切风云及秘密。深圳1979年建市，1980年被正式确定为经济特区。那么，特区的服饰潮流之风，从哪里吹来？风会“潮”向何处呢？当我把目光从近景

历史印痕，它们共处一室，诉说着深圳这个仅有42年历史的国际大都市的时尚秘密。站在艺之卉美术馆二楼的天台上，可以俯瞰其产业园浓郁的现代风，更可以看到紧邻的深圳服装名牌玛

错落地分布于大浪时尚小镇的各处，共同成就了深圳的时尚“新帝国”。我从深圳市服装行业协会和媒体看到的官方报道是：深圳已连续五次跻身全球六大时尚之都，目前已汇聚了全国70%

10家上市企业。深圳在中国服装业具有四个“第一”，即上市公司数量第一、品牌数量第一、市场占有率第一、销售额第一。这是深圳服装的赫赫成绩单。那么，在特区成立之前，你如

中最多的是客家人。所以，深圳的服装潮流是以1980年作为分水岭的，在此之前，我们看到的深圳人的服装潮流，大约是由客家人引领的，客家服饰就是客家文化的载体和象征。今时今日

现在还能常在深圳的老村、海边见到，20世纪80年代之前的客家服饰，大概在这座城市如今的南头古城、大鹏所城、渔民村等处还可看到。“上穿大襟衫，下着大裆裤”是客家人最常见的

化艺术元素为基础变化发展而来的文化艺术形式，客家服饰也在这时期得到了较全面的充分的传承、发展，创造了以简洁大方、舒适耐磨的客家服饰。”比如，民国时期，男子侧襟衫逐渐

己服饰文化的同时，也随着时代浪潮的冲击，与前面提到的中国百年时尚大潮共融，在80年代的“港风”浪潮，形成集体共舞的姿态。时尚的流变就是如此奇妙。在特区建立之后，全国各

港）有限公司董事长刘起棠靠着72把大剪刀开启了深圳的创业之路，在他的记忆里，当时的衣服就“两个口袋”“三个颜色”，没有时尚可言。1980年，就把在香港做服装的经验拿到深圳

20世纪80年代初期深圳1000多家服装企业家中有代表性的一位，彼时，深圳服装以外贸出口为主，40多万从业人员为100多个国际品牌进行“三来一补”和“贴牌生产”。靠着加工出口，深

国处于领军地位，涌现出玛丝菲尔、影儿、赢家、歌力思等头部企业和艺之卉、天意、欧柏兰奴等一大批国内外知名原创设计师品牌及产业链集群。有媒体评论指出：“40年里，有许多时

晚清皇室时尚与民族非遗服饰，让观众用可近距离观看的衣物，了解彼时皇室与民间的生活方式与服饰潮流；1912—1949年的民国服饰，因“西服东渐”而呈现出中西交融的独特时尚风潮；

1956年苏联式女服“布拉吉”（俄语“连衣裙”的译音）进入中国风靡一时，为中国蓝黑灰注入了新鲜血液。60年代的“海魂衫”是一股强劲的风潮，70年代的绿军装火了很久，80年代末

时尚记忆。上述种种，让20世纪的时尚才有“史”可论，才可以称为“时尚”。 这一百年，是中国社会文化与经济生活变迁最为迅速的时代，而服饰潮流与之密不可分地连接在一起。穿越

却有力地诉说着有关中国时尚的一切风云及秘密。深圳1979年建市，1980年被正式确定为经济特区。那么，特区的服饰潮流之风，从哪里吹来？风会“潮”向何处呢？当我把目光从近景改为

印痕，它们共处一室，诉说着深圳这个仅有42年历史的国际大都市的时尚秘密。站在艺之卉美术馆二楼的天台上，可以俯瞰其产业园浓郁的现代风，更可以看到紧邻的深圳服装名牌玛丝菲

地分布于大浪时尚小镇的各处，共同成就了深圳的时尚“新帝国”。我从深圳市服装行业协会和媒体看到的官方报道是：深圳已连续五次跻身全球六大时尚之都，目前已汇聚了全国70%的高

上市企业。深圳在中国服装业具有四个“第一”，即上市公司数量第一、品牌数量第一、市场占有率第一、销售额第一。这是深圳服装的赫赫成绩单。那么，在特区成立之前，你如果在深圳

序章

百年时尚之下，深圳女装 40 年

1

“回忆这东西若是有气味的话，那就是樟脑的香，甜而稳妥，像记得分明的快乐，甜而怅惘，像忘却了的忧愁。我们不大能够想象过去的世界，这么迂缓，安静，齐整——在满清三百年的统治下，女人竟没有什么时装可言！一代又一代的人穿着同样的衣服而不觉得厌烦。”[1]

1. 初载1943年12月《古今》第36期，收入《留言》。

张爱玲的《更衣记》是在大学时代读的，记得那时候每个周末在学校小操场看电影，总能遇到一位装扮充满个性的大学女老师，我和同学常在杂志上看到她写的散文，也常常会觉得她是生活中如张爱玲般穿衣“惊世骇俗”之人，如今回忆起来，心中多少是充满羡慕的。20世纪90年代后期，她是人群中能够因为“时尚”二字而被记住的一位知识女性。

时光如此神奇。2000年大学毕业后，我做的第一份工作，就是在报社担任时尚记者。在毕业22年后的夏天，我要写的这本书，是与时尚有关的。2022年6月11日下午，窗外淅淅沥沥地下着雨，雨水在南方疯长的植物叶子上，噼噼啪啪地发出声响，这是让人安心的有节奏的自然之曲。这一刻，张爱玲那些与衣服有关的字句再次冒了出来。

她在《天才梦》里写着“生命是一袭华美的袍”，在《童言无忌》中写着“对于不会说话的人，衣服是一种言语，随身带着的一种袖珍戏剧”。她说，“衣裳让我快乐，这份快乐是别人无法理解的”。她穿着自己设计的不跟风不流俗的衣服，表达着自己对服装的热爱，呈现着自己独一无二的气质。我喜欢这样让人共鸣的字句：“我们各人住在各人的衣服里”“再没有心肝的女子，说起她‘去年那件织锦缎夹袍’的时候，也是一往情深的”……

张爱玲用辛辣、机智、俏皮的文字来讲述服装背后的时代变化、民意的洪流、社会心理的变化，是立体的、风趣的、充满想象力的时尚观察与点评。而首版于1981年，由沈从文先生所著的《中国古代服饰研究》，是一部扎扎实实的厚重之书，用图文形式“以服饰为线将中国古代各时期的政治、军事、经济、文化、民俗、哲学、伦理等诸多风云变迁之轨迹联系起来”（学者王亚蓉评语），是中国古代丝绸和服饰研究领域的开山之作。

不知道生于20世纪70年代的艺之卉时尚集团创始人兼首席设计师赵卉洲在成长期有没有受张爱玲和沈从文的影响，但我觉得这位特区代表性的设计师，在1997年创立品牌的时候，让自己的服装在外在美和内在气质上，打上了独一无二的东方印记。赵卉洲和她的“艺之卉”既是东方的，又是国际的；既是中国的，又是世界的。她从深圳出发，让世界看到中国的时尚力量，看到千百年来，美在服装上的沿袭与生长，看到经济、社会、世俗生活、各地风情自然而然地在服装上开出了花。荣获“深圳经济特区建立40周年创新创业人物和先进模范人物”称号的赵卉洲，不仅用“艺之卉”这个深圳品牌，更用一座百年时尚博物馆，让人们感受到文学、历史与实物在深圳服装潮流上的奇妙联结。

2

“光绪二十九年（1903年）四月间，慈禧设宴招待各国驻华公使夫人。她拣了一件最华贵的朝袍，是用孔雀翠羽织成的，上面绣着凤凰，每只凤凰嘴上挂着一串二寸长的珠璎珞，慈禧一动，这些珠璎珞就前后摇摆起来，放出灿烂的光芒。”

"晚清西风东渐，女性服饰也受到影响。矮领变高领，宽松变紧身，逐渐性感起来。留洋女性是最先接受西方服饰的群体，电影《黄飞鸿》里的十三姨就是留洋回来的。全球化的脚步迈进中国，中国的大门被打开，人民正在逐渐接受来自西方的新时尚理念。"

……

2022年5月19日，在位于龙华大浪时尚小镇的艺之卉百年时尚博物馆内，讲解员正在认真地为我分享中国百年时尚之路。这个由赵卉洲和董事长周胜筹建的博物馆，为20世纪的中国服饰潮流打造了可看、可触摸、可思考的空间，这是深圳服装行业中，令人尊敬的一个创举。

张爱玲用《更衣记》写下了文学意义的中国时装史，而建市仅40多年的深圳，却用百年时尚博物馆这样一个实体空间，用馆内近万件藏品来展现近百年来中国时尚生活方式。我徜徉于此，让文学、历史、文化在这一刻交汇，感受到一座城市的时尚潮流在地理坐标和空间坐标以及历史坐标上有了交汇。

讲解员严谨的讲述背后，有娓娓道来的故事，也有与故事同步的世事、生活及时尚的温度。我摘录下部分字句，让读者的目光在此聚焦，看看中国时尚的缘起，也看看特区40多年的服装潮流，在这里找到有迹可循的源头。然后，成为闪耀的支流，汩汩地汇入时尚的大江大海。

时尚的流变，与时代的变迁共舞，为岁月留下痕迹。同时，更在不同的地理意义上，刻下属于自己的记号。在百年时尚博物馆内，1840—1912年的晚清皇室时尚与民族非遗服饰，让观众以近距离观看的方式，了解彼时皇室与民间的生活方式与服饰潮流；1912—1949年的民国服饰，因“西服东渐”而呈现出中西交融的独特时尚风潮；1949年新中国成立后，实用和简朴成为服饰的主流。在博物馆内，我们看见以蓝色、黑色、灰色作为主流色的二十世纪五六十年代的服装风潮，看见鸭舌帽、列宁装、工装裤等布尔什维克的苏式衣装大热，看见1956年苏联式女服“布拉吉”（俄语“连衣裙”的译音）进入中国风靡一时，为中国“蓝黑灰”注入了新鲜血液。20世纪60年代的“海魂衫”是一股强劲的风潮，70年代的绿军装火了很久，80年代末Disco（迪斯科）文化影响下的垫肩、蛤蟆镜、蝙蝠衫、喇叭裤、大耳环等盛极一时，走在潮流前列的明星、主持人乃至大城市的时髦青年，将这一潮流轰轰烈烈地推至全国上下，至今已然是不少人的集体时尚记忆。

上述种种，让20世纪的时尚才有“史”可论，才可以称为“时尚”。这一百年，是中国社会文化与经济生活变迁最为迅速的时代，而服饰潮流与之密不可分地连接在一起。穿越百年时光，时装潮流因时代留下来的一件又一件珍贵的实物，让这些曾经的时尚有了“证据”。

赵卉洲和她的百年时尚博物馆，用一个小小的切口，让馆内的藏品都承载着时尚史的历史的印记，旧物是有感情的，无言却有力地诉说着有关中国时尚的风云及秘密。

3

深圳1979年建市，1980年被正式确定为经济特区。那么，特区的服饰潮流之风，从哪里吹来？风又会“潮”向何处呢？

当我把视野从近景改为远景，从百年时尚博物馆走出来，看到深圳服装名牌艺之卉新的办公空间，视觉上顿感自由与开阔，古老与现代的元素在这里碰撞，石雕、有岁月痕迹的画作、充满色彩的衣服在细节处点缀着百年时尚的历史印痕，它们共处一室，诉说着深圳这个仅有40多年历史的国际大都市的时尚秘密。站在艺之卉美术馆二楼的天台上，可以俯瞰感受其产业园浓郁的现代风，更可以看到紧邻的深圳服装名牌玛丝菲尔的新地标建筑，这里已然成为大浪时尚小镇的潮流“打卡点”。

再往远处看，深圳服装头部企业如歌力思、影儿时尚集团、赢家等汇集于此，庞大的产业园区内，代表着品牌气质与潮流走向的店铺，错落地分布于大浪时尚小镇的各处，共同成就了深圳的时尚“新帝国”。我从深圳市服装行业协会了解到的数据和从媒体看到的官方报道：深圳已连续五次跻身全球六大时尚之都，目前已汇聚了全国70%的高端女装品牌，形成了中国女装的“深圳军团”，深圳有2500多家服装企业，90%以上是自有品牌，30万名从业人员，2万名服装设计师。2021年，深圳服装业实现销售额近2700亿元人民币，出口近百亿美元，有近10家上市企业。深圳在中国服装业具有四个“第一”，即上市公司数量第一、品牌数量第一、市场占有率第一、销售额第一。

这是深圳服装行业的赫赫成绩单。那么，在特区建立之前，你如果在深圳，可能看到的就是另一个景象。东晋时期设立的广州府宝安县，是深圳的前身，也就在今日的南头古城，所以，深圳的城市史至今约1700年。千百年来，这里居住的有广府、福佬、疍家和客家人，其中最多的是客家人。所以，深圳的服装潮流是以1980年作为分水岭的，在此之前，我们看到的深圳人的服装潮流，大概是由客家人引领的，客家服饰就是客家文化的载体和象征。今时今日的深圳人，喜欢周末去甘坑客家小镇，那里刻满时光印痕的大树、河流与房子，以及居住于此的人及其身上穿的千百年传承下来的服饰，会让深圳人找到城市文化与特区潮流的源头。

客家凉帽（凉笠）现在还能常在深圳的老村、海边见到，20世纪80年代之前的客家服饰，如今在这座城市的南头古城、大鹏所城、渔民村等处还可看到。“上穿大襟衫，下着大裆裤”是客家人最常见的衣着打扮，“衫”指上衣，“裤”指下衣。相关史料记载，“唐末及两宋时期由于中原战乱，南迁的客家先民把优秀的中原文化艺术、人情风俗带到了赣闽粤，并与土著风情文化不断交融，形成了由中原文化艺术元素为基础变化发展而来的文化艺术形式，客家服饰也在这时期得到了较全面的充分的传承、发展，创造了简洁大方、舒适耐磨的客家服饰。”比如，民国时期，男子侧襟衫逐渐淘汰，开始穿长衫马褂，之后知识青年开始穿中山装。而妇女一般穿侧襟衫，部分读书女性改穿旗袍或蓝衣黑裙……服饰的确像活化石一样反映着特定社会的政治、经济、宗教、文化和民俗，客家人在保留自己服饰文化的同时，也随着时代浪潮的冲击，与前面提到的中国百年时尚大潮，与20世纪80年代的“港风”浪潮，形成集体共舞的姿态。

时尚的流变就是如此奇妙。在特区建立之后，全国各地的移民纷纷抵达深圳，带着各自的成长经历、城市记忆、生活方式、审美养成等，为这座城市的时尚贡献了多姿多彩的潮流元素。深圳第一家服装厂坐落于罗湖的渔民村，原籍广东佛山的花田纺织时装（香港）有限公司董事长刘起棠靠着72把大剪刀开启了深圳的创业之路，在他的记忆里，当时的衣服就“两个口袋”“三个颜色”，没有时尚可言。1980年，他就把在香港做服装的经验拿到深圳，在接受媒体采访时说：“我记得当初我们在莲塘一块钱一平方一个月，人工也便宜，所以就很有吸引力。当时我们完全是做来自英国、法国、德国等欧洲的订单，后来发现中国才是最大的市场。”

刘起棠是20世纪80年代初期深圳1000多家服装企业中有代表性的一位企业家，彼时，深圳服装以外贸出口为主，40多万从业人员为100多个国际品牌进行“三来一补”和“贴牌生产”。靠着加工出口，深圳拥有当时国内较先进的生产设备和较高的加工水平，逐渐形成成熟的产业基础。从90年代开始，深圳本土品牌陆续崛起，天南海北的时尚追梦人抵达这里，让梦想持续开花。此后30多年，深圳女装已然在全国处于领军地位，涌现出玛丝菲尔、影儿、赢家、歌力思等头部企业和艺之卉、天意、欧柏兰奴等一大批国内外知名原创设计师品牌及产业链集群。有媒体评论指出："40年里，有许多时装品牌在这里扎根、成长，走向国际。40年的深圳服装史，是中国时尚的觉醒史，也是中国时尚从来料加工到文化自信的生动浓缩和鲜活表达。"

4

2021年冬天，我以大浪时尚小镇作为一个地理意义上的坐标，从这里出发，以追访深圳时尚缔造者及其背后故事的方式，追溯深圳服装潮流的缘起与走过的路。

连续半年来，我采访了深圳服装行业各个领域的领军人物，包括元老级的深圳市服装行业协会前会长沈永芳，深圳女装品牌"大咖"——影儿时尚集团的创始人周璀琼、歌力思的老总夏国新、赢家的陈灵梅，中国时装设计最高奖"金顶奖"得主刘勇、罗峥、梁子、赵卉洲，他们不仅是中国顶级设计师，而且多次在世界舞台上展示中国时尚力量。同时，梁子、赵卉洲以及新生代独立设计师品牌ANNAKIKI的创始人杨子等，把自己的品牌专门店开在了巴黎、米兰等世界时尚之都。我采访了为深圳时尚贡献不同层面价值的媒体人、名模、品牌创始人、设计师、时尚买手、行业专家等，他们包括郭桦、计文覃、谢海平、刘媛等等。站在特区新40年的开端，深圳市服装行业协会会长潘明从行业角度谈特区时尚的未来，新生代设计师与买手店主理人讲述他们与城市共生长的故事……城市与人共频，生生不息的时尚潮流持续生长。

这本书写了一座拥有40多年历史的南国之城与它的时尚流变的故事，是充满温度和人文肌理的。深圳特区的服装潮流，如一条引人注目的支流，浩浩荡荡，在百年时尚的历史及文化背景之下，流入国际时尚的大海。

作为世界六大时尚之都之一，深圳正在为世界时尚贡献不可忽视的中国价值。

深圳**服装行业历经**了从小到大、从弱到强的巨大改变，由一个靠『**三来一补**』『贴牌生产』的传统加工行业，成为如今以科技创新为先导，**集文化**、艺术、设计、**创意于一体**的时尚创意产业。

第一章

潮流风起

30 年里，她与特区时尚共舞

1

“30年来，协会与广大服装企业携手并肩从深圳花季走向四海九州，从特区骄阳迈向世界舞台，我们已实现由‘深圳制造’到‘深圳创造’、‘深圳产品’到‘深圳品牌’、‘全国知名’到‘国际知名’的行业涅槃，在中国服装发展史上写下了属于自己的精彩华章。”从1988年进入深圳服装行业以来，沈永芳先后担任深圳市服装行业协会秘书、秘书长、会长，到2018年刚好30年。这是她与深圳服装行业、深圳时尚共成长的30年。上面这段话，是她于2018年12月28日在深圳市服装行业协会30周年庆典“三十风华，再创辉煌”上的致辞。她穿着紫色的时装，戴着珍珠项链，优雅而大气。

当晚，评选出了“30年30人——深圳服装行业功勋人物”，再现深圳时尚30年历史长廊，为波澜壮阔的时代定格下一帧帧个人梦、时尚梦和中国梦的华美剪影。沈永芳的发言深情、铿锵、有力，赢得无限共鸣和尊敬。30年来，她几乎见证了深圳服装从“三来一补”“贴牌生产”到本土品牌如春笋般

2018年12月28日，沈永芳在深圳市服装行业协会30周年庆典“三十风华，再创辉煌”上致辞

火热生长的时代，一路带领深圳品牌走出特区，走向大连、北京、上海、香港，并陆续走向国际四大时装周，向世界展现深圳品牌、设计与时尚的力量。30年时光如水流过，沈永芳当之无愧地成为深圳服装圈内最有发言权的人。

2021年12月16日，我和沈永芳在一家茶餐厅共聚，我已然习惯性地叫她“沈秘”，如同认识她20年以上的老朋友那样称呼她。我们一边喝茶，一边回忆深圳服装风云变幻的30年。

深圳市服装行业协会于1988年8月18日成立，也是在这一年，沈永芳进入服装行业。30年来，她与整个行业彼此见证，深度参与其中。“我从秘书开始做起，深圳服装行业前10年，基本上就是加工，百分之百用于出口，到如今，深圳拥有歌力思、赢家、安莉芳、安奈儿等近10家上市企业，有几十个深圳知名服装名牌，这是非常了不起的成绩……”2019年底从协会会长职位退休的沈永芳，语气里满满的都是感慨与感动。

事实上，沈永芳被赞誉为“深圳服装产业的规划师”，30年来一直致力于打造深圳服装行业的整体品牌、带领品牌走出国门、推动深圳建设国际时尚之都的事业。先后主持创办、筹办了“中国（深圳）国际品牌服装服饰交易会（时尚深圳展）”“深圳时装周”“深圳市服装产业集聚基地”等产业平台和项目，曾于2000年被评为“中国服装界突出贡献十大人物”。

大浪时尚小镇被称为“深圳时尚界的硅谷”，沈永芳参与了小镇的落地与生长。她说，深圳是一个成就人和做事的地方，她喜欢这座城市，喜欢跟人打交道。正是因为这座城市具有包容和创造力，才能够让深圳的服装融入产业发展。这一点，可能只有深圳做得到。因为深圳服装行业的人与人，人与行业，人与政府，都能够彼此成人成事，彼此包容体贴，彼此解决问题。她感恩深圳对她的包容，让她能够为行业服务30年，为行业、产业以及这座城市作一点点贡献。

2

特区建立早期的服装行业与时尚潮流是怎样的呢？沈永芳最有发言权。在江苏出生长大的她，大学毕业后，被分配到南通一家企业工作，很快就成为公司的中青年干部，有经济师的职称。来深圳发展，完全是因为大姐的召唤。

深圳服装行业的起步，得益于20世纪80年代中期香港制衣业向深圳内迁转移。浙江、江苏一带的企业陆续抵达深圳开工厂，为来自世界各地的服装品牌进行代工。华丝、华都、红牡丹、江南等就是其中有代表性的企业。最高峰的时候，深圳市有2000多家服装加工企业，分布于蛇口、八卦岭、莲塘等处的工业园内，40余万人从事服装加工出口业务，100多个世界品牌在深圳加工。沈永芳的大姐便是一家企业总公司的高管，她在80年代初便来到这座南国之城。

深圳市服装行业协会的第一任会长，是当时最大的服装加工企业华丝集团的董事长丁志平，而常务副会长则是沈永芳的姐姐沈永兰，后任会长有顾伯英和翟小平。特区正在轰轰烈烈热火朝天的建设中，服装行业人才紧缺。在南通工作的沈永芳，便是被姐姐和姐夫看中的人才。1988年，沈永芳在家乡南通的工资，只有几十元。而姐夫召唤她来深圳，说是每个月工资有300元。

然而，来到深圳之后，沈永芳租住的是位于笋岗路的农民房，到处是田地，出行坐公交车都晃晃悠悠的。“我上班2元车费，下班2元，盒饭2元，有时候为了买一块五毛钱的盒饭，要走很远的路。”那几年，沈永芳骑着自行车一家一家地到不同的企业和工厂敲门，进行市场调研，“那时候，服装行业都是外资的出口企业，人家都不开门，很多人都是隔着门跟我说话”。为此，她特意找到市贸易工业局开了介绍信，有了官方证明，才有企业愿意分享他们的经营状况。

那真是一段无比艰苦的岁月，沈永芳和同事经常走路走到脚流脓。“晚上住的农民房连风扇都没有，热得汗流浃背……”她用了两年的时间，就这样一家一家地走，硬是把整个行业摸透了。接手行业协会秘书长时，她把家里所有的钱都用在了为协会租房子、交押金、付人工和水电费等方面。“记得当时协会的会长翟小平支持了我们5万元，另一家企业衡韵给了我们2万元……协会很艰难地持续运营。”

20世纪90年代初期，2000多家“三来一补”服装企业中，有部分企业开始转型，有了自主创立品牌的意识。在沈永芳的印象中，那是一个品牌觉醒和崛起的时代。经典故事、城市丽人、迪丝平、影儿、娜尔思、菲尼迪、衡韵、天意、玛丝菲尔、马天奴等本土品牌陆续创立，在特区建立10年的服装潮流中起到了开创性的作用。

1997年的亚洲金融危机，使得深圳服装加工企业大受冲击，订单锐减。在这种背景之下，深圳市服装行业协会于1998年开创性地带领行业建立“五名工程”，即名师（名设计师）、名牌、名企、名模、名店，实施深圳服装名牌战略。同年，协会带领深圳近百家服装企业组成“品牌舰队”，以整体形象组团赴北京参加中国国际服装服饰博览会，之后每年以不同主题参展，比如，第一年叫作“深圳的花季”，第二年是“春天的故事”，此后陆续打出“特区冉骄阳”“特区舞霓裳”“鹏城抒彩衣”“南国时尚风”等主题……深圳服装以整体的形象，在全国范围内打响，每次北京的展会上，几乎有一半是深圳的企业和品牌。

“我们为每个企业打造品牌定位、形象定位、文化定位、宣传口号等，100多家企业以百花齐放的姿态，在北京大放异彩。”沈永芳追忆那段激情燃烧的岁月，眼神都在闪闪发光，“我们真的是为企业服务的一个协会，真正地以整体形象打造深圳品牌，统一形象，统一口号，这个工作其他城市都没有做，深圳比其他城市早了5年。”那么，这种以整体形象进行参展所带来的作用有多大？沈永芳说，有一个品牌在展会上收到了五六百家加盟商的邀约，“有企业通过展会收到了3000万元的加盟费，并且是用麻袋装的，那个年代还流行用现金，当时参展的许多企业都这样”。

深圳的服装品牌和设计师在北京大出风头，但也受到了一些质疑。沈永芳回忆道，刚开始参展时曾有媒体在发布会上提了一个尖锐的问题，有记者问主管深圳市工业的负责人：“‘深圳的花季’‘春天的故事’，那春天过后是秋天还是冬天？”负责人回答道：“深圳的服装永远是春天。”还有媒体提出，深圳品牌虽然大放异彩，但为什么设计师大部分来自江浙？对此的答复是：“深圳是一个移民城市，这里的服装设计师来自全中国乃至全世界，只有深圳给了他们成长的沃土，我只知道品牌是来自深圳的品牌。”

沈永芳认为，深圳政府的相关领导非常有眼光和有远见，一直亲力亲为，支持着整个行业的发展。同时，深圳的服装设计师来自全国各地，因此带来移民文化，不像“京派”“汉派”“海派”“杭派”服装，深圳服装没有派别，深圳的时尚潮流带着各地文化，有着创意与设计的力量，完全是百花齐放。未来，深圳服装要与文化、科技结合，形成高附加值的产品。

以1995年作为分水岭，此前10余年，深圳的服装企业做国际品牌的加工，而1995年之后的10年，深圳服装品牌崛起，产业转型升级，名设计师队伍也迅猛生长。

3

2001年，为服务深圳本地企业，首届中国（深圳）国际品牌服装服饰交易会正式开启。沈永芳说，大连将时装博览会作为城市名片，而深圳则从根本上力求把产业做大做强。“可以说，我们的模式是成功的，在交易会上，80%的参展设计师都能接到单，少则几百万，多则上千万，这就解决了他们一年的订货量。”在深圳市政府的大力支持以及以沈永芳为会长的深圳市服装行业协会的推动下，深圳时装周于2015年3月诞生，从此终结了深圳时尚业“有产业，无专业时装周”的历史。特别需要一提的是，2020年10月举行的2021春夏深圳时装周，是深圳时装周自面世以来第一次正式进入一年两季的国际模式。有媒体评论：“深圳时装周，不仅是深圳展示本土化与国际化并存、科技与时尚融合的又一张城市名片，更意味着有了时装周的深圳时尚产业，体态更加丰满，羽翼更加坚固，是深圳建成具有世界影响力的创新创业创意之都的重要支撑。”沈永芳分享道，中国（深圳）国际品牌服装服饰交易会为企业为品牌服务，深圳时装周为设计师打知名度，这是两条不同的路线。

从2005年开始，沈永芳带领深圳名企业和名设计师，连续8年组团在国际时装周上亮相，包括歌力思、影儿、邓皓、艺之卉、丽琪等企业以及刘勇、罗峥、谢海平等设计师，均在伦敦、纽约、米兰等国际时装周上做过品牌或个人作品发布，让世界看见中国时尚，看见深圳服装潮流的力量。

有一年在英国发生了一个小插曲，原本是晚上6点的活动，结果下午3点，当时的驻英大使傅莹发现“深圳服装军团”不少男士都没有穿西装和打领带，不少女士没有穿礼服，穿着随意在英国参加活动根本进不了大门。为此，深圳的设计师与品牌负责人不得不紧急去商场买衣服、借礼服……“去国外这十几年来，是我们深圳的企业和设计师打开视野的过程，也有不少企业正是借着这样的机会，找国外的设计师进行合作。”沈永芳说。算起来，由沈会长带队，“深圳服装军团”参加了5年的伦敦时装周，3年的纽约时装周，4年的米兰时装周。傅莹曾给沈永芳发短信：“你为中国争光了，你为深圳争脸了”，让她分外感动。

从蛇口工业区、八卦岭工业区，到天安数码城、南油等留下深圳服装人集体记忆的地标，如今的深圳服装行业，将22个代表性的大品牌集中落地于大浪时尚小镇。而分布于全市各

2009年，深圳市服装行业协会荣获中国服装品牌推动大奖，成为当时中国唯一获此荣誉的行业组织

处的特色设计师品牌，让深圳的服装潮流呈现出百花齐放的姿态。

“大浪时尚小镇，真的是我一生的梦想。”沈永芳说，2003年之前，这里还是一片山地，非常荒芜。自这一年被规划为深圳服装产业聚集地以来，在深圳市委、市政府和龙华区委、区政府的强力推动下，大浪时尚小镇以肉眼可见的速度成长。她期待政府、企业及各方力量，将这里打造成深圳服装行业“50年不落伍的时尚硅谷”。这里有深圳20多家品牌企业打造的各具特色的产业园、店铺与品牌形象，后续还需要打造商业配套区、“1小时生活圈”等。

沈永芳自评很满意这些年与特区时尚一起成长的岁月，“我为行业，为城市做了一点儿事，非常不容易”。她说，深圳服装行业历经了从小到大、从弱到强的巨大改变，由一个靠“三来一补”“贴牌生产”的传统加工行业，成为如今以科技创新为先导，集文化、艺术、设计、创意为一体的时尚创意产业，深圳时尚行业与时俱进的创新精神非常了不起。

如今，深圳服装企业重视核心研发和创意创新能力，75%以上的企业会把销售额的5%—15%作为设计、创新、研发经费，同时积极打造品牌文化与知名度，增加品牌附加值，更有一些头部企业不仅与国际知名服装设计师合作，还并购了国际品牌，在海外开设专卖店和研发中心，深圳品牌在国际化的道路上越走越好。而深圳市服装行业协会，从最初的20多家发起单位，发展到目前拥有会员单位近千家，推动了深圳从没有品牌到成为中国最大的服装品牌基地，为深圳乃至全国的服装产业发展作出了突出的贡献。

深圳服装与特区共生长的40多年来，沈永芳以最大的能量参与其中30年，我们随着她的人生和职场轨迹，看见深圳服装企业从代工到建立自有品牌，看见品牌从深圳出发呈现于世界各地，看见服装潮流从职业套装到休闲装的时装化变化，看见特区的时尚随着经济飞速发展，随着深圳人更加多元化的生活方式而发生的改变。有评论指出，深圳的服装设计品牌以探索之姿，不断求新求变，融合发展，现在已经进入了运用新一代信息技术的时代，如：“互联网＋大数据＋AI＋虚拟现实＋数字孪生”智能制造，突破核心关键技术，大数据挖掘与流行趋势预测软件，“个性化定制＋服装协同设计”平台，鼓励服装产业数字经济与实体经济融合、虚实紧密结合、线上和线下紧密结合、上下游紧密结合，市场需求和设计、营销紧密结合的发展模式，打造品牌孵化、研发设计、智能制造一体的产业生态示范平台，最终融入世界时尚舞台，让深圳成为继纽约、伦敦、巴黎、米兰、东京之后的全球第六大时尚之都。

深圳服装潮流，正在与世界时尚共舞。

深圳女装，媒体人曾这样“看见”

1

2000年前后，是电视媒体的火热年代。在广州上学并工作了一段时间的胡妹，于1999年抵达深圳，并以主持人的身份，在深圳有线电视台的《时尚周刊》栏目工作过4年。她把所有的时间、精力、热情都投身于自己热爱的时尚工作，以镜头关注深圳服装行业的潮流大事、品牌动态、设计师、时尚生活方式等。

因为深爱时尚，胡妹还专门开设了以服饰搭配为主题的栏目《我的衣橱》，每一期节目邀请一位嘉宾为电视观众展示他们的衣橱和穿搭心得，受邀嘉宾包括时尚达人、服装设计师、品牌老板、建筑设计师等，而我也曾作为时尚记者，于2000年秋参与了一期节目的录制，展示自己的穿衣风格。

那真是一段让人念念不忘的美好时光。我们分别在位于地王大厦的一家品牌服装店和我租住的公寓内取景，谈穿衣心得，谈当时流行的维多利亚风，谈耳钉等配饰的加分项，谈时尚种种，轻松自在地为观众传达私人化的时尚观。

2003年，胡妹（右）以编导兼主持人的身份采访拍摄香港时尚博览会

1999年是媒体人李晔的人生分水岭，这一年她来深圳生活和工作。而在此之前，她在广东惠州度过了少年与青春岁月，也在职场最初7年做过当地电台主持人。在惠州那些年，她了解时尚潮流有关的资讯，基本上来自香港的电视台，可以说是在翡翠台和“明珠930”的熏陶中长大的，日常说的是粤语，“港风”穿搭也贯穿青春期。“那时候，我爸爸在深圳沙头角中英街给我买的裙子，到现在都记忆犹新。我们家的各种港货电器比如洗衣机、冰箱等，有不少都是在那里买的。”

来到深圳后，李晔先后就职于香港商报、深圳特区报和晶报，做了10余年时尚行业的媒体人，见证了深圳服装行业从2000年到2010年的飞速成长，见证了深圳服装品牌和设计师频频以“品牌舰队”的整体姿态在全国舞台亮相、发光，也注目着深圳服装品牌从北京走向巴黎、纽约、米兰、伦敦等四大国际时装周，被全世界看见。

那些年，胡妹与李晔白天一起穿梭于北京不同的时装秀场，夜晚在三里屯的酒吧里，与服装企业家、模特、设计师一起，享受工作之后令人沉醉的派对时光。而我，作为彼时媒体人中的一员，于2000年大学毕业后在南方都市报担任时尚记者，有3年的时间里，奔赴北京、上海、香港、大连等城市的时尚周、博览会与各种潮流现场，也见证了深圳服装行业闪耀的那些过往。

我们仨，是彼时深圳时尚媒体人中有代表性的三位。那是电视和纸媒的黄金时代，是服装与媒体共舞的“蜜月期”。

2022年4月15日，我们仨相聚于午后，共同回望深圳服装潮流，在时光中打捞珍珠贝般的闪亮碎片，并试图将之拼成可以长久珍藏的媒体人私人视角的深圳服装潮流往事中的一部分。这是温暖的独一无二的记忆，是40余年里深圳服装行业发展中不可替代的、含着温热的一块拼图。

2

21世纪最初那几年，网络尚未普及，资讯并不发达。印象最深的是，我当时租住在地王大厦旁边的嘉宾花园，在家里写完稿件后，把手写体的稿件用传真机发给报社，报社有专门的打字员把这些文字输入电脑，再进行排版、印刷等。那时候，电视台、杂志和报纸，是重要的时尚发布阵地和观众获取信息的平台，受众可以从中获取重要资讯，诸如最近的流行趋势是什么，深圳本地又有哪些重要时尚事件，哪个品牌举行新季发布了？……《时尚》、*ELLE*、《世界时装之苑ELLE》等都是当时受欢迎的杂志，热爱时装潮流的人，都可以在这里找到服装搭配的依据，顶级品牌会在杂志投放广告。深圳本地企业，常常会在位于东门的茂业百货、位于华强北一带的铜锣湾广场等处做品牌活动，也会在本地电视和纸媒上做相关资讯发布。

在做时尚报道期间，我每周必然会去一次东门，在那里可以看到最新流行趋势的市场化与街头化，不管是“港风”还是国际潮流，在东门的西华宫、九龙城广场都可以看到，每个摊位都把最火爆的款式挂在门面上。我跟摄影记者杨长虹会把最新流行款、街头女生的各种最潮穿搭拍下来，以图文形式发表在《南方都市报》上。

“东门就是‘港风’的天下”，在李晔看来，这里一直是“港风”服装批发和落地之处，很长一段时间，都是深圳非常时髦的一个地方，是年轻人最喜欢泡的地方，也是彼时的她最喜欢逛的地方。事实上，在这里经常能看到香港最新的时尚杂志，这是年轻人的穿搭指南，也是设计师启发思维、打开视野、寻找灵感的重要来源之一。有意思的是，我自己就曾经穿着从东门买的具有维多利亚时代风格的黑色复古蕾丝上衣，被胡妹主持的节目拍摄过，作为对当时流行趋势的一个展示。

“广州人穿衣服比较休闲随意，来深圳后，我曾经在深圳火车站见过穿衣搭配非常大胆夸张的人，那对我是一个很大的视觉冲击，至今记忆深刻。”对时尚比较敏感的胡妹发现，通过罗湖口岸抵达深圳的人中，不少人的服装搭配让她震惊不已，非常前卫、先锋、个性化，“可能有些是从国外回来探亲的，有些是香港人来深圳度假的，他们穿的衣服在色彩、设计等方面都非常有创意，跟此前在广州常见的内地人的审美完全不同”。同时，位于罗湖的友谊城、南洋服装城等，都是胡妹记忆中深圳20年前的潮流圣地，这些地方都能给人国际化和高级感。

我那时候除了在罗湖的茂业百货和东门老街购物、感叹潮流之外，还常常会一个人去罗湖的老西武百货，认认真真地了解国际一线品牌历史、设计与价值不菲的实物，这是在如海绵吸水般地吸收时尚的营养。

这是我们从小切口处“看见”深圳服装潮流，感受深圳这座城市与时尚信息交汇的魅力，看到从海洋的另一面吹来的时尚之风。

3

在深圳经济特区建立的最初10余年，服装产业基本上是“来料加工”为主，为中国台湾、中国香港及国外的订单服务。而做这些加工的，大多是武汉、江浙一带服装企业的新移民，在加工的基础上，有自主意识的一批人，渐渐有了独立品牌意识。于是，20世纪90年代中期前后，深圳本地品牌如雨后春笋，经典故事、影儿、玛丝菲尔、歌力思、OZZO、城市丽人、欧柏兰奴等都是在这个阶段创立的。

“深圳服装品牌的DNA跟其他城市都不一样，我们不仅借鉴‘港风’，部分品牌创始人走出国门与世界时尚连接，从一开始就呈现出国际流行的视野。同时，深圳服装又非常适合本地市场。”李晔的感受是，深圳服装是先锋的、有态度的、符合市场发展规律的。她特别提到“迪丝平”打出的“休闲、时尚两相宜”观点，就是把服装场景化，服装就是表达人在不同场景中的一个生活态度。所以说，深圳不少品牌，从诞生之初起，就不单单从审美的角度出发，而是有商业价值思考的。

“深圳的服装品牌，跟这座城市的特性紧密相关，因为深圳人来自全国各地，他们不仅吸收五湖四海的时尚营养，更有不少是舶来品的本地化。”胡妹看见过有些企业用国际品牌的亮点设计，直接做成自己品牌的衣服，销售非常好。“当然，我们可以说这是一种借鉴和学习的过程。”她笑道。

与此前某一个款式某一个流行趋势“一统天下”不同的是，深圳服装品牌从一开始就是包罗万象的，每个品牌都有自己的设计风格，服务于不同的群体，而且定位非常精准。胡妹在做《时尚周刊》栏目电视主持人的时候，歌力思和欧柏兰奴都是她的服装赞助商。她说：“你看欧柏兰奴，很唯美，很仙，很浪漫和轻盈，这与创始人罗峥的审美观密不可分。而歌力思则是‘大女主’范儿的，很飒，很国际化，这也是跟创始人夏国新的品牌定位有关。”

每个品牌都有让人能够记住的核心词，让受众知道它为哪些人群服务，它的品牌个性是什么。品牌会做客户画像，会细分市场，会为目标客户群描绘其生活与工作场景，这一点会迅速让购买者共鸣。这是李晔的观察。

有意思的是，深圳不少品牌并不突出设计师，而是让设计师为品牌服务，其设计师可能是一个变化的群体，但品牌精神不变。这是让李晔和胡妹深为敬佩的事情，这也是深圳服装品牌企业从创立之初就具有的商业思维：所有的设计师，都是为品牌内核服务的。

我们仨聊着私人记忆的深圳服装品牌特质，感叹于时代变迁中如大浪淘沙般的过往，那些与时代、城市同频共振并且坚持自我方向的人，终究随着品牌一路行走至今天，并且将版图扩大至全国各地，更有部分品牌如歌力思、赢家、影儿时尚集团、艺之卉等，均形成自己强大的时尚帝国。

4

让我们念念不忘的是，我们仨曾一起见证罗峥与“欧柏兰奴”品牌，梁子与“天意”品牌，邓皓与“邓皓”品牌在中国国际时装周上的闪光时刻，见证深圳设计师拿奖的闪耀一刻，更见证过深圳服装以品牌整体形象亮相北京，在全国范围内被“看见”的时刻，这是让人分外骄傲的特区时尚往事。

在北京举办的中国国际服装服饰博览会上，李晔印象最深刻的是，江浙馆的产业基础比较雄厚，有老上海的某种有力量的传承的东西，也有刺绣、荷叶边等南方特有的手工业元素，

2001年，胡妹（左二）主持欧柏兰奴新闻发布会后与罗峥的母亲（左一）、时任深圳市服装行业协会秘书长的沈永芳（右二）、媒体人殷姿（右一）合影

地域性比较明显。而深圳馆与之相比，既有自己本地化的品牌核心，有国际化特质，更具大视野，这是她当时非常强烈的一个视觉感受。

跟随着“深圳服装军团”进京参展及举行时尚大秀的深圳媒体团几乎都是女生，也被同行称呼为“美女记者团”。李晔和胡妹每次都是精心打扮，参加不同的服装秀、庆功宴和派对。“北京的冬天很冷，当时很多人常见的穿法是羊毛衫搭配大衣，我和胡妹是直接穿真丝裙子或者纱裙，外面穿着羊绒大衣，一进到有暖气的室内，我们就把羊绒大衣脱掉，成为现场记者中很会穿搭、引人注目的亮点。”李晔笑着回忆道。胡妹补充道，出于对主办方的尊重，她们天天穿着高跟鞋出入秀

深圳服装品牌“菲尼迪”转战杭州，特邀胡妹前往杭州为其主持在杭州的首场发布会

场，非常辛苦，她自己还曾因此走断过鞋跟，不得不临时到饭店附近的秀水街买一双鞋暂时穿上，“那些年，几乎每年都穿坏一双鞋，因为工作量太大，走路太多了”。

最让大家欢喜的是，在北京的那些日子，尽管繁忙和辛苦，但的确是打开视野的一个过程。比如拿白衬衫来说，此前大家印象中的白衬衫非常简单朴素，但在舞台上，白衬衫变着不同的设计花样，就可以成为一场服装秀的亮点。“我们在短短几天的时间里，可以看到中国最为顶级的服装潮流发布，看到国际流行趋势在中国舞台上井喷式地呈现。”胡妹对此颇为感慨，最让她念念不忘的是香港设计师张天爱的秀场，就如同一个舞台剧，走秀的模特里面，有高矮胖瘦的男女老少，完全就是我们生活中的人走在舞台上，那种视觉震撼，至今难以忘记。

我个人印象深刻的瞬间，包括模特王敏走秀的深圳服装品牌“天意”秀场，真的是如诗如画，非常梦幻，犹如中国水墨画在舞台上徐徐展开，充满着寂静之美。而罗峥获得“中国十佳服装设计师”称号时，作为深圳媒体人的那种激动和惊喜至今都如在眼前。邓皓举办完服装秀，戴着先生送的钻戒和钻石耳环，站在舞台的那个闪耀时刻，让人感同身受……这是深圳媒体人对来自深圳的服装品牌的一份骄傲感。

5

“梁子给我讲述如何发现古老的莨绸，如何将之变为服装面料，如何改变颜色，如何寻找生产基地，那种对于传统文化的传承，那种执着、热情与投入，真的是打动我了。从那一刻起，在我心中，梁子不仅仅是一个时装设计师，她就是一个真正的艺术家。”李晔20年前与梁子成为知己，她觉得梁子对莨绸的探索，已经不是一种商业行为，更是一种时尚信仰，有一种特别的艺术魅力。在她看来，像梁子这种设计师，是深圳服装设计师的代表，她们真挚地热爱并投入大量的时间专注地做自己的设计和品牌，这也是深圳服装能够走到今天的重要理由之一。

而深圳服装设计师邓皓是学精密仪器设计的，她投身服装行业做来料加工后，接的第一个单来自日本，日本人对质量的

深圳著名服装设计师邓皓（左二）与深圳媒体人（从左至右分别为尹维颖、胡妹、郑玮珍、李晔）在获奖后的庆功宴上

把控非常严格，对每个针脚之间距离的匀称度都要求很高。这一点，为她日后创立品牌打下了非常好的基础，一眼能看出0.01厘米针脚之间的差异，重要的是对质量的严格要求，对精品的苛刻要求。回忆上述两个小小的细节，胡妹坦言，深圳服装在初级加工阶段，就吸收了最好的经验，并将之深深地刻在品牌内核里。所以，深圳服装品牌在很长一段时间，就是品质的代名词，在内地的商场里面，几乎占领了半壁江山。

在我个人的观察里，深圳这座城市的特质，也让服装企业及其创始人充满着 “拼”“勇”和“创”的精神。他们勇于在时代轰轰烈烈前行的浪潮中，稳住自己的节奏，顺应变化，不仅在设计上保持独特个性，更在市场上不断探寻各种可能性。作为媒体人，胡妹、李晔和我一起，阶段性地见证过深圳服装品牌的发展，作为城市时尚领域的一分子，我们始终满怀深情，持续以观察者的姿态，试图成为深圳时尚的一部分。

这个**品牌**，既保持着传统手工**工艺元素**，又能够与国际时尚**轻轻共振**，与这座年轻的充满活力的城市保持共同**成长的节奏**，让**传统的美好**，在时代洪流中，**轻舞飞扬**。

第二章

时尚“弄潮儿”

请超级名模担任代言人，把宣传册拍出电影感

1

深圳蛇口，赤湾石炮台，巨大的榕树，南方湿漉漉的夏天，被誉为“亚洲时尚女皇”的郭桦正在拍摄深圳服装品牌“迪丝平”（DISPATING）的宣传画册。她穿着黑白相间的衣服，化着精致的妆，表情冷冷的酷酷的，在她身边，围着多位化妆师和工作人员……这是20世纪90年代末的一天，一张老照片定格了距今20多年的那个下午。时任《香港商报》时尚记者的李晔，特意跟拍采访报道了这位名模工作的一天。

彼时，郭桦的人气如日中天，是中国最火的模特之一，与瞿颖、陈娟红等同处时尚圈“第一T队”，用今天的词来说，郭桦就是模特界的“顶流”。那些年，郭桦行走在东京、香港、北京等各大时装周的T台上，是时装秀上压轴出场、被追光一路聚焦的闪耀明星。她身上穿的，是设计师或者品牌最具代表性的服装。她站在舞台上，就是那个时代的“带货女王”，是品牌、媒体、时尚圈争相起用的“大女主”。她在T型台上独创的

20世纪90年代末，模特郭桦（左二）在蛇口为深圳服装品牌“迪丝平”拍摄宣传画册，右一为深圳时尚媒体人李晔

“郭氏回头”与“郭氏叉腰”，至今仍让人津津乐道。

一家有时尚嗅觉和先锋意识的深圳服装企业，第一时间看到了郭桦及其背后的市场潜力，把这位在国际时尚圈炙手可热、有着典型华人面孔的模特请到深圳，并让她担任代言人，为品牌走秀并拍摄各种宣传画册。这家企业就是深圳早期颇具影响力的服装品牌“迪丝平”，其创始人寿培平就是该品牌背后那位有市场眼光的人。是他，选中了郭桦。这是深圳服装品牌与顶级时尚名模的首次邂逅。

2022年4月24日，在深圳南头古城的一家咖啡馆，已是两个孩子妈妈的郭桦，坐在我的面前，回望与深圳服装有关的点点滴滴与高光时刻。隔着20多年的时间差，郭桦从超级名模转身为一位普通的妈妈，她越发享受母亲这个角色，并开玩笑称过去的种种闪耀时光就像老皇历一样。当时间逆流而上，郭桦与深圳品牌共舞的种种，是她的职场生活中“青春、甜蜜、拼搏、有成就感”的一段时光，也是深圳服装潮流中闪闪发光的一块拼图。

2

“我知道的第一个深圳服装品牌是经典故事，第二个就是迪丝平。”说到自己的合作方，郭桦首先提到的是李凯洛先生，他是深圳比蓝国际公司的创始人，这是当时在深圳时尚圈有影响力的一家摄影公司，专为各大服装品牌拍摄宣传画册。我当时担任《南方都市报》的时尚记者，多次到访过位于华强北深纺大厦顶层的比蓝公司，参加过派对活动，也采访过李凯洛先生有关时尚的种种话题。时间神奇地兜兜转转，我们在20年后回忆过往，共同的记忆扑面而来。

李凯洛团队为“迪丝平”操刀画册拍摄，郭桦担纲主角，在海边，在公园，在树林中，拍摄人与衣服发生的化学反应，名模为品牌加持，大幅的宣传海报与画册，就如同电影画面般，有情绪，有故事，有场景，有动感，把迪丝平“休闲时尚两相宜”的精神气质呈现出来，形成令人难忘的视觉记忆。那时，“浪漫的迪丝平”“海边的迪丝平”成为不少深圳白领阶层的共同记忆，很多上班族觉得穿上这个品牌的衣服，是一种身份的认同，会找到职场“同类项”，会有文化感和时尚感。

拍摄宣传册并不是一件容易的事。郭桦记得，在20世纪90年代，迪丝平就愿意投入相当高的经费，邀请由来自北京的化妆师、摄影师、模特等组成的团队来深圳，并在五星级酒店南海酒店预订好房间，所有人员费用全包，用心拍摄下一季度的宣传册。“迪丝平是第一个有眼光有远见并且舍得花费财力和心力来打造品牌的企业，”郭桦说，“我记得当时拍摄前，摄影团队会让我看电影《钢琴课》，想象那种氛围和场景，把服装高贵的精神气质表现出来。”

以迪丝平为代表的深圳服装，在那时就力求引领消费者通过代言人和画册，感受服装的场景感，看到服装穿在人身上所呈现出来的气质，让衣服如同有了生命，会传递个人观点与精神世界，这是相当了不起的事儿。事实上，迪丝平是第一个走出深圳、走向北京舞台，让世界看见其文化的品牌。

我了解到，迪丝平品牌背后的企业——深圳迪丝平纺织实业股份有限公司于1988年成立，是设立在蛇口工业区的中外合资股份制企业。该公司承接海外来料来样加工，订单产品远销欧洲、加拿大、美国和日本等国际市场。高峰时期，迪丝平系列时装在国内拥有几百家专卖店，也曾是“影响中国市场十大女装品牌”之一，同时为当时火爆的电视剧《这里没有冬季》《深圳女人》等提供服装设计。据了解，该企业曾为多个国际著名服装品牌进行代加工。这些经验，让企业团队慢慢有了独立品牌意识，从而独创深圳有代表性的本土品牌，起用超级名模做代言人，拍摄具有行业标杆性的宣传画册，为后起之秀树立了一个非常具有先锋精神的榜样，这是深圳早期服装品牌为服装行业所作的不可磨灭的贡献。

3

郭桦在担任“迪丝平”代言人期间，每年两次（春夏、秋冬）做宣传册的拍摄，参加品牌代言宣传活动，去全国重要城市为品牌做宣传等，这是服装企业与模特共度的“蜜月期”，是至今回望依然甜蜜的一段合作期，也是以“迪丝平”为代表的深圳服装飞速发展的一段时期。

郭桦还为深圳的另一个品牌GROUND SHOW（阁兰秀）做过3年的代言人，至今还与该品牌创始人王媛保持着良好的友谊。“这是一个很有个性的品牌，以针织、开司米（山羊绒的俗称）为主，色彩比较绚丽，看起来宽宽松松，但设计感非常好，很有创意。”这是从设立之初就坚持自己风格，并且在市场上始终有自己稳定细分的客户群的一个品牌。

最近5年来，郭桦从北京搬来深圳定居，褪去名模光环，以一名自由职业者的身份，常常游逛于深圳各大地标商圈，买衣服不再只看品牌，而更在意设计师的品味和创意。“深圳人有国际化的见识和视野，服装潮流更有个性化和先锋性，也很少看到穿衣服撞衫的，每个人都会根据自己的审美选择适合

模特郭桦为阁兰秀拍摄宣传片

自己的穿搭。”她依然对深圳时尚圈保持着敏感，经常会逛画展，看服装秀，泡小众咖啡馆，买自己欣赏的设计师设计的服装，以模特的职业天性，与深圳这座城市保持着私人化视角的共振。

深圳的GROUND SHOW，成就“针织王国”

1

“你对每件衣服都是满满的爱呀！”

“都是我的孩子！”

一间展示厅内，摆放了几百件衣服，王媛一边走一边指着不同的款式，为我介绍其面料、设计、版型、花色、适合的人群……如数家珍般，至少说了二十件，于是有了上面我跟她的对话——情不自禁的感慨与脱口而出的回答。

2022年7月5日，我从罗湖到龙岗，驱车40分钟，来到了著名的甘坑小镇，而王媛的GROUND SHOW（阁兰秀），距离小镇约8分钟路程。

她从罗湖莲塘搬到龙岗的这个工业园内，租了一栋楼的整整四层。一件衣服如何从纱线到独创的针织单品，从设计、打板、制作到最终的成衣，每一个过程都可在这里见到。

我们所在的展示厅，是一个古典气息浓郁的空间，一面巨大的以玫瑰为主角的油画墙，无数花色张扬且充满个性的衣

王媛为小女儿18岁成人礼做的礼服

服，共同营造出王媛所喜欢的英伦田园风的世界，是东方的，又是异域的，更奇妙的是有一种国际范儿和令人沉静的岁月感。另一侧的会客厅内，摆放着王媛给小女儿做的18岁成人礼的礼裙，这是王媛分外珍视的私人定制，一针一线都是由她亲手用心制作而成。小女儿正在美国艺术中心设计学院就读交互设计，身高一米七七的她从16岁就开始以模特身份为品牌拍摄宣传画册。她是GROUND SHOW与新生代共频的新鲜血液，也是王媛主导核心设计的品牌的新希望。

1993年，30岁的王媛从家乡青岛来到深圳。1997年，她和姐姐王效锋一起创立了阁兰秀服装设计有限公司，品牌命名"GROUND SHOW"。2010年，她在伦敦时装周代表深圳品牌做了一场服装大秀。2017年，她在中国国际时装周闭幕式上做了品牌20年大秀。2022年，王媛创立GROUND SHOW刚好25年，她用自己独创的时尚符号——针织提花行走时尚圈。她说，要把这个品牌做成百年品牌，在岁月长河里永远地留存下来。

2

王媛从6岁开始学小提琴，一学就是10年。姐姐比她大两岁，两人一起在家里练琴的时光，几乎伴随了王媛的整个青少年时期。

在20世纪70年代，王媛能够持续与小提琴相伴，并且由青岛最好的小提琴老师授课，源于父亲所接受的教育和对两个女儿爱的教养与期盼。“毕业于西南交通大学的父亲，大学时就在合唱团，他把自己的音乐梦寄托在我们姐妹两个人身上”，王媛说，在别的小朋友都在玩沙包、踢毽子、跳绳的时候，她和姐姐永远都在练琴。

父亲当时在铁道部机车车辆工厂工作，经常去上海、天津等地出差，常常买回来一些非常时髦的衣服、鞋子作为给母亲的礼物，就是那时候的舶来品。最让王媛印象深刻的是，父亲买回来的羊毛线团，被母亲锁在樟木箱子里，有次忘了上锁，小女孩王媛悄悄地打开充满樟脑球气味的箱子，把毛线全部拿出来玩。“要知道，那时候的毛线挺珍贵，这个画面至今在我童年的记忆中挥之不去。”

时间静水深流，三四十年后的今天，父亲陪姐妹俩上小提琴课的笔记本都有厚厚的一摞，至今还完好无缺地保留在青岛家中。而父母的穿搭、见识以及老师家里营造的与西洋乐有关的一切，共同为王媛播下了美的种子，让她从小就有了自己独特的时尚观。而青岛独特的城市特色以及各类欧式建筑，也给王媛的服装设计及色彩搭配提供了源源不断的灵感。

成年之后，姐姐王效锋成为一名歌手，而王媛则进入了纺织厂工作。姐姐经常从广州、上海等地买最时髦的衣服给她邮寄回去，让她在单位成为众人注目的焦点。事实上，真正开启她设计灵感的，正是小时候妈妈的那团毛线，她自己琢磨着变换各种花样、图案、款式等，做了不少针织衣服，并因此成为朋友圈里的“时尚小达人”，经常被邻居、同学、亲戚等拉着挑选面料、毛线，设计衣服。“我真正的设计就是从毛线开始，它激发了我的创造力，让我的设计充满魔力。”

姐姐在全国各地演出，可谓见多识广，但依然为妹妹手工针织出来的毛衣赞叹不已。“她觉得我织出来的衣服跟从日本和欧洲进口的衣服一样，非常高级，非常时尚。”王媛说道。在大家普遍月工资不足百元的大环境下，姐姐彼时每月收入已经是好几千了。她看到妹妹在针织方面天才般的创造力，就给她买了一台熊猫牌家用编织机，鼓励她坚持自己的梦想。姐姐就像她的投资人或者说伯乐，坚定地无条件地支持她的创作，让她在工作之余坚持着创造般的针织梦想。

3

1993年12月，王媛受到了姐姐的召唤，带着她在青岛自己设计制作的几套毛织时装和姐姐投资4000多元买的日本编织机，从青岛飞到广州，然后再坐火车到深圳，正式开启了深圳生活。

持续给足王媛信心的是她设计的毛织时装，由姐姐拿到华联大厦对面的武汉地下广场的服装店代销，结果没想到很快就卖出去3套，很多顾客以为是来自日本的高档时尚货。那时候只有BP机，没有手机，店主对姐姐也是有一份莫名的信任感。衣服放在店里两天就卖出去3套，每套的价格是500—700元。“要知道，那是1994年的深圳，700元的价格，可以说非常高的。”卖完衣服后拿到2000多元的现金，王媛和姐姐懵了，完全想不到自己的设计在一个陌生的南方市场如此受欢迎。

那时候到底设计了多少种款式？王媛说设计量非常大，那种灵感简直是无穷尽的。“经常有人问我：你没有灵感了怎么办？我说这句话问得很傻，怎么可能没有灵感，只要你有呼吸，就一定有灵感”，王媛说这话时，眼神里充满着无比自信的光。

很快，王媛就和姐姐有了自己的作坊。1993—1997年，她从找服装店代销，到自己开服装专门店；从位于罗湖的东乐服装批发市场，搬到更高级、更洋气、更能代表深圳时装潮流的南洋国际服装批发城，她的针织时装在市面上大受欢迎。印象最为深刻的是，东乐服装批发市场当时是南方地区很火的一个卖场，每天有上千位全国各地的批发商在这里拿货。第一次找店铺时，只找到位于洗手间对面的B16号铺位，这个铺位即便租金最便宜，依旧是很多人不愿意要的位置。结果呢，姐姐在这里观察了两天，发现上洗手间的人流量非常大，很容易一出来就看到她们的店。姐姐很快决定租下这里，同时发挥了自己天生的艺术感，在墙面上钉了几个钉子，用王媛设计剩余的黑色毛线缠绕成米字造型，极具视觉吸引力。而作为收银的桌子，是她们在莲塘花了40元买的二手货，铺上织毛衣剩下的废片当作桌布，立刻开张营业，没想到当天就收到了1000多元的现金款。

那几年，王媛从广州、东莞进材料，自己设计制作，姐姐负责销售，“最难的时候，是一个人拖着上百斤的纱线，遇到台风下雨天，整个人都快被吹走了，真的是泪水与雨水交织在一起。从广州回到深圳，肩膀上的皮都被磨破了……”

1995年，是王媛和姐姐的服装店最火的时候，她的衣服被圈内称为“最好的毛织时装”，她本人更被称为“编织艺术家”，她几乎把提花这一工艺用到了极致，如同创作艺术品一样。“因为全世界最好的纱线我都能找到，我的眼光很好”，王媛能够把这些纱线变换成不同的图案和肌理并设计成不同款式的时装。从1996年开始，姐姐加入了梭织的单品设计，阔腿裤搭配妹妹的针织上衣，有了针梭织套装系列，轰动一时，吸纳了几位学徒一起制作服装后，时装的生产量也慢慢上来了。

每天下午5点，她们的店铺就关门了，因为货很快就卖光了——她和姐姐的“第一桶金”就是在这个时间段赚的。不过，被抄袭的情况也非常严重，有一个典型的例子，一位兰州的客户周期性地来此进货，回到兰州后换成英文商标，作为欧洲货销售，把衣服卖到3900元的“天价”，这在20世纪90年代相当于奢侈品的价格。这个典型抄袭事件，还曾被兰州电视台作为打假的案例来报道，言其“扰乱市场”，而王媛还因此被同行笑称“出名”了。

4

眼看着被频频抄袭，王媛和姐姐不得不考虑注册一个商标来保护自己的知识产权。于是，1997年，GROUND SHOW正式诞生，姐姐王效锋为董事长，用王媛的话来说，她设计的衣服，终于有了身份。

有意思的是，“GROUND SHOW”这个名字跟深圳有关。她和姐姐一开始想到的只有英文名，但因为注册商标必须有中文，才加上“阁兰秀”这三个字的。SHOW是一开始冒出来的单词，因为刚好那时候美国流行Talk Show（脱口秀），SHOW代表女高音歌唱家的姐姐的舞台，又意指Fashion Show（时装秀），可见，这个单词融合了姐妹两个人的梦想。那么“GROUND”来自哪里呢？原来，她们多次经过上海宾馆旁边的格兰云天酒店，“格兰”的英文是GRAND，姐妹俩自然而然地想到了“大地”的单词GROUND，于是，“GROUND SHOW”顺利诞生，意为“大地展示”。品牌从一开始就呈现出在大自然中汲取的灵感和素材，以缤纷的色彩和自由组合的结构，在中国服饰文化中构建出独树一帜的着装风格。

在二十世纪八九十年代，互联网尚未普及，资讯并不发达，王媛在青岛和深圳，用自己独创的针织提花，走出一条属于自己的针织时装之路。直到今天，在王媛的针织研发中心，依然保留着手工提花的传统工艺。年轻人已经不入行了，两位戴着老花镜的匠人只出品极少的手工，可谓每件都是真正的匠心之作。即便公司在2003年引进了德国的全自动电脑横机，王媛也依然保留着手工提花，这是时代不可取代的宝贵财富，也是品牌的灵魂，玫瑰图案几乎如影随形变换着万千造型。

她的店铺开到全国各地最好的时尚地标商城，员工最多的时候超过500人，营业额近1个亿。2004年，GROUND SHOW在深圳时装周发布主题秀“把缤纷撒向生活”，120套全针织系列设计，呈现了空前的视觉盛况，得到了业界和媒体的好评，获得了“优秀设计师品牌奖”“十佳女装奖”和“特别支持奖”。2009年，GROUND SHOW作为深圳女装品牌的代表之一，由深圳市服装行业协会组织，在伦敦时装周举办了一场全针织的主题大秀。时装周的设计总监对此类设计非常感兴趣，邀请他们第二年再次参加时装周。王媛说，她灵感来源于《一千零一夜》，作品充满着梦幻般神秘的异域风情，更有典型的东方美学之感。T型台上，国际名模穿着色彩大胆、设计自由松弛、版型大方的品牌服饰，赢得大量掌声与喝彩。这次大秀，获得众多国际媒体的报道，主设计师王媛以打破常规的独特设计及创意著称，她将缤纷悦目的色彩和挥洒自如的结构体系融入服装，以完全释放自由的廓形，将舒适慵懒和经典巧妙融合，这种叛逆和生活乐趣一直根植在品牌的基因里。

1997年到2017年，GROUND SHOW走过20年岁月，这一年，刚好也是中国国际时装周的20周年。于是，品牌以“Rose over the rhythm”（乘着歌声的玫瑰）为主题在中国国际时装周做闭幕式大秀，歌声代表着女高音姐姐，玫瑰代表着品牌，与中国国际时装周同庆20岁桃李年华。王媛用40天的时间，做了80套针织时装，分别以“红瓦绿树”“大地展示”“乘着歌声的玫瑰”三个主题惊艳亮相。王媛告诉我，本场秀出的每一件针织作品，成品都是未经裁剪、不使用锁眼机，纱线织就，系带编织在衣衫上，用打结取代纽扣。大量使用了无虚线、多肌

阁兰秀以“Rose over the rhythm”（乘着歌声的玫瑰）为主题在中国国际时装周闭幕式做开场大秀，发布品牌20周年全针织精华作品

2018年，GROUND SHOW于中国国际时装周期间在鸟巢举办专场压轴大秀

理提花、手绣、针花等高端针织工艺，完美呈现天然素材的独特自然肌理和经纬丝缕，被行业和媒体称为“中国旗帜性的针织品牌”。

2018年，中国国际时装周在北京鸟巢举行了以“荣耀·鸟巢”为主题的品牌发布会，GROUND SHOW作为压轴大秀发布了主题为“Spring goeth all in white”（大地展示）的一场重量级大秀。这次大秀，名模郭桦以嘉宾身份坐在台下，见证整个过程，她用了“骄傲”“激动”这样的字眼表达自己的心境。

郭桦是GROUND SHOW唯一合作过的品牌代言人，2004年在敦煌拍摄品牌画册的经历，至今让她和王媛念念不忘，两人多年来始终保持着姐妹般的友情。

5

2022年，阁兰秀服装设计有限公司成立25周年。4月15日，GROUND SHOW位于青岛海信广场的旗舰店正式“起航”。这个店面的空间，被王媛和她的团队打造成“时空长廊”，20世纪的复古纹理与现代几何碰撞，如一首美妙的乐章迎面而来，既古典、浪漫又无比文艺，将法式宫廷气息拉满，视觉上颇为震撼。她说，25年是一段不长也不短的历史，“时空长廊”如同无尽的长路一般，随着时光永远地走下去，寓意品牌永远与时俱进。

作为创始人的王媛，坚守着品牌沿袭多年的针织核心理念，但同时，她保持着开放姿态。一方面，线下实体店保持在30家左右，与忠实顾客保持着面对面沟通交流的空间；另一方面，她让大女儿开创更符合新生代审美需求的年轻线品牌，并在天猫开店以线上销售为主，年轻一代正开启带着品牌内核的时尚文化新希望。

针织是GROUND SHOW的灵魂品类，夏天的亚麻、冬季的丝光羊毛，不断地吸引满足着高衣品的顾客。近些年，品牌与欧洲顶级面料商的合作又将高级定制推向了新高度，经济与时代急速发展，消费者对时尚的需求与标准愈来愈高，越来越多的高端顾客成为该品牌的忠实拥趸。王媛说这是一个个性化时代，GROUND SHOW坚持到今天与其极高的辨识度有着重要的联系，他们拒绝平庸。由她设计的珠宝也是独树一帜，备受顾客青睐。她说，百年品牌是她和姐姐的终极梦想，品牌需要人才，要让年轻人承担起做品牌的重任，她将会在高级定制与珠宝设计上投入更多，将GROUND SHOW打造成真正的奢侈品牌。

计文覃和她的OZZO，开创“带货”新模式

1

在衬衫、裙子、外套上绣花很常见，但她首创在冬天穿的羽绒服上绣一朵花。1997年的深圳，这款羽绒服很快成为全国市面上的“爆款”，各大城市的销量均在20万件以上，收到的款项有好几百万，加盟商在服装工厂门口排长龙要拿货，不少人还帮忙剪线头，“因为拿到货转手就能卖掉，太走俏了”。

她小时候的梦想是开一个服装小店，结果30岁不到，她的品牌店开了超过600家，70%都是自营，员工超过1000名。

21世纪初期，她是深圳服装行业中最早让明星“带货”的服装设计师，不过，并非赤裸裸的“硬推销”。相反，在杂志封面、机场街拍、电影荧幕中，都能看到明星穿着OZZO（欧尼逊）的各款衣服，在喝下午茶、与朋友约会、出席开幕式等不同的场景和状态中，自然地，润物细无声地，传递这个品牌的传统与现代，复古与摩登，优雅与时尚。

美国时尚教母Diane von Furstenberg（黛安·冯·芙丝汀

身着OZZO服饰的本书作者与OZZO品牌创始人计文覃（左）

宝）对出现在纽约时装周上她设计的衣服赞不绝口。《私人定制》《杜拉拉升职记》《山河岁月》等电影中都有OZZO时尚又优雅的服装。她还是深圳女装品牌中第一个打造可穿戴智能服装的人。

……

深圳服装设计师计文覃和她于1996年创立的女装品牌OZZO，对深圳时尚圈最大的贡献是，她创造了无数个“第一”，并在商业和艺术上维持着最合适尺度的张力。

在不同的采访现场，在看展览、演出和参加派对时，我常常穿着她设计的服装。作为计文覃的闺蜜和她的品牌“真爱粉”，我的衣橱里有接近一半是OZZO的衣服，因为它真的适合都市上班族不同场景的穿衣需求，它在细微处有江南的温婉，在设计上又大气、现代和国际范儿。

从2013年认识至今，我见证过计文覃以服装为媒介，推动深圳这座移民城市的时尚潮流、文艺生活、文化活动。她把刺绣这一古老的传统技艺，巧妙地运用于服装设计，让传统文化变得更为摩登和现代。她让充满情感的一针一线与一个女生的不同人生阶段紧密联结，让衣服除了款式、色彩、版型之外，更有了无尽的情感温度。

“名媛”于她而言是中性词，她在深圳这座移民城市，身体力行推动名媛文化，推动一种讲究的、精致的、优雅的文化生活，让追求美好生活的独立女性懂穿搭，懂艺术，懂追求生活与工作的平衡。正如OZZO所传达的价值观：“O”代表女人家庭圆满、生活圆润的一面，“Z”代表工作中独立的一面。因为这样的价值观，作为创始人和设计总监的她，很好地保持着艺术与商业、传统与现代、中式与西式、家庭与工作的平衡。

在深圳服装企业自主创立品牌的浪潮中，计文覃算是踏浪而行之人，是最早的那批时尚“弄潮儿”。从1996年起步到2022年，“大美与小奢”轻奢侈风格时尚女装OZZO刚好走过了26年。

“我很幸运，一路走得很顺利，小时候的梦想只不过是开一家小小的服装店而已，如今的OZZO远远超过我的期待。”尽管受疫情影响，实体店的营业额与高峰期的相比大受冲击，但一向懂得平衡的计文覃，在经历了所有服装企业共同面临的艰难时期之后，她觉得换一个形式继续做热爱的事业未尝不是一件好事。

尽管实体店规模收缩了，但她在2010年就开启了设计师网上品牌店，持续为年轻一族提供服务。她以积极的姿态开启线上直播模式，除了亲力亲为卖货之外，她更拿着剪刀教大家如何把旧衣改为新款，如何在衣领、胸口等细节处点缀一些刺绣或者蝴蝶结等，让衣服变得更为灵动。她一如既往地自信、乐观、有趣，面对变幻的时代，她始终保持着拥抱的姿态。

26年来，OZZO最高峰时的年营业额近10亿元，如今总销售额因疫情、消费降级以及生活方式的改变而减少，对此，计文覃并没有被数字绑架而感到焦虑。她在20世纪90年代便享受到了商业的巨大成功，并因此在服装潮流、生活方式、艺术等方面不求回报地创造了成绩单，比如，她投入资金支持爱丁堡戏剧展来到深圳，参与投资香舍会引导优雅生活方式，参与深港双城文化生活建设，支持年轻艺术家持续创作，等等。如今，她放慢节奏，保持着一个自认“小裁缝”的初心，享受设计与创造，享受作为时尚买手的乐趣，持续为深圳这座城市的潮流生活贡献力量。

2

计文覃出生成长的地方是浙江湖州，这是一个有2300多年历史的江南古城，自古以来就有“丝绸之府”“文化之邦”的美誉。在她童年的记忆里，常常是一边听着本地吴语方言湖州话演唱的湖剧，一边看着母亲和姑姑一针一线安安静静地做刺绣。“这个画面，到现在都经常浮现在我的脑海里，江南空气通透潮湿，我们聚在一起，日子慢悠悠的，这琐碎的美好与细微的幸福感，在岁月的流转当中，始终滋润和喂养着我。”她从小所穿的衣服，都是母亲亲手剪裁和缝制的。漂亮衣服最初带给她荣耀感与自信心，是在7岁那年的“六一”儿童节。那一年，计文覃穿着妈妈做的清粉色衬衫，衬衫的领口处有一针一线勾勒而成的刺绣——一朵漂亮的小白花，下面配的是小伞裙。当时她作为合唱团的一名队员，穿着这样一身独一无二的漂亮衣服，站在舞台上，唱歌的声音都特别大，自我感觉分外骄傲。计文覃印象最深的还有，姑姑用布的边角料且缝且绣做成精美的假衣领，搭配着各种毛衣，走在冬日漫天飞舞的雪里，就是美好动人的风景，那是生命中充满暖意的回忆。

在母亲和姑姑潜移默化的影响之下，计文覃从小对美就有一种天然的敏感和纯粹的热爱，骨子里有对传统文化和手工艺的尊重，让她对裁缝对设计对创造充满向往，梦想大概就是在那个时候悄悄地埋下了种子。周边环境潜移默化的影响，让她在中学阶段就有很好的审美，也成为身边同学和朋友欣赏的时装设计师。“衣食住行，衣排在首位，可见衣服在我们漫长的一生当中，有着何其重要的位置。”她说，服装在她的人生中占有很大的分量。

她在大学读的是工科，1989年，计文覃就随着浩浩荡荡的南下潮来到深圳，在蛇口工业区的“三来一补”服装企业工作——一家中韩合资公司的设计中心。不过，这是一家为韩国品牌进行设计加工的企业，并没有属于自己的原创。怀揣着原创和设计梦的计文覃，到1995年就单干创业了，她说：“其实我最初创业时的梦想特别简单，就是开一家小小的服装店，把自己设计的衣服卖给彼此欣赏的人，把我们祖祖辈辈精湛的制衣技艺和朴素的制衣精神，通过我的作品，延续下去。”

于是，1996年初，她的梦想开了花，OZZO诞生，她以“轻奢侈”生活的时尚态度为品牌精髓，致力于传统精湛制衣技艺的现代传承。这个品牌，既保持着传统手工工艺元素，又能够与国际时尚轻轻共振，与这座年轻的充满活力的城市保持共同成长的节奏，让传统的美好，在时代洪荒中，轻舞飞扬。她觉得，服装作为一种媒介，把拥有共同价值观与人生态度的人，隔着万水千山连接在一起。

正是这份真挚的初心，让计文覃走的每一步，都跟这座城市的发展有关，与自己的岁月长情有关。所以，她旗下的OZZO与NOWhere（艾希尔）等服装品牌，除了商业化的成衣，还特别有高级定制，比如冬天的大衣，可能就定做二十几件，给真正热爱和需要的人。

在深圳中心城店，一位客人一见面就抱着她哭了。“她

计文覃身穿自己设计的服装，复古又优雅

说，从学生时代就穿我们的衣服，穿了快20年，现在孩子都大了……真是百感交集，热泪盈眶啊。”计文覃说，这样的故事不胜枚举，她看见了无数个城市中的独立女性，拥有浪漫的文艺情怀，认可OZZO的品牌文化，她们彼此的生命，因为这个品牌，在不同的时期，交汇在一起，这是充满温度的。

3

作为深圳女装品牌中具有代表性的品牌之一，OZZO所走过的路，也代表着深圳服装潮流的共性。比如，在全国各大城市的时尚地标式购物中心里，都有它的专门店，其在职场女性中的受欢迎程度，由此可见一斑。

作为行走在深圳时尚大军中的一员，计文覃对特区服装潮流有自己的观察和感悟。她说，深圳女装的确是全国女装中的一面旗帜，比如“杭派”“海派”均有各自的地域特色，但深圳的服装潮流，因为这座城市的移民底色而展现出百花齐放、多姿多彩的形态。“因为深圳女装的创始人来自全国各地，每个人的设计都带着各自成长的城市的特点，比如OZZO有江南气息，比如有些品牌有青岛、武汉、南京等地的烙印。”她说，正因于此，深圳女装从20世纪90年代至今，经历了市场的磨炼而站稳了脚跟。深圳服装人一直保持着学习的姿态，一开始是向国际大牌学习，邀请了法国、意大利、中国香港等地的设计师担任顾问，做形象、店铺橱窗、代言等都是找外国模特。后来，随着中国经济腾飞，深圳作为特区更是有了文化自信，于是，本土服装品牌慢慢地强化了各自的品牌属性。

OZZO的江南优雅风一直走得比较稳定，计文覃把自己喜欢且擅长的苏绣做到了极致。她从小喜欢绣花，那时候的深圳女装中，大家不是太有这种绣花的概念，商务套装会多一些。她不仅把绣花做到衬衫上，更创新地在羽绒服上做了刺绣，没想到很快这个款就卖“爆”了，一下子卖了20万件以上，她也因此在深圳赚到“第一桶金”，并很快在20世纪90年代中期实现了财务相对自由，不仅一次性付款买了别墅，而且用商业上获得的成功将自己对服装设计和艺术的热爱坚持至今。

“因为有了犯错成本，可以大胆地启用国内知名摄影师拍摄海报，任性地启用喜欢的中国模特。”另外，计文覃也是最早开启明星与设计师联名款的，“很多联名款都卖“爆”了，被大量淘宝店仿造”。

计文覃强调的品牌精神——轻松、快乐、自在，并不是严谨的上班族的那种概念，而是试图打造出国际化的本土时尚品牌。她说：“我非常喜欢中国的古典文化，也喜欢欧式复古的风格，我一直想从这两者中找到一个平衡，甚至是进行一次撞击，找到新的东西。当然，这不是把这两个风格简单做叠加，而是寻求一种新的突破。”

“对OZZO而言，具备互联网思维与工匠精神，无疑是我们的核心追求。我们会把心彻底安静下来，专心做最好的产品，给那些与我们有共同价值观的人。”未来，计文覃会继续把时尚与传统、时尚与艺术、时尚与文化、时尚与科技，都注入OZZO品牌里。

七次登上三大国际时装周，他是谢海平

1

凤凰花如火焰般在五月的枝头盛放，热烈而浓郁，与南方绵延不绝的蝉声呼应着，成为深圳这个城市盛夏的风景，视觉与听觉在某一刻共融。站在谢海平位于龙岗红木棉创意园内的一扇玻璃窗前，看到窗外一棵巨大的凤凰木，安安静静地成为眼前一景。

我在谢海平的多个服装展示间穿梭，看到橱窗展示的如博物馆收藏般的高定作品，看到百年的名画与清朝的服饰纹样被他巧妙地点缀在衣服上，看到古老的香云纱作为衣料主角被他巧妙地做成立体的裙子、旗袍与衬衫，看到千万件不曾重复的设计与款式如春日鲜花般，在他“合一创意”空间内庄严般地开放，向世界呈现着与众不同的自我。

是的，与众不同，独一无二。

兵马俑木雕整齐划一地站在墙上，形成如装置般的视觉冲击。唐朝侍女雕塑与热带植物混搭在一起。如风铃般的门帘其实是灯，还可以作为挂衣服的地方……他的穿搭，他的设计，他的创意，他每日工作的空间，都是天马行空的混搭。但神奇的是，却有着某种内在的秩序与奇妙的精神气质，将这一切如线般串在一起。

我们坐在一个长型的原木做成的工作台的两面，喝着他从家乡大西北带来的咖啡，一起进入谢海平在时尚行业的这些年。

在我看来，在深圳近20年的服装潮流中，谢海平探险般创造的服装设计如同一条神奇的支流。他并未随大流地迎合市场，而是保持与时代共舞的同时，先尊重且珍视自己的审美，然后吸引一大批真正的热爱者。看似尚未大面积铺店面，但他用直播的形式，在更广阔的世界展现才华，取悦自我及那些真正热爱香云纱及东方美学的人。

2

“会长，我觉得谢海平的时装秀是这次深圳时装周上最大的亮点”，这是2007年，一位观众在深圳时装周期间给时任深圳市服装行业协会会长的沈永芳电话中的第一句话。

正是因为这个电话，沈永芳有意找到谢海平。从此之后，谢海平的设计才华被深圳的时尚行业发现并认可，并由沈永芳会长带领，七次在国际三大时装周亮相展示，多次在香港国际时装周、韩国大邱国际服装节上展示来自中国深圳的服装潮流与设计艺术。

“我觉得很幸运，我一个没文化的人做了有文化的事情，还挺牛的。”谢海平很谦逊地说到过去种种成绩所带来的感慨，“我多次跟沈会长说过，‘我一定不会给你丢脸，不会给深圳丢脸’，我很感谢她的认可和支持。”

有着陕北人的粗犷与率真性情，谢海平真实、真诚、坦率不做作。他说自己为世界与行业做过设计上的最好表达，余下的时间，他愿意把创意和才华转化为产品，让这些充满艺术感的成衣与各地的忠实顾客有好的对话，为她们的生活方式与精神生活加分。

他的创意之源在哪里呢？他在陕西教育学院（陕西学前师范学院的前身）学服装设计，又在设于西北纺织工学院（西安工程大学的前身）的比利时皇家艺术学院学了一年的立体剪裁。在这两所大学，谢海平受过系统而专业的教育，这是他在设计上的根基。但在我看来，人在某些领域有意想不到的天分，正如有些人热爱画画，有些人善于跳舞，而他的天赋在服装设计上展现得一览无遗。

第一次在深圳“被看见”是2007年，在此之前，他已经历过10年扎扎实实的市场磨炼与设计实践。1997年，他在西安“唐城杯”服装设计大赛中获一等奖。1998年，他的作品《冬雪》获“中华杯”国际服装设计大赛优秀奖。2001—2009年，他曾担任多个品牌的设计总监，经过时间的淬炼更是一手创立了自己的高级定制品牌“谢海平”和“娑尔”，以工作室的形式与其他品牌合作。

正是10余年间与市场深度交融和摸爬滚打，让谢海平在深圳的第一场大秀中，能够被“识货”的观众看见，从而有了前文所说的与沈永芳会长一起开启的国际时装周之旅。

3

那么，第一次在深圳时装周大秀的特色到底是什么呢？谢海平分享道，那是一个纯白的世界，全部由白色的麻布做成的各类衣服，剪裁立体，设计创意十足——就是最简单的面料开出的设计之花。

不少人认为谢海平的设计“很中国、很民族”，但他觉得自己走的是一条中国式的时尚路线，就是文化上很传统，但版型和结构上比较时尚，而版型的占比有百分之七八十。他就是在中西合璧之间，把服装的建筑感呈现出来。

2022年5月会面的这一天，他拿出15年前这场秀的两件白色麻布上衣和裙子展示给我，肌理感与立体感扑面而来，时尚、简洁且环保，真的是在一片麻布上迸发着令人惊叹的设计与工艺才华，干净而大气。

为什么会选择麻布？他笑言，钱并不多，买其他面料太贵了！当时买的麻布至少有一立方米以上那么大的体积，厚厚的一大堆。但最根本的原因是，在20世纪80年代度过青少年时期的他，童年记忆中对服饰颜色的记忆就是一片蓝和白，其他颜色非常少。“我爸爸在银行上班，我记得小时候他给姐姐买了一件‘蓝涤卡’的三粒扣西装，这件衣服被姐姐很多同学和朋友借穿过，那时候都比较穷，我们家算条件稍微好些的。”在谢海平的回忆中，这个画面挥之不去，白衬衫与蓝涤卡成为他少年时代刻入脑海的记忆。正是因为这种特别的情结，他的首秀选择了白色，把麻布的纱线抽出来，做成各种肌理与珠珠，打造出衣服的立体感，而通过剪裁，衣服的建筑感呼之欲出。

这次大秀算是谢海平被时尚圈认可的敲门砖。

自2007年与沈永芳会长结缘之后，谢海平基本上每年都会在国际上走一次大秀。其中包括2008年参加韩国大邱国际服装节，个人专场秀“源”受到时尚业界的高度关注。2009年，参加香港国际时装周并举行个人专场发布秀“本·源”，自然、朴实又极具创意的设计再度引发时尚界的热议。在香港看完秀，北京服装学院的袁杰英教授当场就说，谢海平太厉害了，竟然能把一块布做成这个样子，并期待他到北京去，自己与他分享一些收藏的珍贵的民族服饰。

4

第一次参加伦敦时装周时，谢海平特意买了国际一线奢侈品服饰作为谢幕时穿的衣服。毕竟是第一次走向国际舞台，他觉得还需要穿上国际品牌的衣服为自己增加自信。而此后多年，他每次上台亮相，穿的都是“谢海平”（Haiping Xie）——他自己的品牌。

他越来越自信。

2009年9月，他应邀参加2010伦敦春夏时装周，展现的是为庆祝中华人民共和国成立60周年而特意设计的“东方红”系

第三次登上伦敦时装周舞台，谢海平带来他的“东方神韵”系列服装作品

列。我以为是很典型的传统中国风的衣服，没想到等他在展示厅把这系列衣服中的两件拿出来时，我看到的是时尚又不失国际化的设计与版型，很立体的结构。他巧妙地运用了华人熟悉的中国结与图腾的设计元素，配合大红色系，工艺精美考究，细节满满，呈现出东西交汇、兼容并蓄的特点。“刚好祖国六十华诞，所以我在衣服上用各种细节展现出一种硕果累累、鲜花盛开的气息”，谢海平说，他在肩部、胸前、裙摆等不同

的位置都有设计的巧思，当时被沈永芳会长带着参加设计师派对，还与彼时驻英大使傅莹见面，被她夸赞肩部的设计有一种承担责任之感。“那一年刚好金融危机，没想到服装设计师也可以用设计来为整个社会加油，这种感觉非常棒。”

有意思的是，他还灵感一现，把普通的扇子重新装饰，插在模特头上作为走秀道具，在台上随着模特的步伐一闪一闪的，视觉效果极好。部分衣服的细节处有葫芦，用他的话说，葫芦象征着吉祥平安，也是别具寓意。

第二次登陆伦敦时装周是2010年9月，谢海平采用了奢华复古的宫廷风格，以一场“故事”表现了中华服饰之瑰丽灿烂。作品在众多欧洲时装作品展示中显得独树一帜，他用服装来讲述中国文化中的“龙、宫廷服饰、末代皇帝的故事”，把浓郁的中国风带到了国际时尚界，他也成为国际各大媒体专访的热点对象。

时间到了2011年，谢海平第三次登上伦敦时装周舞台。这一次，他用当年流行的糖果色继续讲述中国宫廷故事，其作品的褶皱工艺、立体感及品质感依然抢抓眼球，西方油画的浪漫色调配以蝴蝶的造型，将中国的浪漫传说与西方的古典流行元素巧妙地融为一体，让人打破了对于宫廷的固有印象，明亮、温暖的文化气息被他巧妙地传递出来。

第四次受邀参加伦敦时装周时，谢海平的计划是用3D打印形式，制作自己设计的20套衣服。但最终成本需要200万元，他苦于没有这么多的经费而选择放弃。“结果次年我就在国际秀

2014年9月，谢海平第一次参加纽约时装周，做了以“龙”为主题的大秀

场上看到了3D打印服装，如果我这一年去的话，我就是世界上第一个采用3D打印服装的设计师，比国际潮流早了一年……真的太遗憾了。”

谢海平这一路走得非常不易，有阳光欢笑，也有失落与无奈。

5

两次登陆纽约时装周的时间，分别是2014年的9月与2015年的9月。第一次在纽约的T型台上，他做了主题为“龙”的大秀。龙是中华民族的图腾和精神象征，龙在天能腾云驾雾、翻

2015年9月，谢海平参加纽约时装周，以“敦煌”为主题的走秀作品

云覆雨，在海能随波逐浪，神通广大。这个主题作品本着龙的有形无形与肆意幻化为构思，以虚实结合的手法解读出个人对“龙”文化的认知，谢海平以东方写意式的思维方式向世界表达作为服装设计师的思考。

而第二次在纽约时装周，他以“敦煌”为主题，用丝绸作铺垫，以敦煌石窟壁画为灵魂来演绎东方文化的力量，以独特创意的立体剪裁方法创造东方宫廷服饰结构，搭配大胆创新个性的帽子与配饰，让现场掌声一片，引发热议。

“我对自己做的衣服相当满意”，说到设计本身，谢海平非常自信。他谈及做以青花瓷为创意的系列衣服时，创造性地

2017年9月，谢海平第二次参加米兰时装周，以“丝路重生”为主题发布个人作品

加入了“釉里红”，真的是如火烧云般的颜色，非常漂亮。

2016年9月，谢海平受邀参加米兰时装周，发布2017年春夏时装作品，他以中国书法和宣纸为设计灵感，发布“纸墨”个人系列，同时举办静态展。这是谢海平在米兰时装周上的首秀，他以6个系列——禅、道、和、孝、福、茶，透过千年“纸墨”风韵，以真丝代替纸帛，以刺绣表现书法，对“形式主义”致敬，做出“新古典主义”式的表达。谢海平告诉我，秀场选在米兰参议院大厦这座百年古建筑里，它是各路奢侈品牌中意的秀场之一，也是这届米兰时装周官方主秀场。2017年9

第二次参加米兰时装周的谢海平

月第二次参加米兰时装周，谢海平将《五牛图》和《清明上河图》等国画，用刺绣和真丝做出优雅又立体的结构，颜色上也采用了军绿色，那场主题为“丝路重生”的个人作品发布，用他的话说，就是要把中国丝绸之路的故事讲述给世界听。

七次登陆国际时装周，纯粹地发布有关中国文化的主题作品，展现自己在服装潮流和设计上的思考。谢海平这种闪亮的人生经历和闪光的时装艺术之旅，让他一次次回望时依然非常兴奋，他说每一次参加时装周都是激发自己不断创作的动力，非常开心，非常自豪。

这些年来，谢海平也多次在深圳时装周上发布作品，以参与的姿态，表达自我，见证行业的发展。事实上，他在商业上也做过不同的尝试，比如，2014年12月，他携手国内外知名设计师创办了“合一创意”设计师集成平台，在南山区的金晖大厦内集结了上百个独立设计师品牌，每年举办两次大秀，让这里成为红极一时的买手店。这个店持续经营了3年，巅峰时期，其中一个品牌的营业额达2000万元。

从2019年年底开始，谢海平把所有的时间和精力都用在了网络直播上，一开始通过“网红”带货，最高纪录一天卖货150万元。之后，谢海平不仅培养自己的主播，本人更是亲自上阵，每天直播时长达6个小时，专注做香云纱服装的推广。“我就是想把香云纱这种‘靠天吃饭’的中国非遗面料，做成时尚又有个性的服装。”

我们见面时，是谢海平自己上镜直播的第33天，那一天，他刚好被淘宝直播平台评为“直播手艺人”。

“我觉得自己活得很精彩”，谢海平一直保持着年轻的姿态，与时代共舞。每晚10点睡觉，早上7点半直播，过着非常自律的生活，做着自己喜欢的事情。他用自己的专业，为深圳时尚潮流，制造出打着“谢海平”标签的作品。

这是了不起的事儿。

从女装到制服，奔霓诗的“出圈”和“跨界”

1

“近30年来，我们无数次地被市场毒打，但很幸运的是，我们挺过来了！”

保持着多年不变的齐刘海短发，穿着自己设计的淡蓝色小碎花裙子，坐在我对面的刘晓燕，优雅，淡定，语气平缓地说出了上面的话。

2022年7月21日，我们相约位于深圳龙华的大浪时尚小镇。坐落于此的BENNIS（奔霓诗）工业园，是刘晓燕用近30年的时间，打造的属于自己的时尚王国。

奔霓诗的邻居，都是深圳时尚圈响当当的名字，如玛丝菲尔、歌力思、影儿、艺之卉等，这些深圳高端女装品牌背后，不仅有服装旗舰店，还有产业园、博物馆、美术馆、咖啡厅等。深圳服装行业最早期的22家品牌企业，陆续在这里打造属于自己的品牌帝国。奔霓诗与它们一起，在大浪时尚小镇构筑了深圳时尚金字塔最顶端的那颗璀璨的明珠，它们共处于深圳时尚第一梯队。

我和刘晓燕坐在奔霓诗工业园其中一栋楼的第5层，这是她的展示厅。她把这里几乎打造成了一个符合自己审美的艺术花园，绿色植物、高级定制礼服、潮款女装、男版西服与衬衫、校服、古典油画……它们分布于不同的区域，却保持着某种内在的秩序，共同成就刘晓燕用时间打造的时尚梦想。

我在她提供的官方介绍文字中，看到这样的讲述："奔霓诗拥有BENNIS女装品牌、飙骑营Drift Camp车品装备品牌、蓝心蓝语童装品牌、顶层私人定制·男人穿衣一站式管家服务品牌等，全资兴建华夏军装博物馆、奔霓诗服装面料研究院，是一家集女装、高定、针织、毛织等全品类为一体的服装企业。"我们所在的这栋楼的一楼，便是筹建于2012年的华夏军装博物馆，而临街的一侧，可以看到校服展示厅。摆在我面前的，还有刘晓燕编著的《校服设计精品选》，她的蓝心蓝语童装品牌是全球校服时尚元素及新材料应用的重要引领者。"中国制服五十强""广东省名牌产品""第11届深圳老字号"等，都是加在奔霓诗前面响当当的定语。

热爱画工笔画、写诗，骨子里无比文艺的刘晓燕，无数次受到市场暴击，最终，她从做女装出发，让自己长了不同的翅膀，飞出了多样的轨迹。如果这些轨迹叫作"出圈"和"跨界"，刘晓燕说，其核心仅仅是因为"要活着"。

是的，要活下去！梦想开出的花很美，但背后的狂风暴雨，花根扎在土壤里所汲取的营养，都是看不见的。我在刘晓燕的对面，倾听她回望过去30年在深圳时尚圈所遇见的疾风暴雨与转头所看见的彩虹，那么真实，那么此动人。

2

从1992年来深圳打工，到2022年，刘晓燕在深圳正好30年。她坦言自己是“深圳乃至中国时尚40年的亲历者、见证者和深度参与者”。

为什么用40年这个时间跨度？刘晓燕说，在她成长的青春时期，看见过中国服装只有简单的蓝、白、绿等少有的几个颜色，服装只有功能，不见时尚。

1992年抵达深圳之后，刘晓燕汇入这座改革之城的万千个打工人的队伍当中，在当时炙手可热的电子厂成为一名“打工妹”。“每个月工资900元，我只花100元当作生活费，剩下的800元都存起来了。”刘晓燕那些节衣缩食、打工存钱的日子，在30年后的今天，依然被不少人提起。她只用了2年时间，就为自己积累了2万元的“第一桶金”，这是她人生中的第一笔巨款。

从电子厂辞职创业，是刘晓燕的第一个转身，她办起了制衣加工厂。“那时候，香港洋行接了大量欧美、日韩的服装订单，深圳有很多大大小小的服装加工厂，都是为这些订单提供‘来料加工’服务的。”刘晓燕说，她就是看到了其中的商机，当某个大的加工厂因时间紧迫，来不及完成任务时，她的小工厂就为这些大工厂提供紧急加工制衣服务。

那是一个怎样的时代呢？“最高峰的时候，深圳市大约有

2000多家服装加工企业，分布于蛇口、八卦岭、莲塘等处的工业园内，40余万人从事服装加工出口业务，100多个世界品牌在深圳加工。”这是深圳市服装行业协会前任会长沈永芳此前接受我访问时透露的数据。

刘晓燕是40余万人中的一位，她一开始就是以小老板的身份进入服装行业。有了在电子厂工作2年积攒的2万元，她很快招兵买马组建了自己的服装制衣厂，先是为大一点的服装加工厂服务。因为做的衣服能够保质保量，很快，她就能直接跟香港洋行拿到一手订单了。“那时候，我们发展很快，差不多2年就可以办一个新的工厂，订单量很大，主要为日韩提供服务。”

那是一段金子般的时光，青春无敌，小老板的小事业也是蒸蒸日上。1994年，刘晓燕租用的还是农民房，很快就搬到标准厂房了，再接着，就能租一栋独栋楼了。

第一次暴击来自1997年亚洲金融危机。

“这场危机对你们的冲击有多大？”我揪心地问。

“亚洲金融危机对韩国冲击最大，我们做的是韩国服装的来料加工，赚的是加工费。”刘晓燕回忆道，布料是来了，订单也完成了，但终端的货卖不掉，导致他们的货款拿不回来。“这对我们来讲，就意味着活不下去了！”她去了香港洋行追款，结果发现对方办公室已人去楼空。

“来料加工对我们来讲，太被动了！”那时的刘晓燕第一次意识到。亚洲金融危机带给她血淋淋的教训是，不能被动地等待，要思考还能做什么。市场的确给刘晓燕上了一堂课，在国外订单日渐减少的情况下，她开始转为自创品牌，并将服装销往国内市场。1997年，她创立了奔霓诗。

作为深圳女装中最早接受市场洗礼的品牌，奔霓诗很快就在国内市场走俏，她用“黄金时代”来形容那个时期。“那时候，中国人开始有了品牌意识，市场完全供不应求，很多人排着队到我们仓库拿货。”1999年，刘晓燕到北京参加服装博览会，展会结束，“大概可以吸引到四五十家加盟商，要在全国各地开店”。此后的三四年内，她的品牌飞速成长，最好的时候，全国各地的店铺超过300家，年营业额超过5亿元。

但市场的变化谁也无法预测，她举例，比如备了100家店的货，但真正能销售好的，可能只有50家，还有一部分店铺因为各种原因货卖得不是很快，这就意味着库存量很大。“很多女装品牌最后就是被库存压死的。”刘晓燕说，市场最好的时候，品牌竞争也非常激烈，“销售不好的时候，我们很快就有资金链要断掉，随时都可能面临生死存亡”。

谈到惊心动魄的过往，刘晓燕的语气听似平静，那是经历无数惊涛骇浪打击后的克制和淡定。她说，2003年“非典”对市场的冲击，对奔霓诗而言，就是第二次重大打击。

这一次，她思考的是，如何让自己多几条腿走路，如何在坚硬的壳上再长出新的翅膀，如何让品牌继续活下去?

3

让刘晓燕庆幸的是，1994—2003年，她用近10年的时间，积累了强大的服装制造体系，就是说，她和团队的设计、加工、技艺等能力，不仅在为国外订单服务的时候被市场验证过，而且在自创品牌的这几年，也被国内市场检验过。她深深地意识到，这种核心竞争力为企业打造了坚硬的底盘，用她的话来说，就是“产品能力非常强”。

正是这种不可替代的能力，让刘晓燕有底气主动寻找客户，而不是被动地接受市场的选择。于是，从2003年到2008年，她专注于为航空、铁路、交警等行业设计制作服装，持续提高研发能力。基于这种扎实的功底，奔霓诗连续多年蝉联“中国制服50强”。

品牌创立后的10多年里，刘晓燕坚持时尚女装外贸订单、自创品牌和制服制作“三条腿”走路。而在2008年全球金融危机爆发后，女装的外贸订单全部停摆，让她和团队把更多的时间和精力，专注于奔霓诗女装品牌和制服的研发升级。

为国际品牌提供加工服务，让她们在设计的时尚度上累积了大量的经验，也跟国外的设计师团队建立了良好的合作关系，这一切，都助力于奔霓诗国内女装产品的丰富和多元。刘晓燕告诉我，与其他女装品牌一年春夏、秋冬两季的发布不同的是，奔霓诗是全年滚动式地提供产品上新，“每隔两个月就会有新品出炉，一年有500个以上的款式”。

一年上新500个以上的款式，这种快销的模式，得益于来

2017年，奔霓诗新品展“蝶恋花”大秀T台谢幕照

自法国、意大利以及中国深圳拥有强大阵容的设计团队。刘晓燕告诉我，她们定位于中低端市场，价格相对较低，但是反应快，款式多，很时尚。在我看来，把市场上大热的符合消费者需求的时尚产品，迅速打造出来，这是相当了不起的一种供应模式。

刘晓燕让奔霓诗女装走了一条非常接地气、非常市场化的路线。那几年，她每天将大量的时间用于审版（审核服装款式），同时，如果自家品牌在全球买手店卖出“爆款”，她为团队提供的激励也非常可观。

“爆款爆到什么程度？”我问她。

“我们单品销量超过10万件的还蛮多的。”她淡定地说。

“10万件”这个数字一说出来，我的确震惊了。最近这几年内，服装品牌供大于求，消费者选择太多，我采访过的多位年轻设计师表示，如今的“爆款”能够有三五千件的销量，都已经非常厉害了。

刘晓燕签约了法国、意大利的设计师，彼此用合作的模式提供快销式的时尚款女装，主要用于国内市场的销售。“最近10年，我们都是跟国内外的设计师合作做这件事，市场相对比较稳定。”目前，奔霓诗在全国100多个城市有500多家分销商进行销售。

作为创始人和设计总监，我好奇于刘晓燕对奔霓诗提供的持续创新能力来自何方。她说感恩于母亲对她幼时的审美提供的滋养，“我妈妈很有设计天赋的，我小时候的衣服都是她做的，衬衫手肘和裤子膝盖处有破洞，妈妈总是会绣一朵花点缀一下，而不是打一个补丁”。热爱和天分，让她几十年来把兴趣安放于做产品和设计，她会为经手的产品在细节处赋予一定的艺术感与灵性，让每一个穿这件衣服的人都感受到某种关爱。

4

让刘晓燕引以为傲的另一个线路的产品，则是交警的功能

设计师刘晓燕在工作中

性服装。她说："奔霓诗的智能穿戴装备设计及新材料研发与应用获国家多项专利，在新兴警备用品设计及新材料研发与应用方面处于领先地位。"

她分享道，中国的铁骑服一开始几乎都是进口，但奔霓诗让其完全国产化。"我并不是强调我们在设计上多了不起，而是开创性地把铁骑服从设计到应用，做得更加创新，更为人性化，让这款既有功能性又具人性化的衣服能够穿在铁骑的身上，这是对交警的关爱——他们永远都在路上奔跑，太辛苦了！"

在铁骑服的智能化开发上，刘晓燕和团队穷尽思路，如今，铁骑的全套装备都越发完善，不仅防臭防寒，还能够在炎炎夏日制冷，让交警在路上不用汗流浃背了。她特别提到2020年为深圳交警制作的“智能空调防晒服”，衣服内有两个小风扇，可以保持空气循环，相当于小空调，十分凉爽。不少媒体对此进行了报道，标题如《“膨胀”了！深圳交警新制服上自带风扇》。“看看人家深圳的服装厂，完全是以人为本”“立体循环风，还不会着凉”“高科技衣服再次现身深圳”，这些评论让刘晓燕分外感动。

“首次进行人体拖行测试，首次应用银离子抗菌技术，首次采用防水拉链，首次全面实现国产化。”刘晓燕介绍道，奔霓诗自主研发生产四季铁骑服、铁骑防弹衣、重机骑行雨衣、智能空调防晒服等，先后设计生产了第一、第二代铁骑服，新推出的“极速2”系列是二代铁骑服的升级版。“就服装新材料应用而言，奔霓诗是中国时尚行业的引领者”，她说。

新材料的应用也为中小学生带来了福利。为了解决校服的汗臭问题，刘晓燕团队经过109次实验，自主研发一款具有吸湿性、排汗性、抗菌性的速干校服，在原有的校服款式上添加反光效果的材料加以设计。她骄傲地说：“校服的设计和应用上，我们也是全国的引领者，每一款服装都经过千锤百炼的打磨。”这款速干抗菌校服，一件单品卖了100万件，这是让刘晓燕骄傲的另一件大事。

刘晓燕的另一个“跨界”之举，是从2012年开始筹建全国第一家军装博物馆——华夏军装博物馆，填补了中国军装史在博物馆界的空白。筹备期间，她陆续到西安军事博物馆、中国军事博物馆等处参观，拜访军装史的学者和专家。博物馆藏品的收集，记录了个人见证时代的故事，而古代军装，则直观地还原了冷兵器时代的战服。“这些珍贵的服装，为很多古装历史剧的拍摄提供了帮助，让服装组少走了很多弯路。”

华夏军装博物馆创办至今10年，这里已成为深圳中小学生进行爱国主义教育的基地，更有全国各地的老兵常常来这里参观。刘晓燕印象最深的是，一位老兵站在某一款军装面前流泪了，他说这是他父亲穿过的衣服，“那一刻，我觉得内心非常感动，因为通过服装，我们感受到一代人共同的回忆”。有这么一个实体空间，让观众感受到几千年军装文化的传承，她感受到了这件事的意义。

从1992年踏入深圳特区，到2022年，刘晓燕将30年的时光倾注于深爱的时尚事业，从来料加工到自创奔霓诗，从时尚女装到交警制服与学生校服，再到华夏军装博物馆，刘晓燕一再“出圈”和“跨界”，在服装的细分领域，为深圳这座城市增添了更具人性化的时尚拼图。2019年，当选“深圳服装行业30年功勋人物”的刘晓燕站在领奖台上，百感交集，她说：“我以前是画陶瓷工笔画的，小时候的梦想不过是开一个小花店或者当老师，如今的一切，完全超过我的想象。”

“没有深圳，肯定就没有我的今天。”刘晓燕感谢这座城市给予自己的一切，她觉得设计出好产品就是对深圳最大的一个回馈。

大浪**时尚小镇**，深圳服装头部企业与品牌如歌力思、影儿、赢家、玛丝菲尔等**汇集于此**，庞大的**产业园内**，代表着品牌气质与潮流走向的店铺，错落地分布于**小镇各处**，共同成就了深圳时尚『**新帝国**』。

第三章

品牌帝国

赢家：解锁时尚密码

1

“我不仅是深圳最早的一波时尚人，更是新中国最早的一代时尚人！”生于1946年的陈灵梅自1992年抵达深圳并进入时尚圈，已有30个年头。

2022年6月24日，我们在位于福田中心区松园大厦三楼的赢家会所见面，76岁的陈灵梅穿着由她担任主持设计的“正宫”礼服，踩着8厘米高的红色高跟鞋，发型一丝不苟，妆容精致，如电影《穿Prada的女王》中的好莱坞明星梅丽尔·斯特里普般优雅大气。她自信地说，作为时尚的终身热爱者，30年来，她创造的“赢家时尚集团”为深圳乃至中国的时尚界，贡献了独一无二的价值，她值得被称为“功勋人物”。

如往常一样，陈灵梅当日也是最早到公司的那个人。她坚持每晚10点半入睡，清晨6点“睡到自然醒”然后起床，每日9点上班，每周工作6天，和所有奋战于一线的职场女性一样。年龄对她而言并不是障碍，她更是从未想过退休一事，在同龄的朋友都习惯于打麻将、带孙子、跳广场舞的氛围中，陈灵梅却

2021年深圳时装周，赢家时尚集团董事长陈灵梅登台谢幕

走在自己的节奏里，优雅地保持着职场战斗力。

赢家时尚集团、影儿时尚集团、歌力思、玛丝菲尔，是深圳女装行业公认的四大头部企业。作为“赢家”掌门人的陈灵梅，1995年创立高端女装品牌NAERSI（娜尔思），2008年创立NEXY.CO（奈蔻），2014年，KORADIOR（珂莱蒂尔）在香港主板上市，2018年创立职场时装品牌“赢智尚”，2020年创立社交礼服智能定制品牌For Queen（正宫）等共计7个品牌，为深圳贡献了多样化、多场合、丰富度强的时装及穿搭选择。

她从福田下沙起步，在30年的时间历程中，陆续在深圳华强北的女人世界、红岭路的岁宝百货、东门的茂业百货以及全国一线城市的时尚风向标般的购物中心，引领一个又一个潮流。比如，“大码职业女装，为您撰写自信”，开启职业套装的风潮；在2000年花光所有积蓄，以50万元巨资邀请一线名模瞿颖担任代言人，开启品牌化之路；针对北方市场开发“驼绒大衣”与“针织小衫”，让深圳女装大跨步进入北方冬季市场；首次开启智能化定制，让高定礼服成为时尚女性的重要场合必备服装……在深圳时装周2021秋冬发布会秀场谢幕的一刻，我看见被称为“传奇时装女王”的陈灵梅，穿着白色西装，戴着珍珠项链，手拿粉色玫瑰，自信而优雅——她的确是大写的“深圳时尚人”。

在深圳引领全国时尚30年间，她书写着“流动的盛宴”般的传奇。

2

“深圳紧邻香港，是世界上最大的服装加工市场”，这是陈灵梅在《江山市服装厂与深圳福田区下沙企业公司光华时装来料加工厂合作的可行性报告》中的第一句话。和所有初来特区的服装创业者一样，陈灵梅1992年来的时候，做的也是欧美服装订单的来料加工。不过，她并不是打工者，而是以厂长的身份接手了下沙工业园的“光华制衣厂”——香港一家时装公司在深圳的来料加工厂，主要加工欧美高级宴会所需的礼服。这一年，她46岁，带着原江山市服装厂的三名女将——会计陈彩娟、管业务的杨芳琴、管生产的杨笑琴，开启了创业之路。

1992年，陈灵梅在下沙6平方米的办公室

那时候，她一心扑在工作上，尽管高端礼服的确提高了陈灵梅的眼界和审美，但背后是无尽的压力和没日没夜的加班，她要养活深圳和江山两个工厂的员工，要对付迎面扑来的各种困难，个中辛苦难以向他人言说。

1994年，中国成为世界服装的生产和出口大国，服装出口占纺织品出口比重的一半左右。然而，到这一年的年底，全球经济衰退，出口服装实行配额制，加工订单骤减。而陈灵梅所遭遇到的转折性事件是，1995年6月，她为香港一家服装公司加工了300多箱服装，这批衣服按照客户要求场地标志是“HONGKONG”（香港），出口到欧美。当服装运到罗湖海关时，工作人员说：“衣服的标签上写的场地是HONGKONG，而实际是从深圳运去的，产地不符，违反了海关关于进出口货物的规定。”这批货因此被扣留了，陈灵梅遭遇金钱和信心的双重打击。

不过，有两件事给了她新的希望。1995年，深圳市服装行业协会制定“以设计为灵魂，以品牌为生命，以市场为导向”的策略，鼓励“三来一补”企业转型探索内销市场。那时候，影儿、玛丝菲尔、马天奴等品牌均已诞生，这些品牌的诞生启发了陈灵梅。同时，她这几年利用来料加工缝制过程中出现的“尾货”以及少量布料与边角料头，自行设计加工成衣，并在一位浙江老乡于华强北女人世界开的服装店寄卖，结果销量相当不错。

上述两件事情促使陈灵梅鼓起勇气创立属于自己的品牌，于是，1995年，NAERSI（娜尔思）诞生，取名源于英文单词nice的谐音，是由陈灵梅的先生来取的，其中，“娜”指的是女性，“尔”指的是您，“思”指的是心理需求，连起来的娜尔思就是“女性的心理需求”。夫妻两人为娜尔思设计的Logo（商标）是翩翩起舞的女人，这正是陈灵梅的梦想：期待所有穿上娜尔思的女性都自信飞扬。娜尔思诞生之后，很快就在女人世界开了第一家专门店，一个仅有7平方米的空间。

“‘女人世界’当时是深圳最潮的地方，那时候国外的品牌还没有进入深圳市场，但在这里可以买到最时髦的国外的衣服，而且华强北的人流量也是深圳最大的”，坐在我对面的陈灵梅，声音洪亮，眼神里满是骄傲的光。她分享在女人世界第一家娜尔思专卖店所引发的潮流，印象最深的是，第一套爆款职业套装售价460元，累计销售3万多套。

1995年，开设在深圳“女人世界”的第一家娜尔思门店，以及当年的品牌宣传照

娜尔思用职业套装，点燃了深圳的第一把时尚之火。陈灵梅记得1995年的一天，在女人世界赚了3000元，一家人在下沙的出租屋里喝啤酒庆祝，非常高兴，那场景至今恍若昨日，让人念念不忘。

3

为什么会是职业套装火了？陈灵梅告诉我，那时候刚好赶上深圳的政府机关、事业单位和外资企业，普遍要求职工穿西装，工作服统一发放前，会给个人发放服装费，“但女性公务员到处都买不到合适的衣服，因为市场上没有这类女性穿的干练的西装”。她因此看到了商机，设计了几款无袖花布连衣裙配蓝色西装，挂在“女人世界”，这一套装很快就卖“爆了”。

自此，陈灵梅坚定地把娜尔思定位为成熟职业女装，她在1995年第一本娜尔思的品牌画册扉页上写着品牌价值观：“作为企业领导，我注重端庄与大方；作为文化女性，我喜欢和谐与简洁；作为一个女人，我希望美丽而文雅；作为发胖女士，我向往精干与苗条；作为普通百姓，我需要新颖且实用。这就是我——娜尔思的追求。”配图是董事长兼总设计师陈灵梅穿着淡雅薄荷绿西装、戴珍珠项链的职业形象。

时间过去了27年，我们在2022年的夏天看到这段话，依然会会心一笑，因为陈灵梅的确很精准地抓住了顾客的心理，简单，凝练，直接。

“大码职业女装，为您撰写自信”是娜尔思的广告词，大幅的广告悬挂于深南大道天虹商场以及佳和百货的外墙上，品牌也同时在东门茂业一炮打响，卖得非常火爆。不少顾客在商场买不到货，直接到位于下沙的工厂来买衣服。

从1995年到2000年，陈灵梅的日程表永远写着“繁忙”二字，她身兼设计、技术、采购、销售等多个岗位，每个周末都会去店铺里当业务员，感受顾客需求，设身处地为客人着想。同时，她不仅自己如饥似渴地学习服装设计，研究职业女性生活方式，还自掏腰包送员工去深圳大学进修服装设计、学习服装制版等。

娜尔思在中国时尚圈最引发轰动的一件事，是2000年秋邀请名模瞿颖担任代言人。

“我们把所有的钱都给她了！”坐在我对面的陈灵梅说起

为了推广品牌，1995年，陈灵梅邀请话剧演员白洁身穿娜尔思的服装拍摄画报，此举可谓开行业之先河，广受顾客好评

22年前的代言事件，特别提到了一个细节，当时用蛇皮袋装的50万元现金，里面甚至有一毛、五毛、一块的零钱，都是顾客买衣服给的现金，再加上从中国银行取的所有存款。这是娜尔思公司成立以来最大的一笔开支，所有的钱装在大编织袋里，放在车的后备箱，瞿颖拍完广告后当场交代言费给她。

“花这么大一笔巨款，而且是公司所有的存款，现在看来值吗？”我问。

“其实是儿子金明的意见，我当时身体很差，想找接班人，结果儿子就提了这个要求”，陈灵梅说。金明当时提出，瞿颖是集模特、演员、歌手于一身的名人，邀请她做代言人并

2003年，陈灵梅带领团队开发了“驼绒服”和“准牛仔服”

拍摄形象广告，才能把娜尔思的品牌打出去。这个相当冒险的行为，的确让娜尔思在全国范围内一炮而红。直到今天，不少深圳时尚人还记得位于下沙滨河路一栋楼的外墙面上，悬挂着长30多米的瞿颖代言的大幅海报，此举开启了服装行业品牌推广新模式。

我问陈灵梅：“瞿颖代言后，对娜尔思品牌和销售的帮助到底有多大？”她说，此举不仅让娜尔思在深圳打响，更在全国打响，门店人流量迅速提升，销售也很快跟上来了，不少香港、澳门的人都来深圳买娜尔思的衣服。回忆及此，她坦言道，当时就提出了企业远景，“一定要把娜尔思打造成中国卓越品牌”。

4

2002年对娜尔思而言是个分水岭，陈灵梅主导的以职业套装为主的衣服，在此前的市场上大为受宠。而这一年之后，一家名为“哥弟”的女装品牌以时尚休闲风格引领新的潮流。陈灵梅和她的设计团队看到了市场的风向，他们在全国各地考察之后，发现了如蝉翼般轻薄的、飘逸的、不皱的面料——新羽绉，并以此设计了一款休闲套装，在胸侧和裙摆装饰了几片枫叶，结果这款服装的销售极为火爆。随后，团队又发现了一种薄薄的弹性面料，并以此设计了一款衬衫——立领侧开襟，领子上打了一个别致的结，这款衣服卖了1.5万件。这两件“爆款”给了陈灵梅启示，她从此开启了“职业休闲两相宜”的服装之路，职业女性除了公务套装之外，有了适合更多场合的穿衣选择。另一件让陈灵梅引以为傲的事情，是她和团队开创性地开发出了冬天穿的“驼绒大衣”和“针织小衫”，前者在北方零下30摄氏度的室外都非常保暖，而后者在室内脱掉大衣后显得非常时尚。

回忆及此，我面前的陈灵梅显得非常得意，她说，“我们解决了冬装的问题，因为南方人不知道北方冬天的感觉，所以深圳服装在东北三省一直卖得不好。”为了这一创新，她特意在大冬天飞到哈尔滨，很认真地在酒店、商场观察顾客的着装，比如出门穿什么，进屋又怎么穿，等等。正是因为亲身观察和体会，陈灵梅和团队开发的驼绒服成为2003年冬季市场的大热。这一年，她们还设计了适合中年人穿的属于娜尔思独创的“准牛仔服”，既穿着舒服，又显得身形挺拔。

2002年，陈灵梅第一次到欧洲考察。在法国巴黎，她们参观了卢浮宫、凡尔赛宫、香榭丽舍大街、左岸，以及老佛爷百货店等各种街头名店，让她感受到法国中年女性的时尚魅力，也让她看到中国时尚与欧洲时尚的差距。

陈灵梅意识到，时尚的生活方式和对美的认识是最核心的差异，她要结合中国人的审美情趣，努力设计属于中国的时尚品牌，打造属于中国人的时尚穿搭。这一年，娜尔思在全国一线城市全面铺开，年销售额突破5500万元。随后几年，在一线城市都开设了自营专卖店，她们以顾客需求为导向，持续生产出一件又一件引领潮流又非常实用的衣服。同时，企业持续壮大，到2003年，赢家在龙华大浪时尚小镇购买了建筑面积3万平方米的工业园，建立了“花园式”厂房，并于2006年1月正式投入使用。

2005年，陈灵梅再次去欧洲考察，看到成熟女性优雅、自信的穿搭与生活状态，她们上班正式大方，下班休闲放松。这给陈灵梅的启发是，她要为中国成熟女性设计在不同场合穿的衣服。从这一年开始，她把精力用在推动“花样盛年文化”上，开创了“花样盛年”服装新品类，让盛年的中国女性永远绽放美丽。2006年，她创办了专注于盛年女性的刊物《花样

赢家会所内的服饰陈列

盛年》，开启在北京、上海、武汉、南京、杭州等16个城市的“盛年时尚行”VIP沙龙，场场爆满。2009年，她被评为“中国十大品牌女性”。2014年，赢家旗下品牌直营店超过400家，同年，赢家历史博物馆开馆；2015年，赢家旗下品牌年营收超过15亿元；2017年2月，赢家时装（赣州）有限公司全渠道智能定制启动大会在于都赢家工业园隆重举行，开创女装行业智能化制造的世界先河……而陈灵梅自己，也身体力行地践行这一价值观。

2015年9月24日，在2016春夏米兰时装周上，La Koradior（珂莱蒂尔）作为本次时装周唯一受邀的中国女装企业品牌在米兰时装周官方主秀场发布China Image（中国映像）主题华美大秀，世界超模米兰达·可儿助阵。此后，赢家多次登上国际时装周，向世界展示深圳时尚力量。其中包括，2017年9月10日，NAERSI 在美国纽约自然历史博物馆发布主题为“Power and Beauty ”（力与美）的2018春夏时装大秀，向世界展示独属东方女性似水般柔美与自信的魅力。同年9月25日， NEXY.CO闪耀米兰大皇宫，发布主题为“The Spirit of Future”（忆·未来）的2018春夏系列，完美诠释“智慧彰显美丽”的品牌理念。

在国际舞台上“被看见”，对陈灵梅而言，显然是无比自信的。“没有任何一个国家的时尚产品有中国这么丰富，我们的时尚产业链非常成熟，工艺和技术也很好，你看国际品牌，有不少其实已工业制造空心化，找不到制造服装的匠人”，陈灵梅感慨地说，中国的服装在设计、款式、技术等方面都非常强，目前唯一的问题，就是在品牌推广和舆论场上比较被动，缺少国家层面的整合，都是“各个品牌苦苦地在单打独斗”。

她的期待是，希望深圳的一线时尚品牌能够组团在国际上展示中国时尚的魅力。2022年，76岁的陈灵梅依然和团队一起努力，打造深圳的时尚王国，也打造着能够被世界看见的、来自中国的时尚王国。

影儿：要成为经得起时间考验的一流企业

1

1993年，从内地来深圳上初三的殷博，把每个周末和节假日都交付于国贸大厦旁边的一个商场内。在这里，她的一位阿姨开了一家高级时装专门店，主要卖高端女装，以上班族的职业套装为主。

那时候，内地很多人每个月的工资只有几十元，而这家店的一套衣服就接近上千元。殷博在店里打工，每当顾客询价，她报出衣服售价时，常常很忐忑，因为实在是觉得“好贵”。有一次遇到一个穿着拖鞋、挽着裤脚的人进来逛店，殷博觉得这么贵的衣服，对方未必买得起，结果，对方当场就买了近千元的衣服。

大学毕业后，殷博第一个月的工资是3000元，但她愿意斥2800元“巨资”给自己买一套职业套装。而在忙碌的日常工作之外，她还利用业余时间，在华强北开了一家服装小店，同时做了针对会员的宣传画册，呈现时尚流行趋势与走俏的服装款式。

殷博目前的身份是影儿时尚集团的副总裁，她加入影儿的时间是2008年。这一年，她从媒体行业转型进入时尚行业，完全出于自己对服装深度热爱的初心。更重要的是，她被这家有追求有沉淀的公司所吸引，被影儿时尚集团董事长周璀琼以服装为终生事业的职业精神所打动。在殷博的印象中，影儿当时倡导的是，要做经得起时间考验的企业，要做百年企业。

2022年5月19日，我来到周璀琼的办公室，被她的谦逊、低调、务实精神所打动。她多次提到“向世界上最好的时装品牌学习”“邀请全世界最好的设计师为我们做顾问”“像那些历久弥新的经典品牌一样，永不放弃老顾客，为每个年龄阶段的客人服务”“客户在不同场合要穿不同的衣服，我们多品牌就是满足不同的需求”……那一刻，我看到，作为影儿董事长的周璀琼与作为高管的殷博共同的时尚追求与品牌价值观。

作为在深圳服装行业第一梯队阵营中走在前列的企业，自1996年出发的影儿，至今用了26年的时间成为今天这个拥有多个服装品牌和三家美妆品牌的时尚集团。在深圳龙华、东莞清溪、上海松江和天津有产业园、物流园，在全国拥有15个区域销售公司，近1500家门店和数百万名会员。

“我并不敢自夸我们做得有多好，只不过是在1996年赶上了好机会，被时代选中而已”，周璀琼的语气里，满是感恩。她感恩于深圳这座城市的活力、创新与奋斗精神，感恩于团队齐心为品牌助力，感恩于一个向上的时代中每个人对生活的热爱、对生命的尊重、对时尚和梦想的追求。

1996年，影儿第一家展厅开设于下沙工业区

“抹不去的影儿”，是品牌最初的广告语，也是周璀琼心目中，可以伴随一个女性不同年龄阶段的时尚梦想。她期待品牌能够穿越时间，坚定地活下去，不论世界如何变幻，让影儿活在每个爱美的女性心中。

2

1990年，年轻的周璀琼怀揣着深圳梦来到特区。当时深圳很多企业做的是经香港洋行接到的来自欧洲的服装订单，而深圳的服装加工在工艺上比较有优势，尤其是真丝产品的设计和制作上。这段时间，周璀琼在见识、视野、全流程管理能力等方面，积累了经验。

20世纪90年代末期，光临影儿专卖店的顾客

20世纪90年代真是一段流金岁月，港台影视剧和明星火爆，张曼玉、林青霞等的电影与穿搭，大街小巷的邓丽君歌声，大波浪头发、垫肩上衣与喇叭裤……这一切，几乎成为彼时时尚的关键词。深圳比邻香港，在轰轰烈烈地打工奋斗追逐深圳梦的队伍当中，周璀琼自然而然地感受到了“港风”的沐浴。1996年，影儿时装公司在福田下沙工业园成立，从想法萌芽到创立自己的服装品牌，她只用了两个月。“影儿”二字是她对自己的安慰、期待与鼓励。最初的Logo是由三只眼睛的图

案组成，代表着“看世界、看品牌、反观内心”。

“我真的不敢说我们那时候多么有前瞻性和洞察力，只不过是时代给了我机会，让我幸运地做了这个决定”，周璀琼最感慨的是年轻时的自己“有一些追求和理想”。香港明星穿什么衣服，她也喜欢跟着穿，而常去香港也让她开了眼界，让她能够向世界上最优秀的品牌学习。

1996年4月，影儿第一家专卖店在深南天虹开业，一天的时间，衣服便被抢购一空。有一位林女士是影儿最早的VIP，她说：“我到现在依然记得当时店内的陈列是什么样的，款式不多，却件件简约大气，从日本进口的面料尤为精致。毫不夸张地说，当时深圳高档场所里的女性几乎都穿着影儿。”

20世纪90年代末期，影儿时尚集团的第一个品牌YINER（音儿）就特邀来自香港的国际名模琦琦担任品牌形象代言人，此举开启了深圳乃至全国女装品牌推广的先河，彰显了高端时装的魅力。琦琦的大幅海报，悬挂于下沙工业园的高处，广告上写着“抹不去的影儿”，成为不少深圳人的美好记忆。

吴梓静大学刚毕业到深圳后，经过下沙工业园时无意中瞥见了琦琦那幅巨型照片，正是那句“抹不去的影儿”触动了她，让她立刻下了公交车到影儿公司应聘，20多年过去了，她始终在这里坚持着“抹不去的梦想”。李小平也是早期员工之一，她曾经身兼数职，不仅要整理报表、收银，还要做销售。“生意最火爆的时候，一天收银多达三四万”，她到现在还记得款号299的爆款，简单的西装加白衬衣在深圳、广州两地

2021年，影儿时尚集团旗下创立的第一个品牌YINER（音儿）以“1996”为主题发布2021秋冬服饰，过去与未来、传统与当代在秀场上交织共鸣，引发着跨时空的奇妙之旅

一天可以卖到近80件。闫屏可以说是下沙展厅变迁的见证者，她说：“来下沙的客人不只是深圳本地人，很多顾客都是从广州、中山、珠海等周边城市租面包车来的，走的时候都是拎着一大袋子。”那真是一段奋斗着的燃情岁月。

2022年1月21日，YINER推出2022春季形象大片《1996壹月号外刊》，复刻1996年的“港风”大片，呈现如老照片般的经典时光、场景、服饰、状态，给人浓郁的复古风。这不仅是对1996年诞生的影儿的致敬，也是对复古“港风”的温暖回望。有意思的是，这组大片和2021年举行的大秀，其实都是由影儿时尚集团的二代接班人操刀的，生于1994年的他，用“港风”

大秀与大片，致敬父母辈的奋斗时光，表达对20世纪90年代时尚的认可、怀念与致敬，在时尚圈再次刮起一股强劲的怀旧之风，并在社交媒体上成为热议话题。

时代轰轰烈烈地前行，在海外留学归来的“服二代”，以年轻人的眼光和魄力，为影儿集团注入新的活力。“有点追求，有点理想”的周璀琼，在下一代身上，看到了新的希望。

3

2002年，从下沙搬至梅林，是影儿的第一次搬家，也是企业成长和壮大的一次腾飞。从这个阶段开始，影儿自YINER（音儿）之后，陆续推出5个品牌。其中，2004年，影儿时尚集团推出以“简约·生活”为原则的INSUN（恩裳）；2005年，集团推出新学院风格的PSALTER（诗篇）；2008年，推出旨在为品位高雅、追求完美生活品质的现代女性而定制的奢华女装品牌Song of Song（歌中歌）；2010年，推出甜酷、娇俏的OBBLIGATO（奥丽嘉朵），为中国高端消费者带来无限惊艳；2014年，推出运动元素与时尚风格相结合的XII BASKET（十二篮）……“多品牌战略”的成功实施，使影儿时尚集团成为引领中国女装文化的代表企业，从最初的传统优势行业脱颖而出，成功提升为高设计含量、高附加值的时尚创意型企业，为深圳服装业和其他优势传统产业的转型升级提供了成功的借鉴模式。

“务实”二字，几乎刻在影儿集团的品牌核心里，作为最早从来料加工转型到品牌化运营的企业，影儿的多品牌战略，始终是随着市场的脉搏一起舞动的。“我们一直是以顾客为中心，但很快发现，一个品牌已经满足不了顾客的需求了，发现许多女性有穿错衣服的尴尬，我们希望能够引导顾客在什么场合穿什么衣服。”

在周璀琼看来，如同深圳从边陲小镇成长为国际大都市一样，影儿也跟着城市一起生长。她对深圳这座城市饱含热爱，她在这里创业、结婚、生子、建立自己的时尚事业，这一切，都跟深圳紧密相连。“我很热爱这块土地，经常从外地回来，一下飞机就觉得深圳是最好的。这个城市具有积极、创新、开放、务实、充满活力的精神气质，对我影响非常大。”

从“穿什么”到“怎么穿”，这其中反映的也是社会经济发展、共同的审美需求以及每个人的个性化追求等。周璀琼提到，深圳服装潮流，几乎反映了整个中国的经济变化与时尚转变，从一开始的“穷”到后来的“富”，接着到“贵”，再到今天的“雅和素”，这些变化背后，除了经济原因，也有价值观的转变。即从贫穷到富裕时，特别想证明自己“买得起”，所以兴起来一股“奢侈品热”，而如今，个性化的需求让每个人的审美更加多元化，穿衣更加符合自己的内心需求。

从2015年至今，影儿连续举办时装发布秀，每年都突出不同品牌，开启令人惊喜的创意，比如2015年的恩裳以“向艺术家致敬”为主题，将艺术画作置于T台中央幕布，让艺术在时装中重生。2018年歌中歌十年大秀“重返伊甸园”在深圳当代艺

2015年深圳时装周，影儿时尚集团旗下品牌INSUN（恩裳）以“向艺术家致敬”为主题的走秀现场

术与城市规划馆举行，首创以纯人声合唱作为背景音乐，非常动人。2019年，奥丽嘉朵的大秀舞台上，著名舞蹈家邱思婷的唯美独舞让人如痴如醉。而歌中歌则在这一年的深圳时装周上鲜活展现了充满活力和独立精神的精英女性群像，探索对经典优雅的当代解读。最令人印象深刻的是，在深圳长大的著名钢琴家左章在舞台上以钢琴曲为大秀配乐，这又是一个秀场的独创……另外，2018年和2019年，影儿时尚集团两次亮相米兰时装周，让世界看见中国品牌的崛起，展现从“深圳的影儿”走向“世界的影儿”。

一次又一次的大秀，让整个行业、让世界看到影儿集团一点一滴的成长和进步，看到服装品牌如何与艺术相互成就，看到影儿的创新与巨变。“其实我们一直向世界顶级品牌学习，我们只有20多年的历史，但我们的设计力量一直在学习和进

影儿时尚集团董事长周璀琼（右三）与艺术家在一起

步。”周璀琼谈及影儿每次于国内品牌而言创新性的改变，都觉得是不断学习的结果，语气中是满满的谦卑。

4

为什么影儿时尚集团能够持续壮大并拥有强大的核心竞争力？这一切，都源于品牌一直重视研发。据周璀琼介绍，在影儿时尚集团总部，长驻着一批来自韩国、日本、意大利、法国的外籍顶尖设计师，他们都有服务过全球顶级奢侈品牌的经历。此外，影儿时尚集团与中国纺织服装科学研究院、深圳大学艺术设计学院、清华大学美术学院、北京服装学院以及韩国、法国、意大利等国的时尚机构建立紧密合作关系，定期举行交流活动。有了顶尖创意团队，影儿时尚集团还打造了数百人的庞大研发团队，设立商品采购、时尚买手、设计开发、样衣首版、商品策划、品牌推广、视觉形象工程、时尚研究等部门，贯穿每一个研发环节，为将创意转换成实实在在的生产力，提供了持续发展的不竭动力。如今，影儿自己的设计团队也在慢慢成长。据了解，目前影儿的设计师队伍有近500人，大部分都是从海外留学归来的专业设计师。另外，影儿还特别注重培育新生力量，与艺术院校合作，启动“明日之星”计划，在培养路径上苦下功夫。

40多年来，深圳服装行业大浪淘沙，能够坚持初心并跟随市场走至今日，影儿始终与时代共频。

2008年加入影儿时尚集团后，殷博就首创了影儿店面的标准化管理手册，门店陈列、店员培训、品牌形象等，统一制定流程化的标准。她告诉我，影儿时尚集团是深圳服装企业里面最早走电商路线的，2009年起先后在各大电商平台开设官方旗舰店，2016年就在打造微信小程序“影儿商城”，在多维度上升级服务，通过直播、短视频等方式让顾客足不出户就可以了解到最新的时尚趋势与产品，通过社群运营维护顾客黏性。同时，专业新零售客服的24小时全时无边界服务、24小时内发货的速度，也保证了影儿商城的购物感体验。“从2009年开始，每年都参加‘双十一’活动，有过单品牌一天销售一个亿的成绩。”

“中国女装看深圳，影儿与这座城市、这个行业共鸣共生，我觉得我们也有责任可持续地发展下去，为更多年轻人创造机会。这个行业虽然非常需要沉淀，坚持下去需要耐心和毅力，虽然我们团队都很年轻，但是有很多人与生俱来地特别热爱时尚行业，而且那是不怕苦不怕失败的。”周瓘琼告诉我，她的儿子在企业担任创意总监，“他带领着年轻团队，以最大的热情投入影儿的发展”。

后疫情时代，服装行业的“荒年来了”，周瓘琼表示，在这个时期，更要坚持长期主义，韧性生长。唯有潜心笃志，才能穿越周期与不确定性。在跟她的对谈中，感受得到一位企业家的责任心、居安思危的务实精神。

被誉为“Polo衫之父”的拉夫·劳伦（Ralph Lauren）说过：“我设计的不是服装，我设计的是梦想。”正是源于周瓘琼对时尚发自内心的热爱，才于1996年成就了影儿时尚集团的美好开端，也开启了持续至今26年的美好时代。“爱是永不止息”是对这个与深圳服装业共成长的企业最好的注解。影儿时尚集团及旗下的众多品牌，在为当代职业女性服务的路上，始终保持着温暖的陪伴姿态，给予每个年龄段的女性以力量。

歌力思：打造具有国际竞争力的高端时装品牌矩阵

1

从1996年出发到2015年，19年的时间，创始人夏国新只专注地做了一个品牌——歌力思（ELLASSAY）。2015年4月22日，歌力思在上交所正式挂牌上市，成为同年A股女装第一股，同时首创在证券交易所举行时装大秀。

2022年7月14日，在歌力思位于天安数码城的企业总部文化廊内，我看到夏国新先生穿着西装面带微笑的敲钟一幕与身穿歌力思品牌时装的模特在上交所T台走秀的一幕。这两个场景，对歌力思而言，无疑是具有标志性意义的。

与歌力思事业合伙人、集团创意总监王笃森面对面地坐在他的办公桌前，回望2015年这个重要时间节点，他说，在不少本地著名服装企业陆续走向多品牌发展之路的时候，歌力思抵抗住了诱惑，坚持只做一个品牌、多个产品线。

诱惑是什么?

诱惑是，在全国各地大型购物中心如火如荼遍地开花的时

2015年4月22日，歌力思在上海交易所正式挂牌上市，成为同年A股女装第一股，同时首创在证券交易所举行时装大秀。左为深圳歌力思服饰股份有限公司创始人、董事长夏国新

候，只要多一个品牌，就可能成功入驻不同城市的一线购物中心，就可能迅速地赚钱。但这意味着要大量招兵买马，需要更多的人才为不同的品牌提供服务。那么，人的能力能否跟上？多线品牌能不能做起来？对夏国新及其团队而言，与其分散团队和精力做不同品牌，还不如将一个品牌做大做强。

“我们一直追求的就是把歌力思做到行业内的‘数一数二’”，王笃森说。在2015年上市之前，歌力思团队形成最大的合力，把自有品牌ELLASSAY做到行业中“数一数二”的程度。而在上市之后，歌力思开启了全球收购之路，寻找同类品牌，即在各自细分领域同样做到“数一数二”的优质品牌。

截至2022年7月，歌力思时尚集团旗下有：中国高端时装品牌 ELLASSAY、德国高端女装品牌Laurèl、美国轻奢潮流品牌Ed Hardy、法国设计师品牌IRO Paris、英国当代时尚品牌Self-Portrait，形成包含时尚、潮牌、轻奢、“网红”等多属性的品牌矩阵，覆盖不同细分市场需求。

在《深圳歌力思服饰股份有限公司2021年度报告摘要》中，我看到这样一组数据：2021年度公司实现营业收入约23.63亿元，同比增长20.42%；主营业务收入创造历史新高，达到23.27亿元，同比增长22.89%。在疫情影响及全球消费力下降的当下，歌力思在全球市场中尚能如此稳定地前行，的确得益于一个相对精准的品牌战略及方向。

“我喜欢设定长远目标，一旦确定下来，就会多年坚持不懈地为这个目标奋斗，并且不再立其他小目标。”在歌力思的

2016年11月2日，歌力思成立20周年庆典在北京太庙正殿举行。歌力思携集团旗下自有品牌ELLASSAY，并购的德国女装品牌Laur è l、美国潮牌Ed Hardy、法国设计师品牌IRO Paris，以多品牌矩阵集体亮相。这是太庙正殿600年历史上首个时装秀。歌力思以古老碰撞现代，以东西方文化的交汇呈现了一场现代时尚的高级时装美学大秀

创始人兼董事长夏国新的办公室内，他诚恳地对着我说。从创立品牌至今26年，夏国新一直保持着谦逊的姿态，向同行学习，向国际品牌学习，向年轻人学习。他始终觉得，企业首先要考虑的是活下来，其次是要跟时代一起前行。

正因如此，歌力思的国际化多品牌矩阵，对“80后”“90后”以及1995—2009年间出生的“Z世代”，保持着友好的态度。在公司年报中有这样的话语：“Z世代”人群追求多品牌的个性化穿搭，消费决策受到社交媒体的深度影响，对新鲜事物有极强的接受度，并且高度强调定义自我风格。“Z世代”人群的消费需求更加差异化与个性化，多品牌的触达效率较其他年

龄层显著提升。通过打造有国际竞争力的多品牌矩阵，能够在线上与线下均形成协同效应，占据消费者心智与更大的市场空间，同时减少单品牌的生命周期造成的业绩波动。

很显然，夏国新和他所带领的团队，在设计上保持着感性，但在市场和运营上则保持着深度的理性思考。歌力思的确打造了一条属于自己的时尚之路，更加国际化，更为多元，更加跨越年龄感。

2

在歌力思创立一年之后的1997年，夏国新就很有远见地邀请了国际名模 Rosemary（虹萱）作为品牌形象代言人，让歌力思从一开始就具象化为一张国际化的面孔，这是了不起的视野。

1995年前后，是深圳女装品牌风起云涌迅猛发展的时代。在内地很多品牌还处于注重生产和供应链的阶段时，服装设计专业科班出身的夏国新，就认为中国服装的未来应该是品牌的天下。王笃森说，在20世纪90年代末期，公司就愿意花3万元的“巨款”来设计歌力思品牌Logo，“我们对歌力思的整个发展路径有非常清晰的认知，从一开始就懂得加大品牌的影响力，我们的Logo至今都没有变过”。

回看歌力思品牌历程，可谓闪闪发光，每一步都没有白走。

1999年，获评“中国女装行业十大名牌”；2002年，荣获

"中国女装十大满意首选品牌"；2004年，聘请YSL成衣研发总监让·保罗·诺特（Jean Paul Knott）先生作为品牌设计顾问，同年获评"最具影响力女装品牌"；2009年，与全球私人股权投资公司凯雷投资集团正式宣布成立战略联盟；2010年，歌力思入选"2010福布斯中国潜力企业榜"； 2011年，歌力思时尚产业园正式落成，占地面积2.3万平方米，建筑面积达5.5万平方米；2020年3月23日，歌力思率先采用绿幕技术，业界首创"云上时装秀"，区别于品牌直播秀场视频的模式，真正将秀场搬到了"云端"；2021年，歌力思开启可持续时尚行动，同年，率先在国内服装行业中推出品牌专属虚拟数字人@飒ELISA，为数字时尚世界注入了新鲜血液……

让深圳时尚圈骄傲的是，歌力思也多次闪耀世界顶级时装周。2013年，歌力思作为首个应邀参与纽约时装周的中国高端女装品牌，以其一贯自信而不张扬的魅力，在纽约林肯中心主会场演绎独有的中国优雅。2013年、2014年连续2年在纽约时装周发布时装并广受赞誉后，歌力思于2016年应米兰时装周官方邀请，以中国优雅探寻米兰艺术，在米兰参议院大厦举行大秀。自此，品牌每季受邀参加国际时装周发布新季时装，以自信之姿开启国际征途。

在国际T台上持续盛大亮相的同时，歌力思也在与年轻消费者建立情感链接，为品牌注入自由率性和趣味性。从虚拟数字人@飒ELISA的推出，到2022年邀请演员金晨出任歌力思品牌代言人，从WEEKEND系列焕新，到沉浸式光感球幕秀场的

歌力思亮相2014纽约时装周

打造，歌力思一直以开放的姿态与时代共舞，保持着优雅、先锋、未来感并举的品牌特色。截至2022年7月，ELLASSAY 品牌店铺数量近300家。

3

最让我好奇的是，歌力思的国际化品牌矩阵，其“国际性”到底体现在哪里？王笃森告诉我，2015—2020年，歌力思在全球寻找具有共同价值观和市场影响力的品牌，在其收购的品牌阵容中，都是顶级且闪亮的名字。

比如，2015年收购的德国高端女装品牌Laurèl，1978年创建于德国慕尼黑，现已覆盖世界各地 30 多个国家和地区，全球有 1000 多家销售点。2020年，公司进一步收购Laurèl品牌的境外商标，由此实现对Laurèl品牌的全球控制，对公司布局全球化业务、打造未来全球化运营具有重要战略意义。

2016年，歌力思收购了美国轻奢潮流品牌Ed Hardy，该品牌于2004年在美国成立，目前在美洲、欧洲、亚洲和中东地区都已开设专卖店，在好莱坞更是火热的潮流品牌，备受国际一线明星的喜爱。同年，歌力思首次进行全球控股收购法国设计师品牌IRO Paris。IRO Paris于2004年创立，不少超级名模和时尚博主都是它的忠实粉丝。该品牌年销售收入约为6000万欧元，店铺遍布包括巴黎、纽约等全球多个城市，同时IRO也在高端百货中设有专柜超过40个，美国是其最大的市场，销售收入占比高达50%。截至2022年7月，IRO Paris全球直营店铺合计近百家。

2019年，歌力思与英国当代时尚品牌Self-Portrait成立合资公司，实现Self-Portrait在中国大陆的经营和管理。品牌由毕业于伦敦中央圣马丁艺术与设计学院的马来西亚华裔设计师Han Chong于2013年成立，并迅速建立了令人羡慕的声誉。设计师Han擅长结合柔美与硬朗的剪裁，加上开发新式的纹理质感和布料运用，打造洋溢活力的迷人设计，成就功能与设计兼备的女装系列。

作为品牌收购的深度参与者与见证者，王笃森表示，歌力思26年来持续进行品牌迭代和升级，持续向世界级的品牌学

歌力思经典广告大片

习。“我们自己在抵达‘数一数二’这个层面之后，就希望能吸纳到在全球数一数二的品牌。”

“为什么国际品牌会认可歌力思并愿意加入集团阵容当中？”我问。

“我认为我们的竞争力在于，国际品牌对于中国市场有一个非常大的期望，而我们深耕中国市场20多年，更了解中国市场与消费者的需求，大家的合作是共赢的，”王笃森诚恳地回答，“国际阵容给歌力思带来的不仅仅是加法，甚至是乘法。”

4

“赛道选得好，”王笃森说，这是歌力思和同类品牌能够成功引领深圳时尚20余年的重要原因，“因为大淑女装这个赛道的消费者，是本身在事业和家庭方面平衡得非常好的一群职业女性，她们需要在大量的场合穿高端的服装。国际二线品牌在20世纪90年代末至2010年前后尚未进入国内市场，而国际一线奢侈品在服装设计、版型、价格等方面并不了解中国女性的需求，这一切刚好让深圳高端女装快速抢占了市场。”同时，深圳比邻香港，时尚资讯的获取、高品质面料的来源以及超强的品牌意识，共同助力深圳女装形成“百家争鸣、百花齐放”的傲人成绩。从20世纪90年代中期往后的20年，被王笃森称为“深圳女装的黄金时代”，而歌力思身在其中，成为深圳时尚不可替代的引领者之一。

不过，在持续登陆国际时装周并收购国际一线品牌的过程中，夏国新和王笃森感受到了某种危机感，“我们不能沉迷于以前的成功经验和功劳，而是要不断地向年轻人学习，向年轻品牌学习，向国际一线奢侈品品牌学习，学习他们对品牌本身的坚守”。爱马仕拥有170年的历史，路易威登有150年的历史，在百年的岁月里，这些品牌并未被历史和消费者抛弃，而是不断地进行更新和迭代，“你只有不断地跟年轻人学习，才能真正地与这个时代共振”。

正是因为这种开放的心态，王笃森觉得深圳时尚除了大淑女装之外，还应支持类似ANNAKIKI、ROARINGWILD、JTK、Vmajor等更为年轻的品牌和设计风格，“他们才是深圳时尚的未来，代表着一大群年轻人的审美，他们对抗着所谓的主流文化，但让我们看到了舒适圈外的新世界”。基于上述价值观，歌力思持续保持着与年轻人共振的姿态。在品牌营销上，除了做传统的明星、超模代言之外，还在微博、小红书、微信等不同平台做网红、博主等植入式宣传带货。有意思的是，歌力思还被称为“热播剧收割机”，包括《三十而已》《都挺好》等一半以上的国内大热影视剧，都有其品牌赞助的服装。明星与博主共同种草，让歌力思“率性优雅”的品牌个性，深入不同年龄层的消费者心中。

“以前的时尚是要让你觉得遥不可及，需要抬头去仰望，需要去营造一个梦一样的场景。而如今，品牌更多的是要讲人话，要跟消费者去沟通，要通过多渠道进行更具亲和力的沟通。”王笃森感慨道。在时尚领域，现在是一个供大于求的年代，那么，如何在众多服装品牌中脱颖而出被消费者认可？在他看来，形象代言人是一个沟通的窗口，而热播剧、头部博主带货等，都是在不同层次与客人沟通的方法。

最具创新精神的举措之一是，歌力思在2021年打造了中国时尚行业的第一个虚拟数字人——@飒ELISA，并正式入职成为该集团的首个数字员工和可持续时尚大使，“她有自己的企业账号，可以跟我们集团的任何人沟通”。

事实上，@飒ELISA就是人工智能，如同中央电脑，未来会在数据收集方面为歌力思的发展提供决策建议。人总归是有感情的，不管是做设计、市场还是管理，都难免带有个人感情，但人工智能可以不带个人倾向，更加理性。比如，未来我们希

歌力思在2021年打造了中国时尚行业第一个虚拟数字人——@飒ELISA，并正式入职成为该集团的首个数字员工和可持续时尚大使

望@飒ELISA会采集到诸如“哪些款式最好卖？”“每一个店铺客人的进店率是多少？”“店面中哪个区域是热区？”“客人在什么地方停留的时间会更久？”“客人一般会选择什么颜色的衣服？”“客人的试穿率、购买率、复购率、满意度怎样？”等等数据，这些都是虚拟代言人未来要做的事情。

数字化世界的到来已经不可阻挡，王笃森坦言，不能躺在以前成功的经验上面，“歌力思先迈出第一步去做创新，哪怕创新是有代价的，代价是时间、金钱、精力，甚至说方向的错误，但是如果不试一下，我们怎么知道到底能不能行得通。夏总常对我们说，企业优先考虑的是生死问题，就是需要有强烈的危机意识，其次才是发展问题”。王笃森说，从2021年开始，歌力思最大的两个战略就是可持续时尚和品牌的数字化。如今，公司旗下几大品牌都特别留意面料、辅料以及店铺空间原材料的碳排放，“我们从消费者出发，一个是节能减排减少碳排放，另外一个就是鼓励循环经济”。针对这两方面，歌力思集团开启了一系列科学措施以检测企业碳排放，并制订了从供应链到自身运营，全方位的节能减排计划。“我们将从2022年起不断导入节能型生产商，在2025年前实现供应链向低碳节

在当下数字技术革新时尚产业的节点，不断重塑经典、以创新科技为时尚赋能的国内高级时装品牌ELLASSAY联合2022春夏深圳时装周，携手打造360度沉浸式开幕大秀。以国际前沿技术的跨界运用，多维度光感秀场的视觉加持，开启品牌ELLASSAY WEEKEND系列的全新篇章——HELLO ELLASSAY

能方向的迭代升级。”

2021年11月，歌力思集团正式加入由全球70余家时尚及纺织品企业首席执行官领导的可持续联盟—— The Fashion Pact（时尚公约），与世界各地的时尚集团及品牌分享可持续时尚的经验和行业资源。集团倡导旗下品牌从设计端开始考虑产品的循环性，即考虑到产品生命周期结束后的下一个潜在用途。

“远大的目标就像一个灯塔一样，即便遇到再大的风浪，你还是会克服困难，朝着这个目标坚持往前走。”在夏国新先生的办公室，他对我说，在品牌创立初期，他的目标就是做中国高端女装品牌，而在公司上市之后，他和团队设立新的目标是成为具有国际竞争力的高端时装集团。这26年来，他的梦想在一步步实现。

“2015年敲钟那一刻的感受如何？”我问。

“上市不是我们的目的，只是其中的一个手段，对我们而言，上市是顺理成章的事。”夏国新说。

歌力思集团，保持着开放的姿态与全球时尚产业同频，正在打造具有国际影响力的品牌矩阵，为深圳时尚贡献了不可替代的价值。

玛丝菲尔：与深圳时尚产业同频共振

1

伊丽莎白·泰勒、奥黛丽·赫本、索菲亚·罗兰等好莱坞明星有一个统一的称谓，即“瓦伦蒂诺的女人”。她们与“意大利流行界的王牌”、被誉为“红地毯之王”的时装大师瓦伦蒂诺·加拉瓦尼彼此成就，成为国际时尚圈让人津津乐道的佳话。1993年5月，中国首次举办国际服装服饰博览会，瓦伦蒂诺从意大利抵达北京，通过时装展示其“追求优雅，决不为流行所惑”的传奇魅力。与此同时，法国时装设计大师皮尔·卡丹在北京天坛举办时装大秀，两位世界顶级时尚大师同期亮相中国，让中国时尚界大开眼界，是至今让人念念不忘的时尚大事。同年，对美有着独特追求的朱崇恽，从杭州一路南下到深圳，在几位朋友的帮助下，用一把剪刀、一把尺、一台缝纫机、一块布料，在位于罗湖的南洋批发城尝试最初的批发代理业务，开启时尚梦想。

从1993年出发，时间倍速划过30个年头。

2022年7月14日，我从罗湖出发抵达龙华，走进深圳地标建筑之一——玛丝菲尔大厦。自2003年起开始筹建的“大浪服装产业集聚基地”，如今已更名为“大浪时尚小镇”并成为共建“世界级时尚小镇”的试点，玛丝菲尔大厦就坐落于此。我徜徉于玛丝菲尔的魔幻世界，震撼于艺术、历史、文化交汇的建筑之美：整座建筑艺术受到西班牙建筑大师安东尼奥·高迪的影响，通过对自然生命形态和物质形态的仿生再塑，将各种仿生学与艺术美学相结合。从外观看，它是一片有形的森林，玻璃幕墙看起来既像植物的叶片，又像鸟的羽毛，整座建筑如同一只张开双翼的雄鹰，气势磅礴，富有神韵。走进大楼，空间中没有棱角，将无形的流动感发挥到极致。有感于玛丝菲尔的服装，以及人体和自然的构造，你会感受到，它就是最自然的状态。它是大楼空间的延续，也是品牌精神的再叙，是既流动又凝固的艺术。

从奠基到落成，耗时10余年，斥资10多亿元，被赞誉为“建筑界的爱马仕”的玛丝菲尔大厦，把建筑与服装艺术巧妙地融合在一起。建筑大师贝聿铭曾经说：“最美的建筑，应该是建筑在时间之上的，时间会给出一切答案。”也许，融入了文化价值的时尚，才能成为建筑在时间之上的时尚，成为可持续性、永恒性、完整性的存在。建筑界人士说，玛丝菲尔的每件衣服都倾注了大量心血，他们把这个理念运用到公司总部大厦的打造上，解构出建筑设计施工里登峰造极的创意。这个建筑将成为时装品牌的固化载体，而品牌源源不断的创意也将成为这个建筑的活的灵魂。这座建筑从2008年奠基至今14年，我

玛丝菲尔带着初生视野，触达自然边界，探索万物之境（谢瑞航 供图）

和同事一起参观的当天，现场的工人还在火热建设当中。问随行的工作人员“何时竣工”这个问题，答案是：不知道。

一个参与项目的总工程师感慨道：“等这座大楼造好了，是不是要大哭一场？没有人敢想，一座大楼可以造十几年。从2008年奠基的那刻起，就让我魂牵梦绕。”玛丝菲尔大厦占地约4.98万平方米，建筑面积达11.5万平方米，是集办公、酒店、商业及秀场于一体的多功能创意园区。项目还没完工，就已获得国家实用型专利29项、国家级发明专利11项。有人调侃这个项目是“三疯”工程，一个“疯子”是业主老板，另一个“疯子”是设计师，还有一个“疯子”是承建单位，三者大胆而疯狂地接受了奇思妙想的挑战。

为什么会不计时间、资金、人力成本在建筑上做到如此极致？玛丝菲尔希望可以建立一座经得住时间考验的极具艺术价

玛丝菲尔大厦占地约4.98万平方米，建筑面积达11.5万平方米，是集办公、酒店、商业及秀场于一体的多功能创意园。图为总部大楼内部空间

值的建筑作品，能够凝聚更多有理想有才华的人才。如果玛丝菲尔的建筑都能做到这样，那么它的时装更值得信任，玛丝菲尔做每件事情都追求完美和高度，这种精神和态度，一定能让消费者真正认同。

一座引人注目的建筑，一个多品牌构筑的时尚帝国，这是不同形态的玛丝菲尔，可观赏、可穿、可触摸、可品味……这天，我从下午到傍晚，从时间、空间、建筑、人等多个维度，深度感受"三十而立"的玛丝菲尔与深圳特区共同脉动的这些年。

2

30年间，Marisfrolg（玛丝菲尔）从一个卖散货的服装作坊，经历了坎坷与磨难，顶住了诱惑与压力，始终坚守自己的梦想与情怀，终于从千千万万的创业者中脱颖而出，成为中国最优秀的时尚品牌的一员。从创始人朱崇恽对美和时尚的执着热爱，到一群玛丝菲尔人对于中国女性之美的不懈探索，“因爱而生，向美而行”一直是玛丝菲尔不变的价值理念。

一路走来，朱崇恽常常会反思，玛丝菲尔能走到今天，最根本的原因是什么？每一次，他们都会得到同一个答案：做品牌！

确实，做企业的人常常会被“做品牌”还是“做生意”这样的问题困惑。虽然，大多数的时候，“做品牌”与“做生意”并不矛盾，品牌做好了，生意自然不会差，生意赚钱了，就更有资本去营造品牌。但是，这两者经常也会有矛盾与冲突的时候，有时候，为了维护品牌的形象，就要牺牲眼前的利益，为了获得眼前的利益，就要伤害品牌的声誉。每当面临选择的时候，玛丝菲尔人都会守住自己做品牌的初心，宁愿牺牲眼看就可以到手的利益，也要维护品牌的形象与声誉。一句话，创始人团队始终做着创造中国最优秀的时尚品牌的梦，玛

玛丝菲尔在20世纪90年代的老店铺

丝菲尔从做时装批发，到做品牌、发展代理商，再到开自营的全国连锁的标准化规模化的专柜专卖店，每一次的转型与提升发展，都是围绕与贯穿着实现团队的梦想进行的。

在这个过程中，创始人团队既要确立和形成玛丝菲尔的品牌风格，又要紧贴潮流，展示时尚并且引领时尚，为了平衡这两者的关系，玛丝菲尔确立了“大气，优雅，经典，时尚”这八个字的品牌文化，让品牌在始终保持自己风格的前提下，又可以在不同时期、不同阶段，用不同的元素，展示自己千姿万态的时尚风貌。

21世纪将至的时候，玛丝菲尔总部从莲塘搬到了天安数码城。2003年，深圳市为实施促进服装产业高端化、聚集化发展战略，强化服装产业的集群发展与规模效应，出台了《关于支持发展产业集聚基地的若干意见》。玛丝菲尔品牌迎来了发展期，2002年门店突破100家，2003年销售额首次破1亿元大关。2008年销售近10亿元，2011年近20亿元，并且把店开到了国外。从最初的几十个员工到如今几千名员工，从一开始的几十万的年销售额到今天的几十亿元销售额，玛丝菲尔从旗下只有一个品牌到收购意大利优秀的时尚品牌KRIZIA等，形成今日令人瞩目的国际矩阵品牌群。

“我们终于成了中国最优秀的时尚品牌中的一员，我们创办企业的目标，也从单纯的对美和时尚的追求，蝶变为‘创办让所有中国人都自豪的民族品牌’。”朱崇恽说，对于这些成绩，不需要做过多的宣传，更不用去炫耀，玛丝菲尔的产品、

2001年5月2日，玛丝菲尔总部管理人员在深圳大梅沙合影。此时的他们，怀揣着“让千千万万女人美丽，做一流女装品牌”的梦想

店面、设计、服务才是最好的宣传。在一张2001年公司在深圳大梅沙团建的黑白老照片上，我看到这样一句话：“这群普通人正做着的梦：让千千万万女人美丽，做一流女装品牌梦。”这当中的不少人，从1年到10年、20年、30年地坚守着这样的品牌梦。他们坚信，只有中国人自己才更了解中国消费者的需求，才更懂得中国时尚的精髓。

3

玛丝菲尔的多品牌战略始于2013年，近10年内，推出了以品牌创始人朱崇恽本人姓名命名的高端设计师品牌ZHUCHONGYUN，接着收购了国内的设计师品牌AUM。2014年，朱崇恽飞往意大利，完成了玛丝菲尔对意大利知名奢侈品品牌KRIZIA的收购。KRIZIA的加入，无疑是玛丝菲尔品牌走向国际的重要尝试。

ZHUCHONGYUN基于“大美不言，极简东方”的品牌哲学，以东方意境为宗，融入自然、艺术和哲学的创造灵感，充

2012年，创始人朱崇恽在玛丝菲尔北京秋冬发布秀

分展现女性力量与柔美。而KRIZIA品牌在意大利时装设计界有崇高的地位，其创始人玛丽伊卡·曼黛丽（Mariuccia Mandelli）女士曾与意大利时尚巨头瓦伦蒂诺、范思哲、奇安弗兰科、阿玛尼，同被授予意大利国家荣誉称号。

玛丝菲尔精心地运营着旗下的每一个子品牌，对标中国市场中不同定位的消费群体，同时也更精细化地为顾客提供专属的优质服务。更令人充满敬意的是，玛丝菲尔接手收购的品牌后，依然保留其原来的品牌底蕴，尊重其历史成长轨迹，利用玛丝菲尔对于中国市场多年积累的经验、资源、营销模式，形成良好的协同发展。

2016年，玛丝菲尔旗下的“MDC”创立，通过与多个新锐设计师合作，成立该设计师集合平台，并在线上平台开设企业店铺及官方商城。第二年，玛丝菲尔推出的“试衣到家”更是一个高端、专业、高品质的时尚新零售平台，拥有近百位家庭时尚助理，让消费者实现了线上免费预约送衣上门，享受到线下一对一、个性化的搭配服务。

2018年，新锐男装品牌MJU:T成立，倡导都市男性静听内心的声音，找寻真正适合自己的穿衣之道；2019年，带着"无性别"概念和"趣味时髦unisex"标签的RuirUiruI品牌面向更加个性的年轻消费者；同年，为满足对于更显健康更个性的运动场景类服装的需求，品牌UPON PRO诞生了。

能够形成如此多元化与国际化的多品牌阵容，玛丝菲尔的核心竞争力是什么？"艰辛、艰难、坚持与坚守"，这是玛丝菲尔创始团队对"三十而立"的品牌所总结的关键词，朱崇恽不仅感谢深圳各级政府的扶持与关怀，也感恩于一起战斗的同事所倾注的心血、汗水与青春。她谈到，一路走来，玛丝菲尔坚持"不浮夸，不炒作，老老实实，一笔一画，一针一线，一个一个的客人，一次又一次的服务，尽力做得最好，最完美"。这种朴实的一步一个脚印的态度，团队将其总结成三大精神：时尚精神，工匠精神，服务精神。而他们之所以能够一以贯之地坚持这些精神，"是因为我们一直有一个梦想：用我们普通的手，打造一个由中国人创造的国际品牌"。

现在能真正静下心来研究时尚、研究服务、研究产品的品牌并不多，而玛丝菲尔无论在设计、在服务、在产品制造上，都追求完美。市场熟知玛丝菲尔起家靠的就是设计，但更重要的是，玛丝菲尔极其注重面料的选择，坚持使用丝、棉、羊毛等天然材质的高级面料，用自己的专业和诚信积累了大量世界顶级供应商资源。玛丝菲尔曾引进来自法国高端工厂MALHIA KENT的色织定位提花面料，这个工厂也是香奈儿品牌的面料供应商。在这块面料上注入流动的色彩与定位提花工艺，需要融合经验，多次估量花稿的方位尺寸；沉淀时间，反复测量再精准定位。然后再通过特殊的洗水工序对表面纱线做旧处理，使其呈现独特的斑驳面感。每一次重复，都源自对匠心的不断追溯。

为了能给客人最舒服的穿着体验，玛丝菲尔的设计师花了大量的时间研究亚洲女性的体型特征和审美要求，然后再根据比例和线条去做衣服。正是这种理性与感性的共融，让玛丝菲尔的每一件衣物都蕴含充沛的情感，让穿着者带着高级感和超然的气质自由行走于城市中，借由衣物陈述当代都会女性多元主义的摩登，诠释女性独立、自由的态度甚至未知的自我。

4

中国内地的女性经济市场规模近2.5万亿，能够了解女性消费者心理，征服女性消费者心智，也就站在了市场中更有利的位置。在国内服装品牌第一梯队中，玛丝菲尔通过女性主义的特别切口抢占了先机，迅速拉近了与女性消费者的距离，而这一标签也将成为品牌未来发展方向的基础。通过多年积累，玛丝菲尔打造的品牌形象获得了消费者及行业的高度认可，这份信心来源于旗下9大品牌辐射到中国各类核心消费群体，并且是相对稳定的消费群。早在2013年，公司核心VIP 客户总数已经超过20万人，且人均消费额呈现逐年上升态势。

2016年，玛丝菲尔就以“新艺术主义运动”为灵感，为深圳时装周拉开序幕。用新艺术主义运动的概念注解经典并革新创意，在优雅与摩登间达成一致与平衡。2018年9月，品牌联合《周末画报》和NOWNESS发起“WOMEN”项目，邀请8位不同年龄、不同身份、不同职业、不同人生轨迹的女性参与，从“60后”到“00后”，她们是演员、导演、模特、摄影师、艺术家、企业家等，从不同的角度表达自我态度、演绎女性力量之美。除了英文上指女性外，将“WOMEN”分解，恰好是中文“我们”的拼音。WOMEN（女性）即 WO MEN（我们），不同的WOMEN（女性），相同的女性力量——这是玛丝菲尔为所有无畏女性所撰写的动人旁白。此后延续至今的新女性纪录项目“M-FACE”，访谈嘉宾如艺术玩家唐佩贤、“90后”新锐导演Juno、演员周迅等。这些有态度的女性，都在以个人的生活方式和亲身经历回答“Who Are You？”，并与品牌共同理解和诠释“她力量”如何造就她们的身份。

“玛丝菲尔一直有两个理想，一个是创造一个对中国和世界时尚行业有一定贡献的企业，另一个是让员工拥有一段快乐的人生。这是企业的社会责任，也是企业的文化，让员工和企业一起成长。”朱崇恽表示，未来一定是百花齐放的时代，玛丝菲尔将始终以同行为师，不断完善自身，让深圳女装乃至中国女装登上更广阔的舞台，让中国的时尚品牌走向世界。

我现在所做的**每一件事**，不光是为了让中国品牌被世界认可，更多的是**着手于建设**设计扶贫体系、**原创设计**体系、**非遗体系**，让更多宝贵的文化得以传承。

第四章

设计之“顶”

梁子：把“莨之家”开在法国

1

“很左岸，很巴黎！”电话里的梁子用了这两个词，来概括她开在法国的莨绸生态时尚体验空间“莨之家”，这里展现着她的高端可持续时尚奢侈品牌“TANGY Collection”。她对开店的日子脱口而出：2019年6月26日，现在3周岁了。隔着6小时的时差，我在深圳，她在巴黎，我们打了两次电话，交流时间超过3小时。手机打得热乎乎的，但依然有意犹未尽之感。2022年7月7日的那一刻，深圳夜幕降临，巴黎尚在正午。

深圳经济特区的历史40多年，而梁子缔造的独一无二的时尚史接近30年。她创造了属于深圳时尚的多个“第一”和“唯一”：她是第一个在深圳创立设计师品牌的设计师，于1994年创立“TANGY”（天意）品牌；她是第一个荣获中国国际时装周最高奖项“金顶奖”及“最佳女装设计师”双重殊荣的深圳设计师；2008年，她和先生一起，在全球唯一的莨绸原产地——顺德，打造“天意莨园”并参与制定“莨绸”的国家标准；2012年，梁子作为唯一的中国原创时装设计师受邀出席法国“WHO'S NEXT”国际高级成衣展；2019年，她是第一个在

2007年，梁子荣获中国国际时装周最高奖项“金顶奖”及“最佳女装设计师”双重殊荣

国际时尚之都巴黎开独立专门店的深圳设计师……30年来，梁子保持着初心，把自己最热爱的事做到极致。从深圳到巴黎，她并不被市场、潮流所裹挟，坚持着自己对美的标准，笃定地做着与时间成为朋友的设计。

“时间就是金钱，效率就是生命”被誉为深圳这座城市的重要价值观之一，创新和求变也是这座城市自带的基因，但梁子却坚守着某种刻意的“慢”。她说，Burberry（博柏利）的经典风衣款式多年不变，全世界的时尚人士都喜欢买，那作为中国的品牌和设计，经典的款式当然可以延续下来，不必被变化和创新追赶，“TANGY Collection的设计，也许会借鉴流行元素，但我们不跟风，即使穿20年也不会过时。”

也正是基于对“慢文化”和精神层面更高的追求，梁子在巴黎的“莨之家”店铺，并没有选择开在香榭丽舍大街这样繁华的商业街区，而是选择了“左岸文化艺术区”，位于奥赛博物馆后侧。街区分布着艺术品店、陶艺店、画廊、咖啡馆、书店、巧克力店等。她用最天然、环保和可持续性的面料——莨绸，让服装艺术化，让艺术实用化，以此来展现中国文化和中国式的审美。

“莨之家”不仅是时尚和美的分享之家，也是中国传统文化传播及可持续时尚的窗口。梁子告诉我，她将通过TANGY Collection继续向世界分享最中国的莨绸和最国际的设计。

2

对巴黎的深爱，于梁子而言，在1999年就播下了种子。这一年，她在巴黎高级时装工会学校就读了两个月，学习立体剪裁和工艺，并被巴黎无处不在的艺术、文化及创意打动。此后多年，她被邀请在这座城市做展览与举办时装秀，以客座教授身份为法国时装学院（IFM）授课等。

从2014年开始，她常居巴黎，安安心心地在这座城市生活，用脚步丈量每条街道与小巷，认真地看展览、读书、喝咖啡、看戏剧表演、讲课……从深圳到巴黎，梁子觉得越来越能找到自己与一座时尚老城的精神共频处，也因此激发了让她更

1999年，梁子就读于巴黎高级时装工会学校

为喜欢的灵感与设计。

3年来，巴黎的“莨之家”迎接了世界各地的顾客，大家在这里喝茶，试穿衣服，聊天，“有不少人在我们店里可以待两三个小时甚至大半天而不厌倦，完全是一种很放松的感觉”。她跟不少巴黎当地的客人成了朋友，有些人还邀请她到家里做客。

著名导演伍迪·艾伦的电影《午夜巴黎》中有“最左岸”的镜头，海明威、萨特、毕加索在左岸喝过咖啡，圣罗兰在左岸的咖啡馆发过呆……作家、艺术家、电影导演等闪耀的名字及其作品，让巴黎左岸累积了超越历史的精神财富。而作为深圳著名设计师的梁子，在巴黎左岸获得了无限的精神滋养，她

2019年6月26日，“莨之家”莨绸生态时尚体验空间在巴黎左岸开业

通过“莨之家”架起了一个桥梁，让深圳这座年轻的国际化大都市，与世界级的时尚连接在了一起。作为TANGY Collection的品牌设计总监和中国时装界的“环保大使”，梁子被法国时尚界点赞和肯定的，正是她坚持用中国传统生态面料莨绸作为成衣载体的“可持续时尚”。

“开业那天，我们本来发了50张邀请函，结果现场来了少说也有150人”，回忆巴黎“莨之家”开业那一天的情景，梁子语气里满满的感动。她说，那天夕阳特别美，店铺两层楼里都是宾客，店门口的街道两边也都站满了人，每个人手上要么拿着画家现场画的莨绸团扇，要么拿着香槟，微风习习，夕阳沐浴着柔美的光，大家脸上洋溢着灿烂的笑容。

在这一天的中外媒体报道里，我看到了这样的字句：“当地时间2019年6月26日，‘莨之家’莨绸生态时尚体验空间在巴黎左岸揭幕，包括法国国民议会前议长克劳德·巴尔托洛尼等中外嘉宾出席了揭幕仪式。‘莨之家’体验空间能让喜欢中国传统文化和手工业，喜欢生态时尚的法国人亲身体会到莨绸文化，也能体验到莨绸服饰的优美和时尚。”回忆及此，梁子笑言，古老工艺、中国元素、内在价值与时尚共融于一体，让法国时尚界将她的品牌视为“中国的爱马仕”，称她是来自中国的“民间的文化大使”。

“莨之家”是深圳乃至中国时装品牌在法国开创的第一间体验店，店里的每套衣服都用手工染织物莨绸设计制作而成，剩下的边角料被她设计成小手包、项链袋、帽子等，实现了最大化利用，也体现了可持续发展理念。店里服饰的价位在1000—4000欧元居多，但不少人一次可以买七八件，她还被巴黎“莨粉”亲切地称为“莨绸女王”。

3

“我经常受邀到法国时装学院为全世界各地的学生讲课”，梁子说，从2008年开始，高端品牌TANGY Collection和天意莨绸，就以其可持续时尚力量及不可替代的东方特质，而被全球知名时装院校——法国时装学院关注，并将之作为全球时尚管理EMBA班的品牌案例，梁子多次应邀授课。有评论指

除了法国时装学院之外，还有来自纽约时装学院、香港理工大学时装及纺织学院等世界一流服装设计学府的逾千名时尚管理EMBA师生，先后来到梁子位于深圳盐田的企业总部及她在顺德的“天意莨园”，现场感受莨绸文化，学习梁子在可持续时尚领域的实践经验

2019年，TANGY Collection因其对环境的贡献，在巴黎被当地权威机构1.618（以黄金分割比例命名）甄选为全球仅15席的“可持续发展奢侈品牌”

2019年，“塞纳中华情——庆祝新中国成立70周年专场晚会”在法国巴黎塞纳河畔举行，TANGY Collection作为唯一的当代时尚服装品牌，以一场莨绸时装秀，传递延续“敬天，惜物，爱人”的可持续发展理念以及“和而不同”的胸怀，与世界分享来自中国的美好

出，“在时尚界，从未有过中国品牌能进入课例研究行列，唯有‘天意莨绸’和‘TANGY Collection’实现了零的突破”。

对于法国人的穿搭和法式优雅，梁子的观感是，法国女人永远懂得欣赏自己的美，她们活得放松、自在和自信，不会一味地追求流行，始终穿着自己喜欢的衣服。“我年年都能在街上看到穿着30年前甚至50年前的碎花裙或者‘小A裙’的女人，款式很简洁，但她们很笃定地保持着自己的风格”，梁子觉得经典就是要延续，而不是不断求新。与巴黎人相比，深圳人可能“太爱赶时髦了”，要求每一季都有无尽的新款和万般变化，“为什么我们可以接受大牌们的经典款，却不能接受国产品牌的经典款呢？我觉得我们品牌要做的就是延续并创造属于自己的经典”。

梁子的作品能如此受欢迎，源于她从1995年发现莨绸并做活化工作至今，她将这一件事做到了自己能力范围内的最好。比如，她带领团队做了无数次的实验，最终研制开发出“天意彩莨”“天意生纺莨”“天意柯莨”等新品种，结束了莨绸500多年来只有“黑咖二色”的单调面貌，使莨绸在色彩上更为多样，在外观上更美，有半透明的、提花的，而在功能上还实现了弹力，舒适度上更好……2006年，天意莨绸被甄选为馈赠外宾的国礼，赠予瑞典国王和王后。

“即便莨绸没有其他面料的可塑性和鲜艳的色泽，但古老传统的手工制作工艺和独特的肌理、手感、光泽，就足以让我喜爱并坚持，不会放弃！”梁子从一开始见到莨绸就决定从不

位于顺德的"天意莨园——国家非物质文化遗产莨绸（香云纱）保护基地"

间断地保护、活化、创新这一珍贵面料。27年来，梁子不仅挽救了濒临消失的晒莨技术，也让"天意TANGY"品牌成为全世界发现莨绸、时尚活化莨绸、保护莨绸的第一品牌，让莨绸以其独有的东方气质引领全世界的可持续时尚。2008年，"梁子·天意"协助顺德市政府成功申请莨绸染整技艺成为中国国家级非物质文化遗产。2008—2019年，梁子公司投入近5000万元建设了"天意莨园——国家非物质文化遗产莨绸（香云纱）保护基地"，园区总占地面积约7000平方米，基地建筑面积约3000平方米，设莨绸研发中心、莨绸博物馆、天意莨绸保护基金会、梁子创意工作室和莨绸生活创意艺术馆等，成为集保护、研发、生产、展示、环保教育、体验、传播为一体的莨绸文化产业园。

这是一座会呼吸的建筑。梁子告诉我，天意莨园由曾设计

2010年上海世博会英国馆及2012年伦敦奥运会火炬的英国著名建筑设计师托马斯·赫斯维克任总建筑设计师，这是他在中国设计的第一个非遗保护博物馆。以薯莨果为设计灵感，对薯莨从中间切开的模样运用切割面的设计，使之成为世界上独一无二的建筑物，构建建筑灵感与自然万物的微妙关系，呈现东西方文化与艺术的交融与碰撞。正是坚信自己会做一个百年品牌，梁子的每一步都走得分外扎实，每一个决定，背后都有对文化、艺术与可持续时尚的深远考量。

“老的城市，老的建筑，老的心态，以及固执的一种慢调子，让巴黎看似彻底抛弃了快速运转的激情和勇气。在巴黎，时尚从来不是模仿而来的。在左岸，巴黎人始终相信：知识是时髦的坚实基础，这大概也解释了为何巴黎始终拥有迷人的时髦魅力吧，因为知识和文学，以及自我的思辨都会因为时光的沉淀而历久弥新，散发光彩。”专栏作家张朴写过这样一段有关巴黎的话。在我看来，梁子近30年来，都一直不被变幻的潮流裹挟，她按照自己的节奏做设计与品牌，做可持续的时尚。

4

巴黎的“莨之家”面向的是国际，顺德的“天意莨园”指向的是传统、历史与文化，而位于深圳深南大道凤凰大厦三楼的莨会所，则稳稳地保持着开放的姿态，与深圳这座城市流动的时尚保持有距离的界限感。

梁子公司的人力行政总监在企业工作了7年，她每周往返于深圳和顺德两地，正是对梁子和“天意”的敬意，让她觉得为设计师品牌工作不仅仅停留于养家糊口层面，而是有共同的价值观，有“感动、骄傲和荣誉感”。2022年7月22日，我们面对面地坐在凤凰大厦三楼“莨会所”的一张木桌子旁，面向深南大道的一层落地玻璃窗户，可以看到夏日浓郁的绿色与流动的车和行人，这座城市的大动脉强劲而有力地跳动着，但在屋子里，一切都显得“慢悠悠”的。由莨绸设计成的“天意”和“TANGY Collection”服饰有秩序地排列着，衣服与衣服之间充满着呼吸感。工作人员的表情和动作都是安安静静的，很放松。

莨会所凤凰店的店长，从2005年至今，在梁子的企业工作了17年，她在天意万象城店、振华路旗舰店都工作过，她说，梁子作品的“真爱粉”，都是健康、平和和内心充满平衡的人，“她们真的是非常热爱我们的衣服！我有一个客人这些年买了300件，有些衣服买回去不一定穿，就是喜欢，想要收藏”。时年52岁的店长，她说自己自从穿了梁子设计的衣服之后，几乎没有买过其他品牌的服装。我们见面的那一天，她素颜，说话和待人都非常真诚，让人安心。

梁子并没有采用年轻“高颜值”的女生来营销她的作品，她相信润物细无声的力量，相信时间累积的力量，相信人与人之间能量的交换。不过，她在服装的研发上要求很高，她招聘的设计师来自北京服装学院、清华大学美术学院、广州美术学院、东华大学等国内一线专业院校，跟着梁子做设计，扎扎实

梁子携天意莨绸时装亮相在瑞士首都伯尔尼举办的“2019国际城市生态文化交流活动”

实，至少半年以上才真正地走向市场。在我的观察中，“天意”如同服装设计领域的“黄埔军校”般，为深圳的时尚行业自然地培养了不少高端人才，部分设计师自创品牌后，对于在梁子旗下工作分外感恩，因为的确学到了不可替代的能力，让他们以新的姿态，在深圳的时尚版图上画下属于自己的一笔。

时光如水，不动声色地从河流奔向大海。从深圳走向国际的梁子，正在朝着“百年品牌”的愿望前行，她吸纳的同行者，也如同一个又一个接力棒般，持续推进着“天意”与“TANGY Collection”中国式的不可替代的文化价值，这是有力量的，也经得起时间的检阅。在深圳的时尚版图上，梁子创造的时尚，已然是值得聚光灯长久注目的。作为深圳时尚的一分子，我们唯有无尽地祝福。

刘勇：两次问鼎中国服装设计“金顶奖”

1

1990年，大学毕业一年的刘勇到深圳后，怀揣着梦想的他发现，这里需要的不是服装设计师，而是“蓝领工人”。

6月的南方，流火般的热。

刘勇彼时最大的感触是，深圳服装行业急缺技术工种。那时候，不管是八卦岭、蛇口还是莲塘工业区，大量的服装加工工厂为中国香港、美国、日本、欧洲的品牌做外贸加工。“一个小小的八卦岭，就有近2000家大大小小的工厂，一到吃饭时间，整个工业区里面，大部分都是制衣工人。”

毕业于安徽机电学院（现为安徽工程大学）纺织系服装设计专业的刘勇，算是国内最早的一批学服装设计专业的大学生。来深圳之前，他已经在北京做过两次由原中国纺织工业部组织的流行趋势发布会了，可以说起点很高，专业也被认可。正是由于在发布会上所展示的才华，刘勇被一家香港制衣企业的老总所欣赏，从而被原单位派到深圳，与香港企业开启合作模式。

2017年，设计师刘勇（前排中）在中国国际时装周上发表以“华”为主题的私人订制系列作品

到了深圳之后，刘勇就决定留在这里了。当时内地的大学毕业生月工资是76元，就算加上补贴，也不足100元。但到深圳后，月工资一下子就增至1200元。刘勇突然觉得，一个人的价值衡量体系发生了巨变，整个人的思维被打开了。不过，他并不是以设计师的身份投身行业，而是“制衣跟单员”，用他的话说，属于“蓝领”。

从1990年火热的夏天开始，刘勇就一脚踏入深圳服装行业，见证深圳服装潮流变化与本土女装品牌的起起伏伏，深度参与这座城市的时尚领域。从深圳出发，他几乎拿遍了一个服装设计师能拿到的所有国内奖项，其中最具代表性的包括：1999年被评为“深圳十佳时装设计师”，2004年、2006年两次获评“中国十佳时装设计师”， 2014年、2015年两次获评中国时尚大奖“年度最佳男装设计师”，2016年、2020年两次获得中国服装设计最高奖“金顶奖”，他是深圳唯一一位两次获得该奖项的设计师。有评论指出，“不管是在学界或是业界，刘勇都是翘楚般的存在。”

2022年5月的一天，我和刘勇坐在咖啡厅里，用2个小时的时间回望30年深圳潮流往事，回望刘勇作为设计师的多个“高光时刻”。我感慨于他作为服装行业头部设计师的纯粹与赤诚。他穿着自己设计的潮牌大廓形T恤，随身携带相机，时常自由安排时间街拍，对潮流保持敏感与热情，对自己最珍视的两大爱好——摄影与书法，能够有时间和有平静的心境来对待。

他没有被资本裹挟，而是用工作室的形式与企业开展设计合作，带领年轻设计师一起触摸时代脉搏，保持设计热情并与市场保持同频。而同时，他还以学者和教授的身份，为武汉纺织大学的学生上服装设计课，帮助他们在深圳进行实践。他过上了自己想要的自由的生活，与深圳这个时尚之城保持共振，在潮流及设计领域，他始终年轻着，如同1990年初次踏入这座南方之城一样。

2

那是怎样的一段燃情时光呢？

从1990年加入深圳服装行业开始，刘勇就一路见证整个行业、生态与潮流的变化。在经历热火朝天的加工、代工时代之后，深圳本土设计师慢慢有了创立自主品牌的意识。此后，深圳女装品牌迅速崛起，在全国打出声响。刘勇也是其中一位，他先后以首席设计师的身份，为“早春二月”“季德纳”“紫月”“武汉太和”等品牌助力。他创立的品牌，在东门茂业百货的销售量经常是楼层前三名。“1999年前后，我的品牌想进茂业百货，位置可以随便挑的。”当年的茂业百货在深圳卖场的火爆程度及江湖地位，对于深圳服装人而言，几乎无人不知。回望闪亮的成绩单，刘勇的语气里充满骄傲。

他是深圳第一个创新性地使用“无头模特”衣架做潮流展示的，大街上经常能看到很多人穿着他设计的衣服。“早春二月”这个品牌至今留在不少服装人的记忆中。商务休闲套装在20世纪90年代末和21世纪最初几年极受欢迎，刘勇迅速地捕捉到市场需求，让该品牌在全国服装圈内颇具影响力。有一年的大连服装博览会，他的品牌加盟商排起了长龙，要求加入做连锁店。这种高峰时期，持续了至少3年，后来因意外的原因，品牌暂停生长。但刘勇因此被猎头高薪挖去，到“武汉太和”担任首席设计师。

2000年左右，“武汉太和”是少有的销售额上亿元的国内服饰名牌，由名模瞿颖拍摄的品牌广告时常在央视播出。刘勇

2018年纽约时装周，设计师刘勇在官方主场地举办新品发布会。图为发布会走秀现场

2019年纽约时装周，设计师刘勇在官方主场地举办新品发布会。图为发布会走秀现场

加入后，不仅担任设计总监，更转换身份，同步做了职业经理人，全链条参与品牌每个环节。他直言正是从这个时期开始，成熟的大企业的管理模式，让他学会了服装作为成衣，其商品属性是首位的，设计师不仅需要创意，更要懂得市场所需。

2003年，刘勇开设“深圳元素服装设计师工作室”，以职业设计师的身份，为国内顶级男装、女装进行“商品企划”至今，积累了大量的实战经验。在刘勇的观察中，“00后”年轻一代的消费能力不可小觑，这一群体有着极高的商业价值，并且懂得如何创造价值，流行的趋势也少不了他们的添砖加瓦。他说，品牌想要在市场中脱颖而出，就要了解消费者新圈层的需要。商品企划就是要深入了解目标消费群体的思想、审美的变化并进而实时做出应变，针对客群的不同需求来进行换位思考，有效地结合和引导“设计研发、市场销售、生产制造和品牌建设”等环节的工作具体需求，并贯穿整个服装运营过程，对市场进行细化，制定多元化的商品策略来适应消费者的需求。

“从成衣中来，到成衣中去”是刘勇的设计座右铭，作为一位“全科”设计师，他在男装、女装、童装等领域均能自如地驾驭。观察深圳女装这30年的变化，刘勇的感受是，从“羊群效应”般的追求趋同和追求“爆款”，到现在更多地追求个性化的风格。在他看来，深圳的设计师和企业，在成衣的研发上，要更注重消费者生活方式与审美的改变。

深圳这座城市的包容，让无数服装创业者在这里实现梦想，不过，刘勇的观点是，深圳女装80%属于成衣，这意味着设计师必须了解商业运营模式才行，而不仅仅停留在唯美的创意层面。他认为，“要把成衣作为商品而不是作品看待，要了解消费者的生活与需求，而不仅仅停留在浅层次的流行层面，要先融于产业，再突出个人特色。”“时装是为生活带来美好感受的商品，不能只从唯美的角度考虑设计，这涉及季节限制、场合要求和版型因素，设计师融入企业体系，很快就能获得市场回馈，进入良性循环。”

正是基于这样的价值观，刘勇在给大学本科生上课的时候，特别强调“岗前就业培训”，就是让设计师懂得在艺术与市场之间找到一个更高的平衡点。他不仅将工作室作为永汇服饰文化（深圳）有限公司的运营基地，而且还在工作室内设立并挂牌了“武汉纺织大学服装学院研究生实习基地”。因为积攒了深厚的行业经验，产教结合且注重实践是他的教学特色，他希望自己30年的职业经历与艺术思考，能够给年轻人更多的启发，为时尚产业的人才培养贡献自己的一份力量。刘勇并不想被商业绑架，他期待的是以松弛、自由的姿态，通过服装表达自己对生活的观察与对生命的思考，以学者的身份，为整个行业助力。

3

不同层次的蓝色，不同结构、不同材料，极具创意的西装，在中国国际时装周官方场地——北京饭店这一北京地标建

2020年，设计师刘勇再次夺得“金顶奖”作品之一

筑的T型台上，刘勇以“SKY”为主题做了54套男士西装进行发布，古老的空间与现代的时装，色彩、面料、细节的巧思与创意的迸发让人念念不忘……也是在这届时装周的颁奖典礼上，在600余年历史的太庙里，刘勇首夺第20届中国时装设计“金顶奖”。

这一年，是2016年，这是他第一次获得这个奖项。为了这场大秀，他准备了半年，每一件衣服的设计、搭配，大秀的编排、灯光、音乐等，事无巨细地参与了每一个环节。

这是一场在时尚圈颇为轰动的大秀。无数闪光灯聚焦于他，喝彩与祝福如潮水般涌来，他的手机被祝贺电话打爆了，“谢谢”二字表达激动与无尽的感激。中国服装设计最高奖，是对他过去20多年设计水准和成绩的肯定，也是对他设计师生涯的一个总结。

而在此次之前，从2004年踏上时装周舞台获得“中国十佳时装师”称号开始，刘勇连续12年在中国国际时装周上举办时装秀，发布个人或与品牌合作的作品。可以说，他一路参与和见证中国时尚发展，而“金顶奖”也肯定了他的设计水准、能力与对时尚行业的贡献。

第二次获“金顶奖”，是于2020年11月1日在北京“水立方”盛大举行的娜尔思之夜——中国国际时装周闭幕式暨中国时尚大奖2020年度颁奖典礼。此次发布以“嗨色”为主题，是LIUYONG×瑞可莳·刘勇2021年春夏系列。在后疫情时代，刘勇以设计关注健康生活，运用了“天使白”“橄榄绿”“守护蓝”“志愿红”等引发每个人情感共鸣的中国流行色彩，并在以黑色为基调的运动“国潮”系列中融入流行色，高对比、高饱和色彩处理使时装拥有抚慰心灵的力量，展现了年轻人健康运动的时尚风貌。值得一提的是，他使用了最新科技的环保型材料，向受众展示潮流服饰的创新除了审美和视觉上的好看之外，制作工艺的革新让衣服更轻盈、更便捷、更实用。这场时装大秀，表现了流行与社会变化紧密相关，再次表达了刘勇作为中国顶级时装设计师的时尚观与社会责任感。

与第一次的“志在必得”不同的是，第二次获得“金顶奖”，对刘勇而言完全是意外惊喜，“整个人当时都是放松的，连正式的西装都没有穿，根本没想到要上台领奖”。在舞台上发表感言时，他说：“我喜欢这个平台，中国的时尚平台需要参与，我又来了，谢谢大家！”这一次，他只不过是想要分享并展示自己的作品。

4

30多年来，刘勇的设计一直都与时代、生活、城市紧密融合，彼此自然地共舞。在他的设计背后，看得见认真融于烟火气的日常生活，看得见对街头潮流的触摸，看得见他走过的路、读过的书、偶遇的风景与骨子里的东方情结。

那么，源源不断的灵感和创意来自哪里？他的回答是，认真观察和体验生活，阅读，以及走出去看更大的世界。

“异域文化的确给了我视觉上的启发”，刘勇说，从1995年开始，因为工作关系，他就经常拿着公务签证来往于香港与深圳，那时香港尚未回归，能出去工作非常不易，香港成了他“看世界”的第一个窗口。而从2005年开始，他因为工作关系，每年多次往返日本及欧洲各国，每次去都会待上十天半个月，用他的话说，就是“进行市场调研”。

然而，他并不是闲闲散散地吃喝玩乐，而是以认真的工作姿态，把每一天的日程安排得满满当当。比如去巴黎、罗马、米兰、纽约，去最火的时尚地标与百货公司，看品牌橱窗设计、衣服搭配、店面空间设计等；去时尚地标进行街拍，抓拍潮人的穿搭；去大英博物馆、大都会博物馆、卢浮宫等，认真地欣赏历史沉淀下来的艺术品。各大博物馆的馆藏艺术品丰富了他的眼界，“我的相机拍得满满的，看得非常细致，其实有些艺术品的纹样细节，都可能成为设计和创意的启发点，你会找到文化的源头”。

他喜欢去巴黎香榭丽舍大街两旁，趁着半夜人少，灯光尚好，一个人安安静静地看世界各大名牌的橱窗与展陈设计，完全是如饥似渴地吸收和学习的姿态。“比如位于巴黎的爱马仕的橱窗，在2013年就用了莫兰迪色，把沙漠、仙人掌等元素用上，非常漂亮。”刘勇会特意看百年品牌路易威登在巴黎的旗舰店，感受其中的文化与调性。他还观察到日本服装店铺充满场景感与细节之美……在世界各地的游览、生活、体验，激活了他的视觉想象力。

本着学习的姿态，他参观了日本、美国等地最好的服装企业与时装学院，吸收着文化、创意、时尚方面的营养。而在深圳，他也喜欢步行，带着相机拍摄建筑、飞鸟、沸腾的日子与穿搭独特的鲜活的人，他的镜头之下，有瞬间移动的美，有绵长的情感，有对时尚与日常无尽的爱。

“当时尚能为我们的生活服务的时候，时尚才具有生命力。时尚和我们生活紧密相关，服饰文化可以说是时尚审美的主要表现要素。生活中常见的色彩、面料包括服饰整体搭配是人们对美的千差万别的阐释，是我们可以发现的时尚元素和流行要点。作为设计师，应当善于发现生活中的美、捕捉美，将其转化成为服装设计的启发元素。所以，我喜欢观察生活，观察人们的着装，观察和我们生活息息相关的事物，从中汲取设计灵感。”刘勇将看到的一切，内化为属于自己的设计，又转化为源源不断的产品，表达自己的时尚主张。

2018年，刘勇把工作室安放于龙华大浪时尚小镇，这是一个能把创意迅速落地的地方，除了深圳本土顶级品牌在这里继续领航时尚潮流之外，围绕时尚的配套如摄影、模特、电商等行业也一起，共同形成完整的生态链。刘勇非常看好大浪时尚小镇未来打造“世界级时尚小镇”的目标，他说：“设计师是时尚产业的一部分，是内容的产出者。这是一个产业生态多元、包容的小镇。”

“从时尚新地标来谈，大浪时尚小镇如何从精神层面上让我们感觉到愉悦，从物质层面来说如何聚集更多的人气？比如成为‘网红打卡地’等，一旦有人流，小镇自然而然就成为人们的聚焦点。”作为与深圳服装潮流共舞30年的优秀设计师，刘勇正在身体力行地用自己的观念与学识，为这个城市的时尚行业提供持续的价值和影响力。

罗峥：东方美学引领世界新时尚

1

来自法国老作坊的手工蕾丝项链，安安静静地摆放于玻璃柜上，诉说着古老的时尚之城有关人与美的秘密，充满着一针一线密密织的高浓度情感，一件小小的配饰，也让爱美之心自自然然地欢快起来。

这里是由罗峥打造的“罗一花园”。这一刻，空气里流淌着古典音乐，鲜花与茶，咖啡与香氛，都是淡淡的。头顶的灯如星光，身边的丝质长裙、优雅的帽子、高跟鞋、包包，自然地融在一起。巨大的落地玻璃外，透过竹编窗帘，洒下夏日斑驳的层层叠叠的日光。一半以上的空间，被萦绕的大片绿意沐浴着，南方特有的阔叶植物，随风舞动。

这一切，看上去就像亦舒小说里的场景，如梦之梦，让人视觉、嗅觉、味觉、听觉等全部苏醒般同步打开，吸收美的滋养。在快节奏的深圳，能够享受这个下午的慢与无事挂心头，享受独处的时光，享受听音乐、赏花、试装、喝下午茶、阅读与倾听，无疑是幸福的事。这是罗峥的时尚理想国，她把自

“罗一花园”店铺一角

己的愿望落到了实处，取悦自己，也取悦精神质地相似的同类人。

2022年6月24日，我徜徉于侨城坊的这一片桃花源般的世界，窗外是夏日明晃晃的阳光，室内则是美得梦幻般的世界。

“罗一花园”最早开在欢乐海岸，如今在华侨城创意园、侨城坊以及全国各地分布着十几家店。而罗峥于1996年创立的深圳品牌“OMNIALUO”（欧柏兰奴），如今在全国已拥有上百家实体店铺。此外，她还创立了以自己名字命名的高端定制品牌“LUOZHENG”。我在罗峥位于侨城坊的办公室墙上看到这样的话：“美，引领人性向上”，“东方美学引领世界新时尚”，“把中国传统文化中这些不可复制的、不可再生的艺术瑰宝，形成自己的设计语言，创造出新东方浪漫主义美学思想，它并不仅仅属于中国，它属于全人类”。

它传递着罗峥的时尚价值观。

2

从2000年担任时尚记者开始，20余年间，我亲历过罗峥梦想一路开花的重要时刻。在八卦岭，我看见她百合之香弥漫的办公空间。在华侨城创意园南区E6栋一楼，我看见她花园式森林风的设计空间。这些年来，罗峥跟随直觉和初心，让自己打造的时尚王国跟随深圳这座城市一起成长。

在侨城坊的办公空间里，透过裙子做成的雕塑，可以看见户外绿色的屋顶。而在室内，以衣服为主角的画作挂在墙上。罗峥和团队独创且已申请专利的裙子图案，以富有诗意的名字排列在一起，如“风雅”“蝶舞”“竹影荷风”“静叶秋美”“梅花弄影”“清秋花颜”，等等，文字与图案，都有着让人忍不住一看再看的美的魔力。在另一面墙上，罗峥一路走过的足迹让我驻足良久。1996年至今，罗峥的设计梦想照进现实，从深圳出发，在国内和国际舞台被无数镁光灯聚焦。2000年，欧柏兰奴第一次参加中国国际时装周，首次在海边拍摄的形象片让人过目不忘：蓝色的海，钢琴、白马与长裙长发的女模特，海风与琴声，梦境与衣裳，都是美的。2002年，欧柏兰奴品牌的“炫舞”时装发布会，让她一举夺得“2002年度广

罗峥（右）与本书作者尹维颖合影

州十佳设计师”称号，总排名第一名，获得“金穗奖”。2006年，“21克”时装发布会，让她获得第10届中国服装设计“金顶奖”，她还是深圳首位获此奖项的设计师。2008年，她是首位远征纽约时装周举行“人面桃花”时装大秀的深圳设计师。2012年，欧柏兰奴获评中国时尚品牌100强，她的作品《水墨印象》被中国丝绸博物馆收藏。2013年，罗峥获邀为参加2014年北京APEC会议女领导人及领导人夫人设计服装。2015年，她引进世界顶级时尚教育学院——意大利马兰戈尼学院落户深圳。2016年起，为扶持中国时尚设计的新生原创力量而发起“罗峥奖学金”计划。另外，她还于2018年荣获“全球华人杰出青年·卓越人物”大奖，2021年获“光华龙腾奖·中国设计贡献奖金质奖章·公益特别奖”。她的名字前面，有这样的定位：

深圳东方逸尚服饰有限公司董事长兼设计创意总监、中国时尚界领军人物、深圳市时尚文化创意协会会长等等。

这天下午，我跟罗峥面对面地坐在她办公室内，诗意梦幻的华服挂于一面墙的衣架上，著名艺术家周力的作品在沙发一侧，咖啡与花茶摆放于我们面前，这是郑重的充满仪式感的一次对谈。罗峥穿着米色真丝长裙，戴着巴洛克风格的耳环、黑色的蕾丝项链，硕大的祖母绿戒指与墨绿色的鞋子、绿色的草编扇子呼应……我喜欢的法式风格的穿搭，这就是罗峥。我每次见到她，都是如此精致优雅。

“我想要做的品牌，就是承载我对美的看法。”谈及1996年创立欧柏兰奴的初心，她坦诚，因为相信“吸引力法则”，她相信，自己对美的认识同样会吸引到同类人，“先取悦自己，才能有能量带给身边的人欢愉”。

3

“JANE STORY”（经典故事）是于1995年创立的深圳品牌，品牌名来源于世界经典名著《简·爱》。我在品牌介绍中看到这样的话语，“《简·爱》是一个普通女性的心灵传记，它说明了一个与所有女性有关的真谛：容貌的美丽是短暂有限的资本，而心灵的深度却是永久无限的财富。简的故事是平凡的，但绝不是平庸的”。有意思的是，罗峥1996年创立“欧柏兰奴”，她说正是受到“经典故事”的启发，因为该品牌的创始人之一，是她深圳大学的师姐郑俭忠。

“师姐读的是法律系，我读的是金融系，她的品牌对我影响很大”，罗峥说，大学毕业后做平面设计，作为乙方被各种“虐”，某一天受到师姐创业的启发，她决定创立自己的品牌。于是，1996年的一天，26岁的罗峥组建了6人团队，很快就在赛格大厦租了一间小办公室开启梦想之旅，她的初心是“设计自己觉得好看的衣服，谁喜欢就买”。神奇的是，“欧柏兰奴”搬到八卦岭后，刚好跟“经典故事”在同一栋楼里，罗峥在三楼，师姐郑俭忠在二楼，“我记得她们有个款式领子小小的，特别柔和典雅。印象中她们的生意非常好，经常看到加盟商排着队，把二楼挤得水泄不通，想要加盟经典故事”。

因为有平面设计的经验，罗峥对“欧柏兰奴”的品牌意识从一开始就建立起来。她内心对美的理解，通过衣服来实现，拍摄形象广告时，呈现出来的是飘逸的、梦幻的、舞台感、戏剧感的造型，像电影或者油画般。为了拍摄概念画册，她让人用大卡车拉着一匹白马、一架钢琴到海边，用俄罗斯模特拍摄形象大片。对她来说，就是要让裙子成为文艺女生的梦。

当时的罗峥不过20多岁，天马行空地向世界表达着自己，她手写的“让梦想飞扬”挂在华强北人流量最大的片区。她要呈现一种大浪漫，有一种向世界“亮剑”之感。说起这些初入深圳时尚圈的种种往事，我面前的罗峥笑言，那时候不懂得“收着”，很自信，很张扬。不过，她的自信遇到了欣赏的人，形象大片被云南一家“千春百货”的负责人看到后，随即欢迎她的品牌入驻商场，并支付了15万元的费用。这在20世纪

2003年，罗峥成为第一位应邀赴法国巴黎卢浮宫举行“时尚中华”时装发布会的中国设计师并大获好评。图为罗峥接受当地媒体采访

90年代可谓一笔“巨款”，也成为创业者罗峥的第一桶金与收到的第一个来自市场的肯定。

虽然并不是服装设计专业出身，但罗峥坦言，她的艺术天分来源于母亲对她从小耳濡目染的熏陶。“我妈妈是典型的艺术家类型的人，她能歌善舞，小时候给我唱的儿歌是奥地利的《布谷鸟》，她喜欢读普希金的诗，喜欢芭蕾舞”，罗峥说。这一切，自然地为少女时代的罗峥埋下了艺术的种子，并给了她美的启蒙，让她一直喜欢设计、艺术和美。

印象最深的一件事是，罗峥10岁就知道画图做设计，并且找到北京的海鸥服装店定制了一条背后有蝴蝶结的黄色裙子，“这条裙子穿了4年，经常被人问是在哪里买的”。不过，她并没有长成母亲期待的完美女性，在初中和高中时代，罗峥就像个假小子般喜欢穿牛仔裤，拿着地图到处旅游，学生时代就几乎走遍了中国重要的城市。看山看水看世界，给了她无尽的见识和滋养。成年之后，她更是习惯在全世界旅行，走了上百个国家和城市，见识和审美都在自然而然地提高。

正是成长经历、家庭熏陶和个性使然，成就了罗峥用服装表达梦想、用审美引导着文艺的生活方式。她从深圳出发，“让梦想飞扬”，走向北京，也走向更大的世界。

4

我记得2002年北京的冬天，名模姜培琳身穿罗峥设计的礼服，在一场名为“炫舞”的大秀中压轴出场，漫天雪花，如梦如幻。这是罗峥从深圳走向北京的第一场大秀，当时张艺谋的电影《英雄》大热，罗峥爱极了其中的“侠气”，她用这场秀表达了另一种浪漫，并因此获得职业生涯第一个大奖——金穗奖。

从此，罗峥的设计之路“像开挂了一样”，非常顺畅。她每年都在北京时装周上表达自己、展现创意，陆续在舞台上呈现玻璃镜子打造的“幻影”；用从天而降的流水打造舞台上的帘幕，模特在水幕中穿行，这是非常震撼、让人过目不忘的“绽放”；之后还有大秀“惊梦”……每一次亮相，都是一次创意迸发的时尚大事件。罗峥表达着自己张扬的个性，证明了自己在设计上的才华，并且很快被世界看见。

2006年，罗峥以一场名为“21克”的大秀，成为深圳首位荣获中国时装设计最高奖“金顶奖”的设计师。那年父亲的离世，让她将悲痛转化为无尽的思念，并以此化成设计作品来致敬和怀念父亲。

其实获奖的那一刻，罗峥并没有感到巨大的喜悦，反而有一种怅然若失的感觉，父亲的离去，让她觉得人生如烟火般短暂。

“我爸爸没有看过我一场秀，他总是在大后方为我托底，”这是罗峥心中永远的痛，她说，“舞台上拿奖的那个瞬间，我会觉得父亲不在，没有办法分享喜悦。”2022年6月的这个夏天的午后，坐在我面前的罗峥，回忆及此，眼神中依然有泪光。她的服装设计，她的时尚梦想，每一步都跟她的人生经历和体悟紧密相连，与她对世界的看法和对生命的感悟紧密相关。正因于此，我看到罗峥和她的品牌，在每一个细节处都饱含着情感和匠心。

5

获得中国服装设计最高奖“金顶奖”之前，罗峥还于2003年获得了职业生涯的首个国际服装设计大奖——美国NAUTICA创意基金白金大奖，并获得25000美元的奖金。同时，与她一起共5位设计师还被邀请在法国卢浮宫举行的巴黎时装周走秀，展示了以“中国元素”为灵感来源创作的上百件作品。2008年，欧柏兰奴成为第一个在纽约时装周的 T 型台上走秀的中国原创设计师品牌，罗峥以“人面桃花”系列向国际时尚界展示自己

2003年，罗峥获得了职业生涯的首个国际服装设计大奖——美国NAUTICA创意基金白金大奖

的设计才华与中国时尚力量。“其实我那时候刚生完孩子5个多月，人还挺胖的”，罗峥笑言，这场秀真真切切地让她的设计接了地气，“以前总想着如何表达和展现自己，而纽约时装周让我开始认真地考虑商业化这件事”。

为什么会有这样的转变？14年后的这一刻，罗峥跟我分享道，纽约时装周的整个流程都非常专业，比如，以前选模特都要靠自己从几千个人里面选，而纽约时装周有专门的团队提供服务，每个细节都考虑得非常周到。而在嘉宾选择上，坐在第一排的观众，都是经过精挑细选而计划好的。就连媒体，都会很早就进入后台，来问“诸如设计灵感、材质、哪些人穿”等专业问题。这一切，让罗峥感受到纽约时装周的国际化和专业度，“它让你觉得，作为设计师在展现自己才华的时候，背后一定要有商业逻辑，有一个良好的生态支撑你持续地去创新”。

从纽约回来之后，罗峥认真地思考艺术和商业结合之路，“以前就像在云端一样，现在一下子跌到了地上，从不食人间烟火到接了地气”。罗峥拿自己的转变开玩笑，她坦诚此前只取悦自己的审美，展现自己的梦想，而从此之后，会同时关注客人的需求。她会特意去销售终端——欧柏兰奴设在全国各地的门店探店，脚踏实地地以人为本进行设计，“比如以前的部分衣服可能看上去非常美，但穿的场合并不多，不少客人买回去之后就珍藏起来了”。而此后，她更注重受众的需求，“你会发现，很多商业性来源于你在想着别人的需求，你是利他的”。

欧柏兰奴形象片

6

在广西百色的山水之间，身穿“LUOZHENG”品牌服装的模特，与天地、山水、竹筏自然融为一体，悠然的姿态分外迷人——这是为罗峥

罗峥个人品牌“LUOZHENG”秋冬大片《云水谣》

任性地在欧柏兰奴之外以自己的名字命名的品牌拍摄的形象大片《云水谣》，她试图以此在商业之外保留着艺术上的坚持和趣味。

从2020年至今，服装行业的实体店因疫情大为受挫，欧柏兰奴也未能幸免。不过，罗峥除了提升“罗一花园”多维度的线下购物体验感之外，最让她欣喜的是，她于2015年将世界顶级时尚学府马兰戈尼学院落户到深圳，而这几年，时尚教育大受热捧，每年有超过400名学生，在深圳学院完成服装设计的教育，然后在罗峥打造的马兰戈尼创业孵化基地进行实践，并且很快就能够融入市场，为深圳的时尚注入设计上的新鲜力量。

从1996年创立品牌至今，罗峥早已成为时尚界的领军人物。作为特区时尚40余年来的观察者与深度参与者，她感慨于

“LUOZHENG”品牌形象片

深圳从最早期就打下良好的产业基础。比如，比邻香港，国际化的时尚资讯会第一时间被深圳时尚人吸收；同时，为国际化品牌进行加工或者代工，让本城时尚制造业的起点很高。另外，特区天生具有的创新精神，也让本土时尚品牌骨子里自带创新基因。在罗峥看来，深圳品牌在转型升级的时候，稳稳地走了中国女装市场的中高端路线，“比如玛丝菲尔、歌力思等商业走得非常好的品牌，以及像欧柏兰奴这类设计师品牌，议价能力和品牌附加值都非常高”。

数字化时代势的到来不可挡，罗峥认为，深圳的时尚要与时俱进，目前的着力点就在于做好数字化的转型。“深圳的服装、珠宝、家具、眼镜等细分领域都是全国最强，现在重要的是需要全市层面的抱团，将深圳打造成全球时尚中心”，作为深圳市政协常委，罗峥多次撰写相关提案，2021年她针对深圳加快打造“时尚创意之都”提交的《关于打造具有国际影响力的“中国（深圳）时装周”的提案》，推动了“深圳时装周”活动的顺利举办。

“时尚产业在巴黎和米兰都是支柱产业，在巴黎甚至已经超越了他们的航空业，我认为深圳和香港双城联合，一定能够成就很好的时尚产业生态。”她认为，“科技与时尚”双引擎，会助力深圳打造成全球有影响力的时尚中心。

赵卉洲：HUI 的国际化之路

1

2022年7月2日15时前后，台风“暹芭”登陆广东茂名，深圳已然风雨交加。我和赵卉洲坐在南头古城一座岭南建筑风格的老房子里，南洋风的彩色玻璃窗外，有呼呼的风声与滴滴答答急速的雨声。我们靠窗而坐，三楼的空间有鲜花、画作、咖啡、音乐……置身于此，人如同沉浸在无涯的时间里。

2021年底，赵卉洲把自己的HUI非遗艺术设计博物馆安放于此，作为位于龙华大浪时尚小镇的艺之卉百年时尚博物馆的分馆。南头古城有深圳这座城市的根脉，成立于1997年的“艺之卉”，很早便找到了自己的文化之根——非遗工艺。古老与现代，历史与文化，赵卉洲在品牌灵魂的沿袭上，与南头古城有了情感的共频点。

“‘国潮’这两年好像突然火起来似的，但其实我们从2014年就开始做新中式时尚了”，赵卉洲说。她25年前创立“艺之卉”与10年前创立高端奢侈服装品牌“HUI”，都是按照自己的节奏来走的，并不是什么火就去做什么，“如果你

从2015年至今，HUI连续12次参加米兰时装周，持续不断地在国际时装舞台发声。赵卉洲陆续推出过“丝路 · 新生”“序”“筑造”“中国名伶”“中国茶”“中国灯笼”“中国戏曲”“中国女书”等主题的大秀，演绎以中国非遗文化为灵魂、与世界时尚共融的设计。图为2018年以“丝路 · 新生”为主题的大秀上，赵卉洲与身着大秀服饰的模特在一起

的作品没有灵魂，那一定做不好，品牌也是一样”。展示清朝服装的临街橱窗处，常常有网红在这里拍照“打卡”。以非遗元素巧妙融入的艺之卉服装，骨子里有传统文化的魂，让每一位观者能找到记忆和情感的共鸣点。而赵卉洲在米兰国际时装周上的走秀款衣服，不定期地在二楼展示，与“真爱粉”们邂逅。

“我要把HUI打造成能够代表中国的奢侈品品牌。”2022年的这个台风天，坐在我对面、刚从意大利回深圳不久的赵卉洲自信满满地说。她通过HUI持续在国际舞台上发声，把以中国非遗文化为灵魂的衣服作为载体，传播属于东方的时尚。

2

1997年，从湖北美院服装设计专业毕业来深圳求职的赵卉洲发现，“根本找不到专业对口的工作，因为这个城市到处都是服装加工厂，并不需要原创的服装设计师”。彼时青春无敌的她，陆续学过计算机、英文，为出国做过准备，也在一家服装企业短暂地打过工。最终决定创立“艺之卉”品牌，完全是因为要实现自己的设计理想。

最早是在华强北的新大好广场开了一个小店，之后陆续在天虹商场、岁宝百货等处寄卖她设计的衣服。持续2年的时间内，赵卉洲惊喜地发现自己设计的服装在市场上分外受宠。有意思的是，“紫荆城”商场的女老板常在新大好广场买她的衣服，喜欢之至，直接召唤她进驻当时颇火的这家商场。于是，从1999年开始，她的“艺之卉”在深圳紫荆城有了第一家独立的专门店。时至今日的20余年来，艺之卉和HUI在全国开设了不同形式的专门店、体验店和概念店，而HUI还在意大利不同城市开了9家买手店，收获了大量欧洲粉丝。

作为创始人和设计师总监的赵卉洲，先后在中欧国际工商学院读工商管理专业，在米兰理工大学取得时尚管理硕士学

2018年，赵卉洲获得第22届中国时装设计“金顶奖”

位，成为2014年中国APEC峰会服装核心主创设计师，并获得第22届中国时装设计“金顶奖”、深圳经济特区建立40周年创新创业人物和先进模范人物“杰出工匠”荣誉称号……对于上述诸多闪光的奖杯和令人瞩目的高光时刻，赵卉洲告诉我，她这一路跟随内心，走得我行我素，非常自由。

她自言幼年时受做裁缝的母亲影响，喜欢裁剪衣服和设计，喜欢美。她在大学本科阶段提升了审美能力，此后10年经历了“求生存”的时段，在20世纪90年代末期模仿过国际流行，跟着西方的时尚节奏走过，之后，她慢慢找到自己喜欢的路径。“设计需要不断创新，需要可持续性，流行像风一样，来得快走得也快，但作为设计师，需要找到服装的灵魂，对我而言，那就是以非遗为载体的传统文化，让我

2015年，赵卉洲经中国服装协会推荐，到意大利参加中意文化交流活动，并以“记忆的空盒子”为主题在米兰国际时装周举行大秀

们设计的衣服因此变为可穿戴的艺术。”

对于自己设计之路的“结构型转折”，赵卉洲坦言就是从2013年开始在米兰理工大学读时尚管理硕士的那两年，而首登米兰国际时装周并发布“记忆的空盒子”系列作品，让她认真思考了自己的成长历程与时装设计的关系。

“你看那次谢幕的照片，其实还有些拘谨，有些羞涩”，那时候其实有些担心，如果纯粹取悦西方人的设计，会让他们认为没有惊喜，甚至会觉得在抄袭他们。但如果只选择中国风的设计，则担心被大家说“太土了”。后来，她觉得充满个人记忆和私人视角的成长之路，其实是独一无二的，也代表了中国这30年在时尚领域共同遗失的记忆。这场大秀，她坚持中西合璧、东西兼容，让剪纸、汉绣等东方味十足的文化符号，自然地融于国际时尚当中，让每一件秀场衣服，都充满感情和温度。

“我是中国人，在这片土壤里长大，我通过自己小时候的记忆来把过去30年的东西梳理出来”，赵卉洲的这场首秀，让国际时尚界大为惊喜。“她也许不仅仅是在表达个人记忆，而是在思考一个时代的遗失感受。这种时尚和艺术语言方式，在全世界都是共通的。”这是米兰理工大学的一位时装设计学教授对这场大秀的评价。

回望这次大秀，赵卉洲告诉我，当时合作伙伴里面只有一位西方人。而时至今日，她的国际团队超过了15个人。在米兰的工作室，赵卉洲的合伙人、设计总监、产品经理、导演等，都是在一线奢侈品品牌工作过10—30年的资深时尚人。

正是从2015年开始，赵卉洲打造国际团队并与深圳团队深度合作，由此持续开启了10场国际大秀。正是得益于这些年的积累，赵卉洲即便一个人前往米兰，都可以顺利开展工作，并且每一次亮相，都有新的创意，都有让国际时尚界惊喜的设计和设计背后的东方故事。她以打造“中国文化的当代艺术品牌”为使命，在持续地推进着中国品牌的国际化进程。“我在

陈列在艺之卉百年时尚博物馆的传统民族服饰

米兰理工大学的毕业论文讲的就是要做一个更高端的品牌，用当下的语言表达中国传统服饰和工匠精神，”赵卉洲说，“这些年来，梦想持续开花，服装不仅仅是好看，更重要的是有文化的内核，让别人能感知到它是有文化传递的。”

3

“每半年就要推出新产品，有过灵感不够用或者不被市场接受的压力吗？”我问赵卉洲。

“作为时尚设计师，难就难在你要不断出新，而且出新的速度至少半年一次，你永远都是诚惶诚恐，不知道今年秋冬做的作品，客人明年春夏能不能接受”，赵卉洲真诚地说。因为要提前半年做趋势发布，如果只有流行没有灵魂的话，产品可能就没有根，“很有可能做砸，最后这个衣服就卖不出去”。

尽管一直怀着创作的初心，但这种焦虑感会时不时袭来。因此，赵卉洲从2016年开始特别设立“卉基金”进行“设计扶贫”，她觉得帮助别人的过程，其实也是创意灵感的某种解脱，“因为真正地去民间找文化的根，在找的过程中，我觉得思维就开阔了，这是我们获取文化之根的一种方式”。

作为设计师，尽管头顶各种光环，但赵卉洲觉得背后的辛苦难以向外人言说。所以，她在招聘设计师时，除了看重其天赋、理想主义之外，也看重设计师的吃苦精神。她每年带领设计团队奔赴偏远地区，与绣娘们学习交流。在随贵州省妇女联合会前往贵州贫困乡村考察期间，赵卉洲不仅在当地资助建立了汇聚100多位绣娘的工坊，更将绣娘们古朴的作品运用在全新的时装设计中。

如何将古老的非遗工艺活化，与当下的时尚共融并提炼出自己的设计元素？赵卉洲的感受是：“当你去研究非遗的时候，其实就是找你能够被感染的那个点，然后再把这个感染自己的充满温度的点提取出来，做成有温度的作品。”

那些美的东西之所以能够传承下来，自然是因为有打动人的部分，设计师的工作，就是对其赋予新的变化。赵卉洲觉得自己就是天生的设计师，她太感性了，看到好的设计会哭，遇到动人的场景会哭，对人与人之间真挚的情感分外珍惜。“我觉得我天生就是做设计的，如果我是企业家思维的话，估计我可能也没现在这么快乐。”正是因为这份初心，赵卉洲收获了很多与她一起成长的同路人，大家因为对衣服、设计、生活的热爱以及相似的价值观，自然而然地成为好朋友。

时光待赵卉洲无比温柔，我面前的她，保持着活力满格的状态，每天工作时长超过10小时，晚睡早起已经成为一种习惯。“每天8点半就到公司了，晚上没有特别外出的话，一般忙到9点或者10点”，她笑言，如今工作和生活完全融为一体，在设计上会更加自由和放松。“如果纯粹为了钱，我一定不会做的，我非要喜欢不可。只要做自己感兴趣的事情，这个事就能坚持下来。”

她说，以前有过那种“用力过猛”的时候，特别想让国际时尚界知道团队的设计能力，知道中国文化的魅力，在“中国灯笼”“中国茶”的大秀上，貌似还有些刻意，但最近几年越来越放松了，“只要中国文化内在的核不变，我们在设计上就永远有创意有灵魂”。

2022年，赵卉洲在米兰工作了小半年，她租住在公寓里，和在深圳一样保持着上班和下班的节奏，跟团队的设计师几乎天天在一起，工作，吃饭，喝下午茶，像家人一样。

“在米兰的工作开展得如此顺利，有没有觉得特别有成就感？”我问。

“我觉得更多的是压力更大了，因为我们未来3—5年的时间要做全球市场。”赵卉洲说，“我也跟团队说，我们先把意大利市场做深，接下来我们就要开法国、英国的店铺，然后开启美国和俄罗斯的市场，这几个点对我们来说还蛮重要的，所以，我们现在考虑的重点是，如何把国际业务真正打开。”

对比国际团队与深圳团队的工作模式，赵卉洲分享到，意大利人虽然工作得很慢，但目标感强，逻辑很清晰，做出来的作品很少返工。而国内团队相对比较强调速度和效率，“因为一年两季的国际标准，深圳的团队这几年得到了飞速的成长，大家越来越接受我们就是在做一个国际品牌，市场的残酷性摆在面前，我们就是以最大的能力做这件事”。

4

2015年首登米兰时装周，在外界看来是赵卉洲的国际化之路的标志性事件。但事实上，她从2007年开始就跟国际设计师合作了，中西融合之路从那个时候就开启了。

那时候，她在上海。

尽管以设计师的身份在深圳创业，融入浩浩荡荡的深圳时尚大军当中，但在赵卉洲的观察里，深圳生活节奏太快，深圳人的着装也有点“快餐式”，求舒适居多，时尚感不足。她于2007—2012年在上海开了工作室，每个月至少在这座中西融合的国际化大都市工作一周到两周的时间。

“当时很快在上海买别墅买车，在上海最小资的‘8号桥’设立了工作室，办公室空间很大，范儿足足的”，因为在深圳

2019年，在米兰时装周后台工作中的赵卉洲

创业顺水顺舟，赵卉洲到上海后，迅速招兵买马创建了30余人的团队，合作的也是意大利的设计师，“用的是最好的面料、最好的设计师，力求打造中国最好的服装奢侈品品牌”。再次回望上海往事，我面前的赵卉洲坦诚“交了很多学费，亏了好几千万，碰了一鼻子灰回来了”，因为“别人并不认识你”，成长非常辛苦。

在上海的5年到底学到了什么？赵卉洲坦言，上海人骨子里的时尚感和小资的确是天生的，就连公司文员每天都打扮得漂漂亮亮的，审美非常好。“这5年，让我看到上海的确是东方和西方融合得非常好的一个城市，看到上海人的精致感。”同时，与国际设计师的合作，也让她感受到中西融合过程中的“水土不服”，的确需要时间的力量。不过，这段创业实战经历，为她日后的国际化团队的建设积累了好经验。

“我觉得深圳最大的好处就是真的不设限，就是说你只要努力就有机会，这是其他城市给不到的。我觉得我们这一代时尚人如果没有在深圳，根本不可能有今天。”有过在上海工作创业的体验，难以被这座城市接纳的孤独感，让赵卉洲感慨今日的一切都得益于在深圳的成长。同时，深圳的时尚产业集群也助力企业和品牌的可持续发展，让她觉得整个行业有一种集体的归属感。时尚产业日渐成为深圳的一个城市名片，正在持续强化其国际影响力。

2020年8月，赵卉洲获得深圳经济特区建立40周年创新创业人物和先进模范人物“杰出工匠”称号，她是深圳服装行业唯一一位获得此次殊荣的设计师。对此，赵卉洲坦言相当意外和欢喜。她说，可能是因为自己坚持推动中国品牌的国际化，坚持通过非遗传承中国文化，“坚持在做有利于社会的事情，在持续为社会产生价值”。

这几年，受疫情冲击及全球消费力下降影响，赵卉洲深感服装企业能够健康活着、能够活下来就很了不起。不管前路如

设计师赵卉洲在工作中

何不易，她还是力求将HUI打造为全球有影响力的中国设计师品牌。在她看来，品牌的发展，与深圳这座城市的成长是一起的，与中国在国际上的影响力是相辅相成的。

“我现在所做的每一件事，不光是为了让中国品牌被世界认可，更多的是着手于建设设计扶贫体系、原创设计体系、非遗体系，让更多宝贵的文化得以传承。所以自己对设计师工作的特殊性、对自身肩负的职责使命有了更为深刻的认识。在困难和分歧中，在和时尚交融又碰撞的年代，在追求未来感、科技感的当下，将时装和中国文化完全融为一体。即使这条路

2020年8月，赵卉洲获得深圳经济特区建立40周年创新创业人物和先进模范人物“杰出工匠”称号，她是深圳服装行业唯一一位获得此次荣誉的设计师，是40位获奖者中5位女性获奖者之一

再艰辛，也必须走下去，而且必须坚定地走下去。”这是赵卉洲在荣获特区40周年“杰出工匠”荣誉后的感言。未来5到10年，赵卉洲将在米兰、伦敦、巴黎、纽约等四大时尚之都以及美国、俄罗斯等10多个国家开启HUI的国际品牌店。她坚定地坚持着自己的价值观和品牌之路，她认为，中国风不是“符号式”的表达，HUI新形象糅合了东西方美学的碰撞，不同文化与服装之间的融合，以空间和服装为载体，去呈现当代语境下的中国文化复兴，让中国和西方元素变成我中有你，你中有我。

深圳**服装业**已成为集创意、设计、科技、文化于一体的**时尚产业**，朝**国际顶级时尚**发布中心迈进。

第五章

时尚新生代

她助力深圳时装周，创造四个“全球第一”

1

南山区海湾路8号，蛇口价值工厂。从地图上看，它几乎就是在大海的港湾中，被一片深远的蓝色环绕和拥抱。

它的前身，是建成于1985年的广东浮法玻璃厂，曾经与“辉煌”“闪耀”“风光”这样的字眼连接在一起。2009年，因产业转型和城市发展，这里只留下空荡荡的厂房车间。城市轰轰烈烈地飞速前行，如海浪奔腾不息，而这里，在岁月的流逝中慢悠悠地保持着“从前慢”的节奏：巨大的筒仓、老旧的围墙、满目的涂鸦，工业风、复古感与怀旧氛围拉满。

在日新月异的深圳，蛇口的这个“古老”的价值工厂，保留了城市拔节生长的印痕。它让人记得深圳的旧时月色，记得时光之慢。它成为不被商业过度侵入的安静的一片小宇宙，因此而时尚，高级，充满人文气息。

2022年4月27日，恰逢深圳时装周2022秋冬系列举办期间，我从罗湖驱车1个小时抵达这里，如同进入一个新的有趣的时空当中。天空湛蓝，空气通透，高耸入天的筒仓前，穿搭时尚的男女穿梭于此，我随着人群鱼贯进入巨大的下沉式的秀场，沉

在深圳时装周2021秋冬系列的中国时尚产业人才论坛上，深圳市服装行业协会会长潘明致辞

深圳时装周2022秋冬系列在蛇口价值工厂举行

浸在T型台上新一季深圳流行的风潮当中。

这天，我和潘明第一次约见。她是深圳市服装行业协会的新任会长，这是她主导的第五次深圳时装周的发布。从2020年开始，她和团队将深圳时装周从一年一季升级为与国际惯例接轨的一年两季。时间不过静悄悄地走了2年半，而且赶上疫情，但潘明这位年轻的协会掌门人，硬是用深圳时装周为整个时尚行业打上了一剂“强心针”。2022年，她和团队把深圳时装周的举办场地搬到了蛇口价值工厂，这是具有城市记忆的标志性地点，于她而言，是深圳的、时尚的、高级的。而在此之前，时装周的举办地是深圳市当代艺术与城市规划馆、欢乐海岸椰林沙滩等。她说，团队常年都在寻找合适的场地，未来也有可能在博物馆、海边、森林……时尚全不设限。

她让深圳时尚插上了科技的翅膀。这次以“时尚元宇宙”为主题灵感的深圳时装周，在8天时间内，近60个品牌奉献了51场时装发布与10余场时尚创意活动。这届时装周是“以科技引领打造的全球首个线上线下相结合的元宇宙时装周，以数字艺术的形式建立元宇宙沉浸式数字体验空间，以深圳时装周虚拟数字会场的形式面向全球开放”。我在蛇口价值工厂的体验空间，深切感受到了被科技赋能的时装周在视觉呈现上的冲击与空间利用上的惊艳。

2

2022年6月15日，我和潘明相约在位于车公庙万科滨海置地大厦23楼的会客厅内，这是深圳市服装行业协会所在地，一个现代、时尚、简约又调性十足的空间。落地玻璃窗外，可以远远地看到深圳湾的海与深圳地标建筑“春笋”。

水光潋滟，茶香清淡。

我们在一枝吊钟下，畅聊这座城市40年时尚的流动。她说，因为疫情防控要求，这届时装周主要针对的是专业观众，强化深圳时装周平台的商业转化能力，通过打造线下展示厅和线上数字订货会，助力产业的商业闭环。满足专业观众的订货需求，是时装周的首要目标，之后才是普通观众的看秀，“所以，它并不是嘉年华”。

每天清晨7点半准时从家里出发来办公室上班，潘明的日程安排得非常紧凑，每日工作10个小时几乎是她的常态。此前2年里举办的4届时装周，潘明用“连续创造出四个世界首次”来精准表达其率领的团队在深圳时装周上创造的成绩。

比如，2020年4月，以“时尚不缺席”的态度，举办了全球首个“云秀”时装周，实现了时尚产业供应链和商业模式的创新；2020年10月，将时尚与科技相结合，在全球首次将360度自由视角、AR拍摄、5G直播等先进科技带入时装发布；2021年4月，在全球首次推出“零碳秀”；2021年10月，推出全球首个图像AI和机器视觉的走秀款实时确权系统，构建数字化知识产权保护体系，体现了保护原创、激发创新的城市价值观。而2022年4月的这届时装周，引入了华为、时谛智能（Revobit）、加密空间等多家国内科技公司作为合作方，其中华为首次以

在2021大湾区时尚产业峰会知识产权论坛上，
深圳市服装行业协会会长潘明进行分享

“数字时尚技术合作伙伴”的身份亮相，在现场共展示了四大场景，包括智慧门店、畅快直播、跨境电商平台以及360度数字秀展。“我们携手各大科技公司，从构建高品质时尚产业数字化服务平台出发，努力给出了当下服装企业面临多重挑战的解决思路。”潘明说，深圳是科技之都，科技与时尚的融合碰撞势必是深圳时尚产业的底色。

与巴黎、米兰、伦敦、纽约等四大时装周相比，潘明觉得深圳这座城市创新、务实、自信的精神让人充满信心，深圳时装周需要的是时间的沉淀和更多的智慧，不过，科技擦亮了深圳时尚产业这张城市名片。如今，深圳时装周如何持续创造价值，是潘明带领的协会要思索的方向——她觉得时尚也需要更多的“破圈”之举。

3

从2002年来到深圳，潘明在深圳发展银行从事金融相关工作近10年。这个时期，是深圳服装品牌崛起的年代。那么，潘明跟深圳时尚是如何结缘的呢？她笑言，是妹妹为她打开了这扇窗。这一年，潘明的妹妹在香港一家法国贸易公司做翻译，这家公司专门为顶级奢侈品品牌提供羊绒、针织类服装的设计、加工和生产，而工厂就在内地。有意思的是，这家公司的深圳办公室刚好在地王大厦，与潘明所上班的银行只隔着一个天桥。那些年里，潘明经常带着同事跨过天桥，去妹妹公司所在的地王大厦展示厅买衣服。

爱美是女人的天性，潘明的审美观和时尚感，大约就是在那个阶段与世界接轨。看见过世界上顶级的服装面料、设计、款式、色彩等，对时尚的了解已然在一个很高的水平线上，“那时候，国内的羊绒类服装，还是停留在保暖这一个基本功能上，而奢侈品品牌已经将羊绒做得非常高级和时尚了”。

机缘就是这么神奇，当法国公司老板到了退休年龄并打算把公司卖掉时，潘明和妹妹毅然决定接手这家公司。2009年，潘明从银行辞职，她想利用自己的商业经验，助力妹妹把这家公司做起来。

这家法国贸易公司从1982年开始服务世界一线奢侈品品牌，潘明思考的是：为什么不能利用其成熟的经验，为国内顶级女装品牌提供价值呢？因为在此之前，这家公司只在国内进行加工和生产，国内企业的利润非常低，潘明看到其中的商机，就在于品牌力与知识产权所形成的价值差距。于是，她和妹妹一起，把这家公司的整个链路打通，继续保留此前国际设计师的设计，而生产与制作依然在内地，把全流程链接起来，将整个方案提供给国内顶尖的女装品牌。“我们提供全套服务方案，包括企划面料的设计与再造，请国际羊绒设计师进行款式的设计、成衣的生产等，包含了羊绒服装的每一个流程。很幸运，第一个方案就被一家国内女装品牌看中，顺利地卖了100万元……这说明深圳女装当时就有着非常好的眼光”，潘明感慨于深圳服装品牌的魄力，当时有品牌仅羊绒产品年销售额就过亿元了。

因为是跟国际设计师合作，那些年，她和妹妹一起，每年都会去法国、意大利等地观看国际一线奢侈品品牌的时装秀与工坊。最让她感动的是，在有国际影响力的奢侈品品牌工坊里，常常看到从二十多岁到五六十岁的工作人员，他们以工匠精神投入服装生产的每个环节、每一个细节，这种对服装工艺的认真、专注和热爱的态度，非常打动人，也让她感受到百年品牌的精神。“我当时就想，一定要把这种精神服务到国内品牌上来。”

潘明代表深圳市服装行业协会，出席第2届深圳时尚产业数字化转型科技创新论坛

从爱好者、旁观者的身份，转换到为高端女装提供服务的平台合伙人的身份，可以说，潘明深度参与深圳时尚的变化。在她的观察里，2002—2012年，奢侈品在深圳非常火热，经济发达的特区，首先富起来的一批人，愿意用高端奢侈品来打扮自己、体现审美、为身份地位增值。正是感受到了这种强大的消费能力，潘明于2009年开始以“顶宜国际”为平台创业，并打造自有品牌Clara Jacob，一方面为一线女装提供服务，另一方面开启自己的独立羊绒品牌。

这个时段，正赶上电商的崛起，深圳服装的整个产业发展都比较迅猛，潘明姐妹提供的全套针织与羊绒的一体化平台服务，就刚好走在风口上，也见证了深圳服装巅峰的发展以及整个商业体系的变化。等整个商业运作成熟之后，2018年，她就把这个平台全部交给妹妹来运营了。在她看来，深圳服装品牌虽然崛起风光了10多年，但线上消费模式的发展，以及对知识产权保护的缺失，都慢慢地对深圳的传统商业女装造成了销售上的影响，深圳的服装及其引领的时尚潮流，进入一个新的瓶颈期。

4

潘明于2019年12月28日担任深圳市服装行业协会的会长，三天后就是2020年元旦了。这一年，是深圳经济特区建立40周年。

站在特区时尚40年的新起点上，潘明思考的第一个问题是，协会存在的意义是什么？深度参与深圳时尚发展多年以来，她的观察是，深圳服装行业先后经历了数量竞争和品牌竞争两个阶段，目前已进入了创意竞争的新阶段，更加注重科技、创新、创意。那么，协会在这个阶段，该怎样更好地为企业、行业以及整个城市的时尚产业服务？

“深圳服装人是看过好东西的，帮国外做过好东西的，眼界是打开的，起点也是很高的。”潘明提到，40余万人在深圳服装行业起步的20世纪80年代中期，为100多个国外品牌做相关代工及出口，这些人积累了很好的眼光和经验。而在90年代品牌崛起的时代，衡韵、马天奴、华丝、沐兰、天意、欧柏兰奴等品牌的创立和企业的率先成功转型，推动整个行业快速从低技术含量、低附加值、出口加工型向高技术含量、高附加值、自主品牌型发展模式转变，自主品牌产品产值由90年代初的不足5%上升到目前的95%以上。“在这个阶段，深圳女装对中国整个服装产业的发展和品牌树立起到了举足轻重的作用，可以说，如果没有深圳的女装，中国的服装品牌发展要慢好多年。”潘明提到2000年之后的10多年来，深圳女装在全国大中城市一线商场市场占有率超过60%，而在此之前，中国人还是习惯买精品店的服装，或者去缝纫店找裁缝做衣服。“深圳品牌对商业体的发展，起了非常关键的推动作用。”

在经历了前面两个时期之后，深圳聚集了2万多名专业的服装设计师，他们中的不少人是从国外求学归来，对品牌的创新能力助力不少。所以，最近10年来，深圳涌现了大量独立设计师和设计师品牌，他们带来的是全新的视野并引领着年轻一代的潮流，这是深圳时尚目前最大的亮点——更为多元和国际化，他们的求变能力更为强大。而之前的商业女装品牌如玛丝菲尔、歌力思、赢家等开启的多品牌战略，也稳稳地为深圳时尚打开了新的基本盘，这为深圳时尚产业营造出良好的生态，用自主创新和无限创意全力打造“时尚之都”。

“目前，75%以上规模的深圳服装品牌将销售额的5%—15%作为设计、创新、研发经费，同时，拥有自主品牌的企业也获

潘明（中）出席深圳时装周2021秋冬系列宝安分会场周边活动

得了丰厚的经济效益。玛丝菲尔、影儿、歌力思、赢家、华丝、杰西等多家深圳品牌的利润率和利润总额位列全国百强行列。”潘明告诉我，深圳服装业已成为集创意、设计、科技、文化于一体的时尚产业，朝国际顶级时尚发布中心迈进。近50个深圳服装名牌确立了深圳服装业在国内一线品牌中的龙头地位，并在国际舞台上产生了一定的影响，“深圳是中国服装业最发达的城市之一，已成为中国时尚创意产业发展最迅速、总体实力最强、产业形态相对成熟的城市之一。深圳成为国内原创品牌最集中、产业配套最完善、规模集群效应最显著的时装产业基地之一，全行业经济总量名列全国大中城市前茅”。

截至2022年6月，深圳有2500多家服装企业（其中90%以上为自主品牌），近10家上市企业，30万名从业人员，2万名服装设计师，2021年实现产值近2700亿元人民币，出口近百亿美元，产值规模占全国的10%以上。另外，深圳服装市场占有率高，形成了福田品牌总部商业集群、南山原创设计师集群、龙华大浪国家自主创新示范区集群等标杆性产业集聚区。同时，部分大品牌在国外设立研发分公司，建立了以深圳为中心，产业链网络覆盖全国并延伸至欧美和东南亚的经营格局，全面打造创意链、价值链。

5

特区40年时尚产业的积累，最让潘明骄傲的是，行业内涌现了2万多名专业服装设计师，更有不少活跃在国际舞台上的“大咖级”时装设计师，如梁子、罗峥、赵卉洲、刘勇、邓皓、谢海平等，他们在国际上享有一定知名度，并受欧美时尚界关注。其中，梁子、赵卉洲、罗峥、刘勇等曾荣获中国服装设计最高奖“金顶奖”，罗峥、赵卉洲入选2014年中国APEC峰会各国领导人服装设计团队核心设计师，向世界传递了东方文化及比肩世界的时尚态度。2020年，赵卉洲在深圳经济特区建立40周年庆祝大会上荣获“深圳经济特区建立40周年创新创业人物和先进模范人物”称号。

在年轻一代的设计师队伍当中，杨哲获评“2020光华龙腾奖·深圳市设计业十大杰出青年”，游悦、韩磊、徐志东、徐妃妃等新锐设计师获得第26届“中国十佳时装设计师”奖项，2020年是有史以来深圳服装设计师获大奖人数最多的一年。高阳、杨宇、马婧思、刘柏瑜、龚琳、朱威特、郑涛等荣获“湾区时尚大奖”、2021年度“十佳时装设计师”称号等。

最近5年，原创设计师品牌受到消费者的喜爱，不少成长型服装品牌崭露头角。80%以上的成长型品牌企业，年销售额连续3年保持了每年10%以上的增长率，远高于行业平均水平；参加2022年深圳时装周的设计师品牌占比达到60%以上，成为行业发展的新动力。“期待中国有更多的设计师和品牌，在国际舞台上被认可，他们面对的是更为广阔的世界。”

在走向国际化的道路上，深圳品牌和设计师也在持续发力。潘明感慨地说，行业内部分领军企业不断创新商业模式，依托“时尚+科技”“时尚+文化”“时尚+艺术”“互联网+大数据”的新方式拓展市场，创建线上线下相结合的交易模式，建设时尚生活馆、高端定制店等拓展营销渠道，深圳各大品牌向个性定制、生活体验馆、集成店、艺术空间等服务领域延伸。举例而言，深圳服装服饰上市企业有近10家，部分企业通过资本运作跨国并购了一些国际品牌。与此同时，深圳品牌积极跻身世界时尚舞台，2008—2019年，深圳连续12年组团参加伦敦、纽约、米兰时装周，参与品牌超过200家，深圳品牌的国际渠道得到不断扩展。

在设计师品牌当中，让潘明感动的是，尽管体量不算太大，但很多设计师都在认真地做属于中国的设计。比如创立于2015年的深圳原创品牌“见萩”，创始人邢莉莉用中国的非遗面料香云纱，做出了世界级的时尚设计，“她把香云纱这一面料做到了极致，完全就是国际大牌的水准”。同时，品牌在宣发上也非常高级，比如跟电影、展览、五星级酒店等合作，在更深的层次上弘扬中国文化与中国时尚。另外，还有不少年轻的服装设计师，她们很自信地投入自己喜欢且擅长的时尚领域，非常国际化。

“我很幸运，可以为深圳这座城市，在时尚领域提供服务和价值，让深圳服装品牌成为令人尊敬的品牌，而这些品牌一起，共同打造整个深圳的城市价值观。”潘明说，她期待持续通过深圳时装周，擦亮“深圳时尚”这张城市名片。

ANNAKIKI，全球首个与人工智能合作的服装品牌

1

2022年7月25日，我驱车抵达车公庙泰然立城，这是深圳时尚新地标，众多时装品牌的展示空间均汇聚于此地，而独立设计师品牌ANNAKIKI就坐落于这个大厦的10楼。

粉色齐刘海发型，精致的妆容，标志性的3D立体波浪袖黑色外套，阔腿裤与硬朗的皮靴，深圳新生代时尚的领军者杨子给我的第一观感是风格独立，潮酷有型。一如她设计的充满科技感的服装一样，杨子的个人造型迅速给我留下了深刻的记忆点。杨子比想象中更为低调谦和，我们聊天时候，她眼中含笑，语言的节奏感很强，思绪自由，表达真诚而率性。尽管她更希望自己藏在作品背后，让时装来说话，但她本人其实比作品更多了一层温柔、俏皮和有趣。

“为什么叫作ANNAKIKI？”面对每个人都好奇的问题，她说，Anna是杨子的英文名，是现实中的她，而Kiki则是未来的她，是虚构的她，是“世界上另一个我”。“Kiki是个乖

杨子（右）与本书作者尹维颖合影

戾、反传统，且更加有趣的自己，是工作时的我。”我见到了Anna，也看见了契合她灵魂方向的ANNAKIKI，她用这个品牌为深圳这座现代时尚的国际化城市带来“时装科技”，填补了时尚在科技领域的空白点，果然更未来，更酷趣，更具想象力。

ANNAKIKI品牌于2012年诞生于深圳。自2017年正式进入米兰时装周官方日程，品牌以一年两季的频率，在这个国际化的平台连续做了11场发布。作为深圳最让人惊喜的新生代品牌之一，在短短的十年间，ANNAKIKI迅速累积了全球范围的口碑与号召力，备受国内外明星青睐。

“一体两面，敢于不同”是ANNAKIKI的品牌精神，这两行字，写在杨子公司的一整面墙上。时尚与科技，过去与未来，怪诞与经典，她将这些元素通过设计手法融入了品牌之中。品牌目前已进驻全球60多家买手店。我看到穿着她设计的服装的明星横扫不同版本的*VOGUE*、*Marie Claire*、*L'OFFICIEL*、《时尚芭莎》等国内外主流时尚媒体的封面。

2

在深圳市服装行业协会的办公所在地，我看到ANNAKIKI如展览般成为整个空间的视觉中心之一，可触摸的时装作品和多次登陆米兰时装周的照片跃入我的眼前，它们被称为“深圳骄傲”。这是整个行业对杨子和ANNAKIKI的认可，是深圳人为时尚领域的一位先锋设计师感同身受般的骄傲。

“非常荣幸可以得到深圳市服装行业协会的肯定”，谈及于此，杨子说，ANNAKIKI品牌生于深圳长于深圳，与深圳的服装行业乃至整个城市共同成长壮大，从“深圳制造”成长为“深圳骄傲”。“来自行业的鼓励给了我们前行的动力，未来也会持续深耕，希望有一天可以代表深圳成为‘中国骄傲’，让更多人看到中国设计师的设计。”

杨子感恩于这座创新之城给予其不断成长的滋养，ANNAKIKI从2012年一路走来，10年的积淀，品牌经历了风雨，同时也在不断地创新和成长。10年间，深圳也在飞速发展，开放与包容，对创新产业的政策扶持，以及产业转型的决心魄力一直是滋养品牌的源源动力。深圳的服装产业也经历了“made in Shenzhen”（深圳制造），到现在“designed in Shenzhen”（深圳设计）的发展阶段。“我们一步步见证了深圳服装产业从重制造发展到优秀的设计师聚集，有了更好的产业氛围，让深圳成为除上海之外另一个设计师的‘福地’”。

从2017年至今，杨子用11场米兰国际时装周大秀，让世界看见中国时尚的力量。那么，每一次大秀背后的思考及向世界展示的是什么？“2017年，ANNAKIKI作为设计师品牌入选米兰时装周官方日程，是品牌的一个里程碑，代表着品牌在创意、品质以及声誉等多个维度获得了国际权威时装周的认可，代表着我们中国设计师的作品也与其他设计师乃至奢侈品品牌站在了同一重要平台。”杨子说，每次展示，都期待向世界呈现既有延续又有创意的不同主题，除了要展示品牌酷趣的设计、品牌经典的结构廓形、独特的剪裁和繁复的再造工艺等方面，更多地融入了对过去和未来的思考，对时尚与科技之间的关联，从而从更深的层面展示中国设计、中国“创”造与国际一流品牌旗鼓相当的创造力以及实力水平。

意大利国家时装商会对ANNAKIKI品牌高度认可，并称杨子为“值得关注的中国设计师”。我好奇地问她：“ANNAKIKI持续创新的密码是什么？”杨子提到“独立、当代、反传统”这一品牌内核，并称这与日新月异、高速发展的深圳城市特色不谋而合。

深圳的高科技产业飞速发展，对于新产业的开放包容态度，以及稳健的制造工业，让ANNAKIKI在发展中一直吸收着最前沿的科技，也让杨子在设计服装的同时会积极地思考过去与未来、人类与科技的关系。她说："深圳的创新与活力成为我们设计中持续创新的密码。就如最新发布的2022秋冬系列，从科幻电影对未来的描述中汲取灵感，受到未来人类各种可能的形态的启发，以赛博格为切入点，进化出有别于传统性征的未来美学。"

深圳市在数字经济产业链关键环节提升扶持项目，并出台了支持领域重点、支持区块链底层平台建设等相关政策。ANNAKIKI 2022秋冬NFT虚拟服装胶囊系列，大胆尝试了以设计为媒介，融入了对区块链技术的思考与应用，想象于赛博格在未来探索人类身体边界的答案，并为每一个主题都贴上编码，塑造"元宇宙"的部落身份，将科技的DNA注入品牌，深深体现着深圳的"科技基因"。作为深圳市优势传统产业的时尚产业，逐渐与深圳的科技产业相融合，增强时尚产业科技推动力。依靠数字经济，时尚产业走出了深圳特色。

ANNAKIKI 2022秋冬NFT虚拟服装胶囊系列——"后人类样本"

最让人惊叹的是，ANNAKIKI作为国内第一个进行NFT虚拟服装设计的设计师品牌，在米兰时装周进行了NFT时装发布，引起了国内外媒体的争相报道，也是深圳“智”造在国际时尚舞台的一次亮相。让人们感受到区块链技术不光能在数字货币方面得以应用，也能让人们在生活中变得更加时尚。“这一次次的合作，让世界看到深圳的力量，将科技融入时装设计，让科技更艺术化，让设计更加智能化，也让我感受到科技的潜能。同时，科技也成为我们一直引以为傲的品牌基因。”杨子说，品牌成长离不开深圳的城市土壤提供的营养，她也正在为深圳时尚反哺不可替代的价值。

3

从小成长于裁缝世家，8岁就为自己设计衣服，杨子对时装的热爱是深入骨子里的。大学读的是市场管理专业，来深圳创业做品牌，是因为她觉得在市面上买不到自己喜欢的衣服。她喜欢怪诞的、张扬的、色彩丰富的、有复古和未来主义风格的服装。于是，符合个人趣味的品牌ANNAKIKI就此诞生。

她有自己的节奏，并不会受当下流行的影响，反而喜欢研究时装历史，喜欢看过去的东西，“我觉得做一个创造型的设计师应该纵观过去，并通过自己的幻想去创造你的未来”。正是基于这样的思维，杨子常常会有新的发现，比如二十世纪五六十年代的时装作品中皮尔·卡丹的设计，廓形非常先锋。她喜欢创造一些设计，与古典的元素融合在一起，形成自己品牌既复古又别具未来感的风格。

“是否觉得自己是天生的设计师？”我问。

“我觉得应该是天分！我从小就很叛逆，不穿跟大家一样的衣服”，杨子坦诚。

家里开裁缝店，她天天耳濡目染，从小学开始所有的衣服都是自己设计的。印象最深的是一件自己设计的牛仔服，那时候牛仔的概念还没有普及，甚至家乡所在城市连面料都买不到，她特意去更大的城市买面料然后自己设计衣服——正是出于这种发自内心的热爱，她自然地就会去钻研。

在意大利米兰研修设计课程时，她跟马兰戈尼学院的创始人马兰戈尼先生学过打版技法，“他当时展示给我看的时候，我很惊讶，真的是一整片布成型的”。杨子感谢作为恩师的马兰戈尼先生对她在设计上的指导，她每年在米兰时装周上的大秀，先生都会到现场来观看，对她分外鼓励和欣赏。

对设计的敏感，让她时常处在打开和吸收的状态，看电影、走路、旅行、看书等，会捕捉到自己喜欢的东西，潜移默化地形成设计的灵感，然后用作品来实现自己的想法。“我平时喜欢看科幻类的书和电影，但我觉得设计师的灵感是日积月累的，可能有些东西在脑海里会不自知地播下一颗种子，等下一季做设计的时候，也许会用上。”她对自己的作品，会特别注意延续性，比如某个廓形，下一季会加入新的设计，然后进行重组或者衍生。

在2017年登陆米兰国际时装周之前，杨子的服装就已经

意大利La Rinascente文艺复兴百货，ANNAKIKI 的橱窗陈列

大受国内艺人的喜爱了，时尚杂志的封面，时常能看到身穿ANNAKIKI服装的一线影视明星。她在上海开店期间，有艺人甚至把一整杆的衣服全部买走。“我的作品能够被大家接受和喜欢，我觉得真的是无比荣幸的事情。”而最近这些年，因为在米兰国际时装周上的持续亮相，很多好莱坞明星、国际“顶流”陆续穿上ANNAKIKI的服装，让“深圳时尚”被更大的世界看见。

“会觉得特别骄傲吗？”我问杨子。

“其实这个也很正常，不止我这样的设计师，还有很多中国其他优秀设计师的服装被明星喜欢。可能刚好他们有这样的需求，而我们能够给到不一样的设计和创意。”设计被数不胜数的明星喜爱。杨子面对各种光环都非常淡定。“不过，碧昂丝的女儿穿上我设计的裙子，的确是一次不错的经历。”她补充道。

在我采访杨子之前，至少有5个深圳时尚圈的“大咖”提到她的名字，表示非常欣赏她的设计，并称ANNAKIKI是深圳时尚新方向之一。我问她：“不少人觉得你是深圳时尚新生代的领头者，你大概什么时候觉得自己也有一种明星设计师的感觉？”

“大家这样评价，我其实愧不敢当”，杨子一直表现谦逊，她坦言自己可能是年轻代独立设计师品牌的先行者，“再加上我在这10年坚持下来了，存活下来了”。她对玛丝菲尔、歌力思等头部商业品牌表现出更多的敬意，认为这些企业矩阵为深圳时尚打下了良好的产业基础，形成良性的产业链，对年轻设计师而言创造出了非常好的成长土壤。与商业品牌相比，杨子自言ANNAKIKI还比较小众，商业体量并不大。不过，我所了解到的是，10年时间，ANNAKIKI已然突破上亿元销售额，在全国开了30多家独立店面，在米兰、洛杉矶均设有工作室，全球最火的60多家买手店每季都跟她们品牌订货。

这显然是深圳独立设计师品牌非常了不起的成绩单，也是我截至目前了解到的亮相国际的成绩最亮眼的中国设计师品牌之一，杨子不仅让品牌影响力在全球打响，更在商业上保持着同步。

“深二代”朱威特，为中国年轻人的时尚需求发声

1

从深圳到伦敦求学，再从伦敦回到深圳创业，独立设计师品牌Vmajor创始人朱威特的生活与工作，就像画了一个圆。在这个地理意义的圆上，朱威特在每一个重要的节点都写下了颇为闪耀的标记：在深圳老牌名校深圳中学读书，因为美术和跳舞特长而被选为校艺术团团长；大学读的是赫赫有名的伦敦时装学院的女装设计系，毕业后在被称为时装界的“朋克之母”、英国著名设计师品牌Vivien Westwood（薇薇安·韦斯特伍德）担任助理设计师2年；回深圳创立品牌至今近10年，获奖无数，其中，2014年荣获的国际羊毛标志大赛（International Woolmark Prize）亚洲区冠军，无疑是行业内重量级大奖。因其设计的时装作品，他被誉为“深圳时尚新生代中最具代表性的设计师”之一。他用国际化的视野与独具个性化的设计，为中国年轻人的时尚需求而发声。

不少人为他打上“深二代”和“海归”的标签，但朱威特

觉得，从小到大，他都是处于游走的状态，从一个城市到另一个城市，从一个国家抵达另一个国家，学习、生活、旅行，一直都有一种漂泊与动荡之感，直至回到深圳这座城市创立品牌，才在真正意义上找到了一种归属感，他发现自己与城市之间发生了紧密的关系，也为这座城市的时尚发挥了作用，贡献了一些价值。

设计师朱威特

2022年7月的一天，我在福田车公庙的一个产业园与朱威特见面，这里是他的品牌Vmajor的展示厅。简洁、空旷、大气、自然和自由，这是他的空间给我的第一观感。他的个人趣味与审美，都点点滴滴地渗透于空间与服装的细节当中，从欧洲、非洲淘回来的古老面具与木雕，鳄鱼、山羊、马的头骨，被几代人背过的复古皮包，被时间雕饰的古老的木头……他偏爱岁月与情感交织造就的物品，并将之自然地分布于钟爱的生活与工作空间。

我看到他设计的衣服，廓形自由而随性，的确有一种职场感之外的旅行气质，这是朱威特所追求的——在上班与游走之间，让心境更为自在，在穿衣场合的转换上也更自然。他的设计和剪裁，显然跳脱传统，不受约束，在大开大合凌厉干脆的流畅线条之外，充满着不规则与不对等，精选来自法国和意大利的面料非常高级，时尚感与国际范儿扑面而来。

他走过的路、读过的书、见过的风景和人，以及在时尚圈的深度学习，共同成就他提炼出属于自己的设计之路。他用Vmajor表达着自己的时尚主张，他用男装概念设计女装，品牌服装在中性风的沐浴下有一种华丽的柔美感，更有一种自由洒脱的摩登感。更为重要的是，他在整个商业链条上，非常注重可持续性，比如，开发新的面料及工艺设计，可否因此带动一批服装工人持续就业？服装的面料是否环保？服装从设计到走向市场，是否是良性的可持续的商业路线？他期待服装不是高高在上的美，而是要接地气，要与年轻人的生活保持同频并传递出他们的生活态度。

2

因为从小就喜欢人文、艺术和历史，去英国读书对朱威特而言是自然而然的选择，大学4年加上工作2年，他在伦敦这座国际化大都市度过了6年时间。

大家习惯性地认为英国是老牌资本主义国家，记忆点容易停留在女王、格子衫等传统的东西上，但朱威特感受中的伦敦，则是先锋的、年轻的、反叛的。在学校上课的时候，老师发现他的工艺等基础都非常扎实，而在设计和创意上，会更激励他自我松绑、打开思维、跳出认知的舒适圈，这给了他新的启发。“因为服装早已超出了其功能性，它融合了时尚、文化、身份等各种因素，与当下时代和社会紧密联系在一起”，朱威特说。

他在读书期间，把所有的周末和假期，都安放于博物馆、画廊、市集和旅行当中，积累知识、见识并寻找启发灵感和创意的因素。“博物馆真的是取之不尽的宝藏，而且不同的博物馆经常会更新馆藏展品，每次去都觉得很有营养。”不过，让他惊喜的还是伦敦市集与跳蚤市场，在这里，他时常会发现来自欧洲、非洲甚至中国不同年代的小物件，让他感受到文化交融的魅力，也时常能够淘回来一些有趣的宝贝。

好奇心、天分与旅游所吸收的各类营养，让朱威特在学业上取得了不错成绩，大学尚未毕业，他就被老师推荐至英国著名设计师品牌Vivien Westwood实习，毕业后更是顺利地获得工作机会。

“有的服装有着非常强烈、极端的风格，对一些人而言，当你穿上它，这些服装能将你的个性凸现出来。”“只有你穿得够震撼，才能过上更好的生活！”时尚圈的人，对薇薇安·韦斯特伍德一定不会陌生，这是她的时装宣言。20世纪70年代，她因其荒诞、古怪和大胆的设计风格在世界时装界一举成名。她的标志性设计如英格兰式斜纹呢和格子花呢时装，紧身胸衣样式的短衫与上装，撕裂海盗服的造型，木屐式坡形高跟鞋……她横空出世的独创性大受西方青年的喝彩，有评论指出：“她是过去10年里英国最有影响的设计家，她的设计思想从根本上改变了我们的服装观念”“她的设计风格已经具有代表英国的地位，就像披头士的音乐、迷你裙和街头流行一般。”

朱威特于2008年到薇薇安·韦斯特伍德品牌工作的时候，她已经77岁了。我问他：“与时装大师一起共事，学到的是什么？”朱威特坦率地说：“尽管已经70多岁，但她永远不满足于做服装生意，不停留在赚钱层面，而是不断打破自己、持续创新，这是非常了不起的事。”

作为英国最具影响力的品牌之一，Vivien Westwood几乎每年都会亮相伦敦时装周，而最让朱威特兴奋的，就是在时装周后台帮忙，“现场其实很混乱，但后台时常能够看到时尚圈内一些‘大咖’和德高望重的人”。他感慨的是，与大师工作，受益于其对原创的尊重，对整个时尚链条的把控，让他能够全流程地学到一个成熟的时装品牌的整个设计及商业运作的过程，这是非常有价值的。

3

为什么会选择回深圳创业而不是继续在国际大牌时装公司打工？面对这个大部分人好奇的问题，朱威特笑言，他从伦敦回国后，其实还在东莞一家为国际大牌进行设计及加工的企业工作过一年多，因此熟悉了包括深圳在内的珠三角服装产业的供应链。

“当时让我震惊的是，我们的设计、技艺都非常成熟，国

2014年7月，朱威特在日本东京获得国际羊毛标志大奖亚洲区冠军，这是当时参赛的作品之一

深圳时装周2021秋冬系列，设计师朱威特品牌的秀场图

外品牌拿到中国制造的服装之后，贴上牌就可以卖了，但我们自己的利润非常低。”这是让他下决心做自己品牌的核心原因。而另一个重要的点是，他回国后和朋友在北上广深大型购物中心逛街，发现很多品牌相似度很高，如果去掉吊牌，就可能看不到差异。“所以我觉得自己的设计是有机会的，年轻人需要更个性化多元化的服装。”

2013年，朱威特在深圳成立工作室并创立品牌Vmajor，他定位于高端、强调品质的原创设计师高级成衣品牌，坚持精选以及同法国、意大利的优质面料商开发面料，强调多元自由的设计理念，在质地、工艺和细节上永远有自己的要求和想法。“做中国的原创设计品牌，为中国年轻人的时尚需求而发声”，这是朱威特的时尚宣言，他立足于当代女性在社会中逐渐变化的定位与形象，通过具有建筑感的干练廓形结合淡雅的配色和细腻的结构剪裁，希望传达出女性强势而又温婉的“柔韧”力量。

让他惊喜的是，不论在行业还是市场，他的设计很快得到反馈，收到很多好评。看这些高光时刻：2013年1月，受邀参加Tranoi巴黎精品时尚沙龙展示，进入每年巴黎时装周的展示平台。同年9月，受邀参加米兰White时尚展并发布2014年春夏系列；10月，入围联合国创意新锐奖的全球终审。2014年10月，入围意大利VOGUE TALENT全球总决赛。

这一切，给了他强大的信心。“其实我并没有太多的商业经验，但那个时期的中国年轻人，越来越尊重原创设计师，市场对个性化的设计，对品牌基因标识很明显的服装，好感度特别高。”朱威特说，他一直以为自己的作品很小众，但自从在时装周持续亮相并与哈根达斯跨界合作后，迅速被国内时尚圈年轻一代“看见”和热爱，颇受关注。

更大的关注度，来自朱威特于2014年7月在日本东京获得国际羊毛标志大奖亚洲区冠军。让人兴奋的是，传奇时装设计大师卡尔·拉格斐（Karl Lagerfeld）和伊夫·圣·罗兰（Yves Saint Laurent）也是因为该奖项开启了他们的职业生涯。

此次赛事上，朱威特以羊毛作为原材料，因地制宜地做了属于自己的设计，而且能够助力产业的发展，养活一批技艺工人，让这种面料得以传承和创新，这是打动该奖项组委会的原因。“他们更注重商业性和可持续性，而不仅仅停留在时尚和美感上”，朱威特说。

那次展示的作品，他以西藏为主题，呈现游牧感、率性、自由、硬朗，并用服装的整体廓形与细节，一起呈现当代女性内柔外刚的个性魅力。“我自己喜欢旅行，我的品牌也以此为基调，就是游走和去旅行，还有一些异域文化元素，当时我用的是一种很当代的创作方式，所以很受欢迎。”他补充道。此次夺冠后，国际羊毛局成了Vmajor重要的合作伙伴。他和团队不断学习、创新，“如针织与梭织的结合，可使针织的柔美和梭织的力量感并存；尝试使用夏天可用的冷羊毛，柔软亲肤，又凉爽；或是通过水煮工艺使其纤维之间更加紧密，再将其相互穿插、纠缠、交编，最后整个羊毛制品的厚度和紧密度将会

设计师朱威特在工作中

提升”。

在销售的终端，朱威特并没有走开独立专门店的模式，而是与全球顶级商圈的买手店合作。如今，Vmajor已上架国内外60多家买手店，并屡次登上国际和国内主流时尚媒体。

4

朱威特把团队的时间和精力聚焦于设计和研发。他说，深圳有不少如他一样从海外归来创业的年轻服装设计师，大家都非常注重各自的品牌核心理念及价值，通过产品表达着各自的时尚主张，再加上深圳丰厚的产业基础，这是助力于深圳时尚发展的新生力量。“年轻设计师更先锋一点，更前卫一点，更天马行空一点，每个人都专注自己的领域，用当下的语言做打动年轻一代的设计和品牌。”

中学时代，朱威特最喜欢在周末逛东门，泡西华宫，他觉得那是深圳最潮的地方，经常能看到一些香港的时尚杂志，还有一些“港风”设计的服装……那是他对2000年左右深圳时尚的记忆。而2012年回国至今10年，他以创立品牌的形式，见证并深度参与这些年的深圳时尚变化。

在他的观察里，深圳女装以前将套装、休闲装、职业装、淑女装等分得非常清晰，商场也特别开辟出不同的楼层来呈现这种类别。而近些年来，朱威特强烈感受到穿衣场合的界限感完全打破了，职业和休闲之间的区分并没有那么明显，职业女性可以穿着上班的服装参加晚宴或者派对。正是基于这种观察，他在设计上会更加注重创意，注重历史与现代元素巧妙结合，注重古典与摩登、实用与前卫，让女性穿上他的服装，可以出现在更多的场合中。

喜欢旅行的朱威特，多元文化总能赋予其独特的设计灵感元素。从深圳到伦敦，再从伦敦到深圳，多元化的文化与包容性强的移民城市文明，都给予他在时尚层面无尽的滋养，他以打上个人标签的作品为城市时尚加分，他还在继续游走。

“德玺见萩”，用古老的香云纱重塑中国式审美

1

华侨城侨北一街，距离深南大道仅2公里，有一处远离尘嚣的大隐之所，“德玺见萩”坐落于此。这是2015年冬天诞生于深圳的艺术人文品牌，以香云纱（又称“莨纱绸”）为面料的服装，是其传达东方价值观的初心和载体。

南国夏日绵长，清晨走在这个片区，满眼浓绿，鸟鸣与蝉鸣交汇。

我沿着石头楼梯拾级而上，走进见萩的空间里，版房、纸样间、设计室、展厅，空间不大，却如家一样，有时间累积的温馨气息。树、衣服、字画、茶、香、老的桌椅与窗共融于一体，白纱窗有淡淡的日光洒进来，泡一壶老的普洱茶，时间仿佛在此按下了暂停键。

“小扇引微凉，悠悠夏日长。莨夏，见萩”，我看见镜头里的女生，大方自如、恬淡优雅地走在微风中，树叶轻轻随风摇摆，水波荡漾。见萩用一个又一个的小小视频片段，记录穿着见萩衣服的人，在用心地专注地感知自然、四季变幻与当下

在电影《掬水月在手》的德玺见萩专场观影礼上，邢莉莉与导演陈传兴、物质生活书吧主理人晓昱以及深圳电影制片人杨莹一起共谈这部作品

的这一刻。

2022年6月18日，我去探访德玺见萩，创始人邢莉莉看似高冷，骨子里却分外温柔，笑起来还有点微微害羞。我第一次与见萩相遇，是在电影《掬水月在手》的德玺见萩专场观影礼上。邢莉莉与导演陈传兴、物质生活书吧主理人晓昱以及深圳电影制片人杨莹共谈这部作品。见萩制作了这部电影的官方联名衍生品。邢莉莉用见萩的方式，与这部电影的精神气质同频共振，共同为传统文化和中国式的审美提供传播价值。

电影是见萩跨界的一个维度，邢莉莉还用展览、雅集等多种形式，为她所坚信不疑、钟爱不止的中国传统文化助力。而服装，只是最容易被看见被接受的一个载体。

见萩的衣服，不仅仅在深圳华侨城这一个小小的空间展示并与喜爱的人遇见，还分布于上海、杭州、广州、成都等地。它并未进行大面积扩张至无数店铺，而是与方所、安缦酒店、禾宿这样的人文品牌共创，在更合适的空间里，让衣服、书、住所、旅行等生活方式奇妙地产生化学与情感反应。

见萩，是我所看到的众多深圳新生代服装品牌中的一个拥有长期视野的高起点的品牌。邢莉莉说，她不是种漂亮的鲜花或者种一片草地，她想把“德玺见萩”做成一棵大树，随着时间慢慢生长，有自然的力量，终有一天能够开枝散叶，“既滋养土地，又蒙荫他者”。

“树生萩长，万物有灵；随喜生活，方知其境”为见萩打上了温婉的记忆点，“见萩就是调动一切感知能力，看见生活、感受生活、用心觉知自然生息之美”。而形成这个品牌价值观的源头在于，见萩只用一种面料——来自岭南的国家级非物质文化遗产“香云纱”。

2

品牌创立之初，邢莉莉一开始带着不到10人的团队埋头默默干活，如沉入海底般做研发、设计等。用了不到4年的时间，2019年4月19日，“德玺见萩”就在她完全没有预期的情况下，获得了一个重量级的大奖——深圳环球设计大奖“时尚设计类”唯一金奖！该奖项由享誉全球的纽约帕森斯设计学院前院

2019年，“德玺见萩”获深圳环球设计大奖“时尚设计类”金奖

长西蒙·柯林斯（Simon Collins）领衔，由中国美术学院设计艺术学院院长吴海燕、清华大学美术学院工艺美术系教授唐绪祥、中央美术学院时装设计创建人吕越、资深时装品牌创意策略顾问杨棋彬等组成的时尚设计类评审团授予。而在此后3年，见萩作品被中国丝绸博物馆永久收藏，作为国礼出访欧洲，创始人邢莉莉受邀参加APEC论坛做分享嘉宾，获评“深圳设计40年40人”，有关她和品牌的文章，还被收录在由林泉山房出品、西泠印社出版社出版的《湖上》一书中，与叶锦添、王亚蓉、马克等著名设计师并列。

这一切，对邢莉莉来说，都是里程碑般的节点，她谦卑地说，自己做的是小众的事情，却获得“被看见”的机会，让她倍感荣幸的同时深感责任重大。她说：“我以前自己埋头干事，一直觉得还没有完全干好，突然间就被那么多人知道了，非常感恩，也非常荣幸。”

我搜集到这个对邢莉莉而言具有里程碑意义事件的报道：2019深圳环球设计大奖颁奖典礼举行于深圳设计周开幕当天，2581件参赛作品分别来自中国、澳大利亚、德国、瑞典等30个国家和地区。由25位国内外顶尖设计师和权威设计组织负责人组成的专业评审团评出全部奖项并公示通过，“德玺见菻”获得两份荣誉，其中，《树生菻长》获得时尚设计类金奖，《心照山水》获得时尚设计类提名奖。

“德玺见菻的作品，带给我们一种耳目一新的东方气质，这对于人们长期以来把‘东方时尚’简单定义为旗袍或汉服这样的惯性思维来说，是一种突破。他们的作品在保持时尚度的同时，内在的核心理念依然是对东方文化的坚持。他们在一个更广的维度，传递了精神气质层面的东方感，把握住了传统美学与时尚设计之间的分寸，而不被限制在传统元素的框架中。他们用古老的面料，塑造新时代里的东方大美。”这是评审团给出的颁奖词，很显然，作品含金量颇高。

为什么能够这么快地被世界时尚圈看见并给予重量级的奖项来肯定？坐在我面前的邢莉莉，特别提到了三个关键点，即中国民间手工艺的可持续、中国文化的可持续，以及见菻非常符合世界上目前注重的可持续时尚，也就是环保。作为中国新一代的时尚品牌，“对传统民间手工艺的当代应用”，是邢莉莉所说的见萩最大的特点，这体现在对广东本土的国家级非物质遗产“香云纱”的运用。

永远穿着香云纱“见萩”品牌出席重要场合的邢莉莉，坚持用这种纯天然、纯手工的面料作为见萩的创作起点，“用中国的面料，做世界的设计”，并在新的“立美时代”，用有600年历史的古老的面料，用更符合当下的设计和国际化的视野，重新塑造大众对传统审美的认知，做出具有中国气韵的当代化表达。

3

“那人的背影，月光下看得分明，穿着白夏布衫子，黑香云纱大脚裤。”这是张爱玲在《第一炉香》里提到香云纱。而在《金锁记》中，她这样描述：“七巧穿着白香云纱衫，黑裙子，然而她脸上像抹了胭脂似的，从那揉红了的眼圈儿到烧热的颧骨。”喜欢时装的张爱玲，显然是香云纱的钟爱者，她身穿香云纱的照片，曾作为书的封面广为流传。而宋庆龄也是香云纱旗袍的钟爱者，如今收藏于上海宋庆龄故居中的黑色香云纱旗袍，被她穿了一辈子。

香云纱的魅力到底在哪里呢？

在深圳生活了20年的邢莉莉，在说到2007年某天凌晨3点在广东顺德一个晒莨场与香云纱初见时的场景，眼神里依然有感动的光，她用“如天地之间的自然大剧场”来形容那种视觉

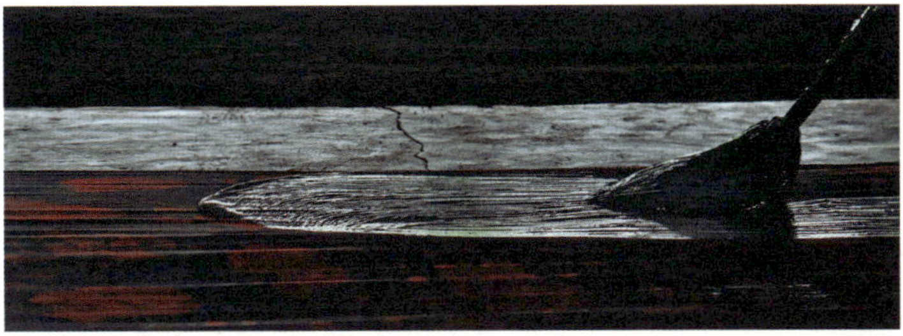

过乌

卷绸

晒莨

收莨

震撼。

老式的电灯泡就像挂在天上的星光般，工人们火热朝天地挖泥，然后如毛笔涂抹作画般将调好浓度的河泥涂在香云纱的坯布上，这块布长18米，宽1.8米，十几个人撑着一匹布，“嘿呦嘿呦”地喊着口号，然后把布挪到旁边的沙石地上，过1个小时再用小推车把这块布运到河里洗掉，接着再放到旁边的草地上晒晾吸收露水的精华……“真的是火热的劳作场面，旁边有大片的草地和果树，狗在边上汪汪汪地叫着”，邢莉莉回忆道。

600多年前明永乐年间，岭南就出现了香云纱的制作工艺，这一古老的工艺沿袭至今，邢莉莉看到了那种珍贵的从自然和天地间吸收养分和能量的过程。“我是一个喜欢自然的人，看到那个场景，有一种想要流泪的感觉。”事实上，邢莉莉看到的只是香云纱染整技艺中的一道工序，香云纱前后要经过14种工艺、36道纯手工工序。正因其稀少、耗时、耗力且纯手工的制作工艺，香云纱被比喻成如“丝绸中的软黄金”“黑色闪光珍珠”般奢侈的面料，自古以来就用于为达官贵人和上流阶层做衣服。对香云纱的热爱，就是在那一年埋下了种子。不过，直到8年后的2015年年底，她在艺术家朱哲琴的提醒和鼓励下才开创了见萩这一品牌。

当时，朱哲琴以联合国开发计划署“中国亲善大师”身份推进“看见民艺”计划，而邢莉莉协助其推动香云纱的复兴。这一年，是她第二次看香云纱的制作场面，却发现少了首次相遇时那种原始的自然劳作的韵味，多了文旅的表演成分。原来，香云纱染整技艺于2008年入选国家级非物质文化遗产，香云纱因此变得有些商业化了。当时邢莉莉有些失望，特别担心靠手工艺人传承的独特工艺，被商业化侵蚀后有断绝之势，因为这会造成香云纱制作工序减少，失去了其珍贵性。朱哲琴见此情景，就鼓励她说："莉莉，你这么热爱香云纱，我觉得你可以做个自己的品牌。"就是这句话，让邢莉莉当即决定创立属于自己的品牌。

自从获得深圳环球设计大奖"时尚设计类"金奖而被更多人看见，再经由各种"跨界与出圈"活动，邢莉莉被不少人夸赞"见萩把香云纱做得像爱马仕一样高级"。不过，在她看来，香云纱这一宝贵民间手工艺的传承和推广不应该过度过速地商业化，除了商业活动之外，更需通过设计力量以及文化、时尚的输出，来带动这一手工艺的产业。她希望在一个相对小众的领域，专注地把"小而精""小而美"的见萩做到极致。

通过见萩，邢莉莉和团队收获了很多尊重和欢喜，以服装作为载体，传递传统美学与中国文化，这让她觉得自己的人生充满价值和意义。

4

在深圳的深业上城举行香云见萩·国家非遗香云纱跨界艺术展，在北京举行《丝路云裳》"一带一路"国际高峰论坛·北京太庙展，这两场重量级的展览，让见萩在更多的圈层

德玺见萩·大隐

内更具影响力。而在洛阳举行见萩中华雅集“风起洛阳·芭莎野宴”，让古老与当代碰撞，多维度复原和回望传统生活方式。2017年与艺术电影《长江图》合作推出胶囊系列，2018年为全球首部手绘油画电影《至爱梵高·星空之谜》设计官方周边，2019年与故宫联名合作推出“在旗”系列，2021年和著名设计师、靳刘高设计合伙人高少康联名推出“见萩×天下太平”香云纱跨界胶囊……见萩的每一次跨界活动，都是在民艺、时尚、文化与艺术之间架一座桥，让大家关注时装、设计、时尚与东方式的雅致生活。

在每年的形象主题里，见萩都会致敬中国的某一个文化时代，如用“恣意云水间”系列致敬了宋代，用“大隐”致敬魏晋时期，邢莉莉和团队“想要尝试在不同的维度传递一种属于中国的内在精神，我们不只是做一件衣服，还要以服装为载体，传播中国文化，传播可持续时尚，传递一种正能量的生活

德玺见莯·自然生长的温柔与坚韧

态度”。

“是用你心中的丝线织布缝衣，仿佛你的至爱将穿上这衣服。”这是纪伯伦的诗句，字句中展现的人与衣服之间的情感，无疑是动人而有力量的。说起设计本身，邢莉莉坦诚自己天生对美和传统文化很敏感，有一定的设计天分，再加上此前多年在深圳一家服装企业接受过专业的时尚训练，天分与训练共同培养了她的审美。她感恩于合作过的企业和设计师，为她提供了很好滋养。

从2015年创业至今，她招募设计师成员，首先看的就是其骨子里对香云纱和传统文化是否热爱，是否拥有相似的价值观。她们一起，让见莯生长出具有人文精神和艺术性表达的“人文系列”，适合特定场合穿着的“高定系列”，以及更为年轻化表达的“新国风系列”等，她期待让香云纱回归到中国人的日常生活中，并与风雅的生活方式相融。

深圳经济特区42年历史中，邢莉莉在时尚领域见证和参与了20年，她喜欢深圳的国际视野与包容、自由、多元、实干、先锋精神，这座城市滋养了她。她用见莯来反哺城市，拥有了作为本土时尚品牌的骄傲感。“我期待做一个能够代表深圳的，被世界看得见的顶级品牌”，她说，要更多的人除了看到顶级手工面料香云纱做成的上乘衣服之外，建立一种有仪式感的着装体系，更看到一种自在的中国式的美好生活。

在南油时尚圈，
“捡子”是极具代表性的设计师品牌

1

在深圳2万多名服装设计师中，高捡平是颇具代表性的一位，他是“捡子”“一上十”“手稿”三个独立设计师品牌的创始人和设计总监，是中国时尚大奖第25届十佳时装设计师之一，也是泉州师范学院客座教授和深圳市高层次专业人才。

他扎扎实实地走了一条学院派设计师的专业之路，先在深圳著名的品牌企业打工而后开始创业，他让自己设计的作品，持续走在接地气的市场里。同时，他还不断地在学术上精进，2007年从广州美术学院毕业后，一边工作一边学习，在取得香港理工大学硕士学位后，计划继续攻读博士学位。在深圳这座时尚之都，高捡平的勤奋、拼搏、创新精神，与特区的城市价值观几乎共频，无数名如他一样的时装设计师，为深圳的时尚产业和服装潮流打下了稳稳的基石，也让深圳的服装设计水平处在一个相对高起点的水平线上。

我探访高捡平位于南山的公司时，他和40余名年轻人组成的团队，正在安安静静有条不紊地工作。在办公间画设计图

服装设计师高捡平常年戴着一顶“地主帽”，这是他有意为自己打造的形象

的，在展示空间内做服装搭配的，在公共区域拍广告和喝咖啡的，自由、有序又分外自律的状态跃入我的眼帘。我们在会客厅内聊天，旁边一排衣架上，集中展示的是他于2020年11月2日在北京水立方举行的“LA CLOVER之夜——中国国际时装周闭幕式暨2019年度中国时尚大奖颁奖典礼”上，获得第25届中国十佳服装设计师的作品。而我面前的瓶装矿泉水上，打着“捡子/一上十”的品牌名字，他的品牌意识体现在小小的细节里，让每一位到访的客人都可以看见。

高捡平戴着一顶“地主帽”，这几乎成为他的形象标志，如同被称为“老佛爷”的时尚大师卡尔·拉格斐一样，让墨镜、黑西装、长辫成为让人过目不忘的形象标识。这是高捡平有意识为自己打造的形象，“就像川久保玲的发型和山本耀司的胡子一样”。于他而言，几年前偶然找到的“地主帽”，让他有一种“有田有地有丰收”的喜悦感，从此，这顶帽子与他形影不离。

作为服装设计师，高捡平在深圳时尚圈内一路走得相对顺利。大学毕业后，他在深圳最早一批品牌服装企业接受过专业的服装设计训练，其中一家是著名设计师梁子创立的“天意”品牌，另一家是他人生的“伯乐”叶琳创立的“EIN言”品牌。20世纪90年代出发的深圳本土服装企业，给生于80年代的他提供了扎扎实实的锻炼和提升的机会。2017年，他以独立设计师的身份在位于南山的金晖大厦创业——这里是深圳时尚圈乃至全国时尚圈所周知的三大标杆性产业集聚区之一，即南油原创设计师集群。而另外两个是福田品牌总部商业集群和龙华大浪国家自主创新示范区集群。

“南油的设计师作品在全国的高端批发市场来说，都是最贵的。”高捡平对标的是广州的“十三行”与杭州的“四季青”，这三个是全国最有名的时装批发市场。其他的同类市场还包括上海七浦路，北京动物园和大红门，成都荷花池，武汉汉正街等等。深圳南油服装批发市场可以说是全国最高端、最前沿的。国内外很多连锁店、精品店、批发市场都是在这里拿货，“南油的平均拿货价是其他地方的两倍”。

南油工业区聚集了3000多名原创设计师，在高捡平看来，有一定特色和个性的设计师超过1000位，“深圳很包容，时尚土壤很好，文化氛围也特别好。在这种环境下，南油的设计师保持各自的个性，互相不抄袭，大家发挥各自的专业优势，百花齐放”。正因深圳这批独立服装设计师的时尚水准，全国各地的批发商买家聚集于此拿货，深圳的时尚设计，在全国的专业市场大为受宠。在这里，来自全国各地带着地域烙印也经历过不同院校培育的设计师们，分布于南油工业区的聚道原创设计中心、尚道中心、荔秀文化街区等处。他们或以工作室形式，或以公司形式，在完整的时尚链条中，让梦想在深圳这座创新之都开花。

“深圳是个‘造梦’和‘筑梦’的地方，是一个开放且公平的城市，在这里，是金子都能发亮”，这是高捡平眼中的深圳。他的时尚之梦，就是在这里生根、发芽并慢慢长成一棵树的。他让这棵时尚之树，持续结出不同果实：“捡子”文艺风、“手褣”中性风、“一上十”个性前卫风。在绿色环保、可持续发展理念上，他保持着对手工艺传统和天然材料的偏爱，充满着浓郁的人情味。我在店铺内逛着，发现他钟爱棉、真丝、醋酸等天然面料，喜欢黑白和大地色，设计跨越性别，有一种简约慵懒的休闲感，更有一种我行我素的文艺感，一种贴合大众气息的时尚感。

2

深圳的“天意”品牌，是荣获“金顶奖”的设计师梁子于20世纪90年代创立的。这家经过特区时尚大浪淘沙般筛选并形

2020年春夏深圳时装周，高捡平携品牌“捡子”发布大秀。图为高捡平设计作品走秀图

成自己独特品牌个性的企业，对刚刚大学毕业的高捡平来说，就是服装设计之梦起飞的理想之处。

“光面试，前后就进行了三次”，捡子谈到初次跨入深圳时尚圈的往事，记忆犹新。他说，为了某次面试，他在深圳住了一周的酒店，画图、做设计、打版、为服装制样，每一项都要实打实地进行考试。最终，他在激烈的竞争中通过了面试，成为梁子公司的一名初级设计师。回望这段历程，高捡平对第一份工作充满感恩。他说，“天意”就是当时深圳时尚圈的“顶流”，无论品牌影响力还是商业之路，都非常火，是他向往的舞台。在这里，他学到了“用心做设计的敬业精神”，学到了对服装和时尚的敬畏之心，他对梁子对莨绸的传承所做的贡献充满敬意，“她真的非常执着”。

最让捡子感恩不止的，是“EIN言”的品牌创始人叶琳，他自称对方是他设计师历程中的“伯乐”、事业上中的“贵人”、人生中的“明灯”。

高捡平携品牌“捡子”，在深圳时装周上发布2020年春夏系列

捡子于2010年进入这家年销售约8亿元以上的公司，并用5年的时间，成就了打工巅峰期表达自我的梦想。“老板的审美很好，也给了设计师非常大的创作空间，‘EIN言’的品牌气质和调性，也是我非常喜欢的”，捡子坦言，他在这里创造了无数经典“爆款”，叶琳不仅在创作空间上给予他最强支持，让他“成为真正意义上的时装设计师”，也在薪资上给了他当时全深圳设计师中的较高水准，所以，他也积累了创业的第一桶金。于是，从2016年开始，他拥有了自己的品牌，并且成为“南油具有代表性的服装设计师”之一，销售业绩每年都处于前列。

深圳时装周2020年春夏系列，“捡子”品牌发布现场

3

关于天分这件事，对高捡平而言的确存在。他从少年时代开始就喜欢临摹各种国画，每个寒暑假都沉浸于画画的乐趣当中，高中时开始接受专业的素描学习和训练，直至考上广州美术学院服装设计专业。

“你觉得自己在设计上有天分吗？”我问。

“有一点点，再加上我这个人比较执着，愿意花时间慢慢磨。”扎实的美术功底，加上在服装企业的实操，让高捡平成为被市场检验过的实力派服装设计师。他的“捡子”品牌店，店铺规模都在100平方米以上，并且一启动就开了3家店。设计、生产、销售的整个链条，都在南油时尚圈完成。销售最好的时候，他的一个款式可以卖到2万件以上，“其中有一款风衣，连续5年都卖得很火爆，成为长销款”。如今，他在成都、郑州、西安等城市开了10家加盟店。5年来，他自己设计的款式超过2000个以上。从打工到创业，捡子感受到了前所未有的事业心，觉得在打造属于自己的时尚小王国，在追求属于自己的梦想。

问及他设计的秘诀，他说，作为“直男设计师”，在设计女装的时候，自然而然呈现的“中性风”是受欢迎的。同时，他觉得理性比灵感更重要。不过，他自言灵感无处不在，并不需要通过旅行、看时尚杂志获得某种启发，因为“时尚要自己创造，有时候做梦都梦到不同的款式”。

对时尚深度热爱的捡子，说起设计本身，自信满满。他保持着持续的探索和努力，连续几年登陆中国时装周，目前的期待是希望能够得到中国服装设计最高奖“金顶奖”的肯定，当然更想得到这个时代的肯定，希望这个时代出现更多大师，影响中国，影响世界。他说：“小梦想是我们这年代的十来个好友设计师一起拥有一个时尚产业园，最大的梦想是在深圳大浪时尚小镇有属于自己的时尚产业园。”

以差异化设计，张博引领羽绒服饰创新理念

1

人生的每一步都不会白走。如果不是在一家叫作“城市丽人”的服装品牌做过仓库管理员，他对面料的了解不会如此深入、通透和广博。如果不是在深圳本土品牌“艺之卉”做过设计，他可能无法完整地了解到一块面料如何做成一件衣服，如何挂吊牌，如何定价，如何抵达购物中心并被消费者喜爱和购买。以及，如何带领一个团队与国外设计师沟通，并形成良性的合作，将设计的产品卖出去，或者让设计的作品站在更国际化的舞台，被全世界“看见”。

他是“CHUFANG”“WANMAY”以及“控白”三个女装品牌的创始人、青年设计师张博，自2003年从业以来，陆续在多个早期创立的女装品牌担任设计师和设计总监，并深度参与过深圳服装行业完整的产业链的不同环节，接受过类似“黄埔军校”式的训练，经过多年的历练及积累后，创立了属于自己的时装品牌。

时间静水深流，张博以自己的方式见证了深圳时尚的变迁。来深圳这座城市近20年，他从社会新鲜人，成长为服装企

服装设计师张博

业老板，并为行业提供近百个在设计、制版、车缝等不同领域的就业岗位。这些年来，他以才华和实力头顶多项桂冠，如“影响中国”广东十大杰出青年设计师奖、“改革开放四十年”优秀青年设计师奖、深圳十佳设计师奖以及深圳时装设计师协会2017年度“金鹏奖”等。

深圳服装“大部队”分布于福田车公庙、龙华大浪、南山南油等主阵地及其周边辐射地带，而张博则把自己的团队安放于龙岗云商创客的一栋工业厂房内，这栋楼从1层到5层，包括产品展示厅、制衣工厂、打版间等完整地承接了他为品牌所做的每一项服务，2022年以来，受疫情影响，他迅速决定节省成本，把厂房搬至外地。我们见面的这一天，张博坦言“一下子轻松了很多”，这是2022年7月的一个下午。

张博的办公区域内，朴素，简洁，几十张手绘女装设计图挂在墙上，旁边的衣架上挂着一杆他设计的白衬衫与羽绒服，走廊上有他自己创作的油画作品。作为设计师与品牌创始人，张博的务实与浪漫融于一体——这几乎是深圳新一代年轻设计师的代表特质。扎扎实实地做着每日细碎的工作，又保持着自己骨子里的文艺，而文艺又滋养品牌灵魂，让他的服装保持着精神气质上的统一。

张博告诉我，在深圳2000多个能够被市场所认可的女装品牌当中，他的品牌之所以能够脱颖而出，源于这座城市深厚的时尚土壤的滋养。他用了“文艺”和“差异化设计”概括自己的品牌特质，他擅长大结构、长廓形，并因此从千千万万个服装款式中走出来，形成自己的个性。在他的3个品牌当中，张博最引以为傲的，其实是白衬衫和羽绒服这两个品类，前者把最简单做到最极致，而后者，是他原创性地开拓出了隐秘式羽绒服设计专利，该项工艺已成功申请了国家级实用新型外观专利。

2021年在大浪时尚小镇举行的以“羽众不同，绒汇时尚”为主题的发布会上，张博用40多套作品展示了自己在羽绒服设计上的创意和想象力，将原有的常规羽绒服打造出除了功能性之外的各种可能性，更适于多种场合。他说："通过胆面分离的做法，将羽绒服完美地跟连衣裙结合，视觉效果像是连衣裙，但是在功能上又有保暖的效果，兼具美感和功能作用。"

张博带领我去参观了品牌展示厅，那里陈设着将在2022年冬天上新的羽绒服。我看见轻薄的羽绒裙、羽绒背心、羽绒风衣等等，果然更轻盈，更时尚，更具设计感。很显然，作为羽绒创新理念的引领者，这是张博为深圳时尚乃至全国的服装行业所贡献的不可替代的价值。

2

张博是我见过的分外坦荡、乐观的人，对过往的种种，难得地能够以积极的态度和幽默的姿态去思考。回望在深圳近20年走过的每一步，张博的言语间都是满满的感激，他感恩于特区服装行业成熟的产业链和丰沛的土壤为他提供的营养。

2003年大学毕业在"城市丽人"应聘做设计助理，却被分配到仓库管面料。当时觉得自己"好歹是设计师，没想到干的是工人的活"，但现在看起来，张博觉得多亏了那段经历，让他对服装面料有了非常扎实的认识，90%的面料都是他在学生时代没有见过的。"以前在西安上大学，见得最多的是'的确良'这种最普通的面料，到深圳后完全开了眼界，在这家品牌企业看到大量日本、欧洲的顶级服装面料，知道其成分是什么，适合做成哪类衣服。"正是在这里的积累，让他在日后的设计当中，都是习惯于先看到面料再画设计图，而不是画好设

“控白”2022年秋冬款宣传图

计图后再找合适的面料，这种工作方法，让他设计的作品更为实用，更容易被消费者所接受和喜爱。

2004—2010年，张博在“艺之卉”品牌工作了6年，几乎是全链条地参与服装作为产品的每一个环节。每年春夏和秋冬两季新品发布前是他最为忙碌的时段，有过连续一个月为赶新季产品而睡在办公室加班的日子，也有过为订货会与意大利的设计师“争吵”式讨论的时光。他坦言这是一个全方位学习的过程，赵卉洲老师作为老板教会了他一个成熟的服装品牌如何扎扎实实走好每一步，“赵小姐作为深圳时尚圈最早期的创业者，她工作狂般的奋斗精神太值得我学习了，非常佩服”。

在第三届中国（深圳）国际时装节上，张博（右一）获“金鹏奖”时装设计师称号

作为赵卉洲当时身边最信任和欣赏的设计师，张博与艺之卉一起走过的那些年，让他见证了中国与世界时尚如何融合，如何在保持自己品牌精神的同时，让国际设计的“水土不服”变得更为通畅。更重要的是，张博在这里学会了如何核算成本，如何定价，如何运营品牌和做企划，等等。那是一段魔鬼式训练和提升的阶段，团队每季设计的款式500多个，订货会确定精选300多个，为了不断创新，他们一起走过无数探索的时光，不仅被市场打磨，也成就了艺之卉成为在米兰时装周上被国际时尚圈所认可的设计师品牌。

“艺之卉当时邀请了一位意大利籍的设计大师做我们的顾

问，在他身上的确学到了有关面料、色彩、款式、品类等的企划，他的企划方案可以精确到明年几月几日上哪些款，这些款式如何摆放，等等”，张博感慨地说，那位设计师有厚厚的一个本子，非常精细和严谨地呈现企划管理的每一个细节，对他的影响很大。

张博与前老板赵卉洲至今保持着良好的友谊，两人还会常常一起吃饭聊天。我欣赏于这种良性的传承、彼此欣赏和相互激励，这是深圳时尚行业内令人尊敬的大气。

3

有了前期在品牌公司的学习和市场训练，张博在2010年创立自己的品牌时，就有了底气和灵敏的市场嗅觉。受热爱书法和绘画的父亲的影响，张博小时候就喜欢画画，他中学6年从未间断地跟着专业老师学绘画。大学时的梦想是考清华大学美术学院，但最终命运神奇地跟他开了个玩笑，他被时装设计选中了。“不过现在想来，还是做服装设计师好，画家太穷了”，张博开玩笑道，当画家能养活自己的只是极少数人，反而做设计师让他始终保有一门吃饭的手艺，时至今日还能够创办一个企业，养活更多如他一样有理想的人。

张博的人生轨迹让我想起被称为“时尚界的魔术师”的日本著名时装设计师三宅一生，他1959年在东京多摩美术大学学的是绘画，但真正的梦想是成为时装设计师。他于1965年到巴黎学习时装设计，担任过纪梵希的设计助手，直到1970年才回到日本创立自己的品牌并很快以时装大师的身份影响全球。将张博与三宅一生对比，我其实看到的是，绘画功底对一位设计师影响很大，而优秀设计师的带领和传承也非常重要。

“绘画的确让我在设计上更具三维的视觉，现在很多设计师的作品，你只能看到服装的前面，看不到背后，我做设计会有一个整体的思考，在袖子下面等看不见的地方也有很多设计点”，张博说。他的服装很注重立体的视觉感，细节上更符合人体结构，在时尚度和实穿性之间找到了一个平衡点，这是他行走市场的一大法宝。

“现在是一个不缺产品、不缺设计的时代，服装的款式太多了，完全供大于求，只有做出差异化的产品，才能符合市场需求和年轻人的需要。”张博继续用他的王牌产品羽绒服举例，“我们把羽绒服做得跟时装一样，其实是因为我们在胆面分离的工艺上做到了极致”。

胆面分离是一种什么工艺？通俗来说，就是将面布和内胆分开制作，用面布将厚实的羽绒内胆进行遮盖。会这种工艺的打版师傅，是张博分外珍惜的，“大家都想做设计师，但其实懂得工艺、懂得打版的工人，反而是最稀缺的”。正因于此，张博付给工人的工资比市场平均水平要高，他希望能够持续养活一批这样的工人，“否则年轻人都想做设计师，没人做打版这种技艺，等这批工人上了年纪后就很麻烦，整个行业就很容易断层”。

除了三个独创品牌之外，张博有一半的设计作品，用于为

“控白”2023年春夏款宣传图

玛丝菲尔、奥姆、例外、歌力思等一线品牌供货，即贴牌服务。同时，他的作品通过亚马逊平台销售于美国、英国、德国，“美国的单品价格是50—150美元之间，欧洲的售价约150欧元，每年在海外的营收超过2000万美元”。

企业每年营收近亿元，主力标杆产品是春夏季的白衬衣和秋冬季的羽绒服，这是深圳时尚圈提到张博时必然会想到的两大品类。把细分领域的单一产品做到极致，是张博的目标，而能够成为如山本耀司这样的设计大师，是在设计领域保持初心的他，永远的梦想。

“90后”主理人，打造本城头部时尚买手店

“看到这面巨大的落地玻璃，我当即就决定把安格的第二家店开在这里。”这家店叫作“ANGLE安格”，是深圳知名服装买手店，出生于1992年的主理人刘梦奇是土生土长的深圳人，典型的“深二代”。

毕业于北京服装学院的刘梦奇，大学伊始就在尝试各种不同的可能，在买手店兼职，和同学创立淘宝店……女孩芳龄十八，正是充满奇妙梦幻的年龄。也许正是由于自己学生时代的创业经历，年少时对服装行业的向往，大学毕业后的刘梦奇在北京创立了睡衣家居品牌“IN MARCH”，就如三月里的春风，一切都是最好的开始。然而深圳这个城市与她有着某种奇妙的关联，2018年，刘梦奇携IN MARCH从北京回到深圳。

深圳这座城市，的确给了刘梦奇不自知的见识和滋养。爸爸是画家和设计师，妈妈是深圳电视台最早一批节目导演、制片人。父母自然而然地给了她在审美和视野上的高起点。而城市本身，给她的最大感受是“包容、创新、平等、开放”等城市性格，这些定语，与深圳如影随形紧密相连，她在读大学

"ANGLE安格"创始人刘梦奇（左）与本书作者尹维颖在深圳湾一号的"安格"深圳第一家店，这也是深圳颇具影响力的买手店，集合了全球70多位独立设计师的品牌

时，每每给同学介绍自己是哪里人时，总是很自信地答"我是深圳人"。

就读的是与服装有关的专业，深圳又是自己的家乡，在深圳开一家买手店好像就是一件顺理成章的事情。而这一切的背后，于她而言，是基于深圳庞大的服装产业和越来越多的讲求个性化、多元化穿搭的高品位时尚人士。

爱美是天性，能在世界各地"买买买"，然后还能够把自己喜欢的衣服、鞋子、包包、首饰等分享给客人，这是让刘梦奇无比兴奋的事儿。而从市场层面来说，当时深圳高端的服装潮流买手店并不多，能够呈现主理人的品味、见识、审美并具有引领作用的买手店更是少之又少。多的是什么呢？是“什么款好卖就卖什么”或者“外贸尾单”集合店。

在深圳，与“ANGLE安格”比肩的买手店并不多，正因对市场深度调研，刘梦奇坦言“ANGLE安格”就是深圳的头部买手店。区别于北方的率性，南方的客人在选择上更精致，ANGLE安格是满足当地人需求和品味的店。

最早的一家“ANGLE安格”成立于2018年秋天，位于深圳顶级商业区——深圳湾一号。第二家店在华侨城欢乐时光，正式开业于2021年8月，属于社区型买手店。第三家店在万象天地商圈里面，是一家专注于个性化饰品的店铺。

“ANGLE”是“角度”的意思，刘梦奇期待“以多重视角探索艺术、时尚与生活的连接点，打造多角度的时髦生活和艺术风尚，希望可以和深圳这座年轻并富有朝气的城市共同成长，并带来不一样的角度”。

2

华侨城绿树浓荫，漫步于此，负离子满满，鸟鸣声与蝉声，此起彼伏。2022年4月的一个周末，我与闺蜜一起，前往华侨城欢乐时光探访这家名为“ANGLE安格”的店。咖啡馆、画廊、有品位的餐厅分散于周边，共同营造出让人舒适、放松和安静的社区氛围。

刘梦奇和她的“高颜值”的小伙伴们，在200多平方米的店面内，共同给人一种如沐春风之感。进门的玻璃墙上，写着70多个全球各地设计师品牌名，这些品牌，都是刘梦奇根据自己的喜好和品味选择回来的，但更多的是她与设计师彼此激赏，“一见钟情”。“国内最具代表性的独立设计师品牌，基本上都集中于此，还有来自纽约、首尔、东京以及欧洲部分城市的国际设计师的作品。”我们边走边看，她分享着这些衣服的出处和背后的创作者。

独立设计师当然是创作者，他们不会刻意满足市场而无限复制某一个款，只会把自己喜欢的创意化作适合不同身材和品味的设计作品，并以此找到同类审美的人。而刘梦奇，就是把这些将服装设计看作艺术的人的作品，集结于“角度”，共同形成她作为主理人的审美趣味，从而给顾客更多的个性化选择。

店面的艺术感不仅仅停留在服饰上，空间也给人一种复合概念之感。在深圳湾一号，两层楼的独栋建筑，外立面被分成三层，里面是两层立体式的空间，有岁月沉淀之美的胡桃木将整个空间进行切割，显得分外有层次感，如在家的衣帽间一般。纯手工木雕古董柜、充满色彩的当代画作、不同款式的衣服与首饰自然交融，给人暖暖的高级感。这家店选址的时候，这里还是一片热火朝天的工地模样，装修花了快一年，被称为“室内设计里的高定”。现在这里几乎成为深圳潮流人士“打卡”之处，也是不少明星来深圳买衣服必然要逛的地方，更有不少明星的私人服装助理跟刘梦奇保持着良好的友谊，店内有新品到货，他们第一时间来这里选合适的单品。

逛服装店的确是一个整体的视觉享受，衣服和空间都给人审美上的营养，而买手店周边环境，更是为大家的体验感加分。位于深圳湾一号的“ANGLE安格”周边有红树林画廊，有空间与出品同样不俗的餐厅，户外绿植、雕塑、流水等都给人一种静谧舒适之感。而“ANGLE安格”位于华侨城的社区概念店，于我而言，体验感同样非常好，整体空间一体化设计，有奇妙的流线感，温柔细腻，与周边环境自然地融为一体，胡桃木和不锈钢自然地碰撞出一种柔与力的质量感。黑白棋格地板与天幕的椭圆形灯，形成复古又现代的呼应，让人惊喜和感叹。

“奇妙的是，我发现以前在深圳湾一号安格店买衣服的老客人，有不少就住在华侨城，现在这个社区概念店，就相当于开在她们家楼下，对客人来说，真的是更方便了，我们的服务也是更精准了。”刘梦奇说。有意思的是，她把自己的朋友也拉到这个片区一起开店，比如其他类型的买手店、咖啡店等，邻居不少店主都是她的好朋友。而她和男友也住在附近，果然是把家和梦想都融合在了一起。

很显然，这个买手店，就如同一个小小会客厅，刘梦奇和她的朋友与客人，因为时尚而共聚于此，这是深圳服装潮流的一个有趣的地标。

刘梦奇（左一）在深圳时装周秀前合影

3

从大学开始，刘梦奇就进入买手店这个行业。“我从19岁就在这个行业里，在我看来，买手店是小而精的，要以主理人的品味来品的。”

买手店最近几年日渐火爆，在她的观察中，这是源于大家消费升级，不满足于跟着顶级品牌走这种单一模式。不过，如

“ANGLE安格”在深圳时装周走秀后，刘梦奇（前排右一）与深圳服装行业协会会长潘明女士（前排中）合影

今有很多资本进入买手店，让一些买手店得以快速扩张和发展，“我觉得这并不是一种良性和健康的状态，因为只是靠资本来复制，而店内的陈列和店员的培训并没有跟上。如果店员对每个品牌的个性了解不够，那就无法通过自己的审美给客人更好的搭配意见”。正因如此，合作的每一个设计师她都很了解，对客人而言，每件作品撞衫的可能性比较小，因为设计师品牌的产量不会太大，品质和版型都很好。

“每次去巴黎都跟打仗一样，来不及调整时差就要上战场。”每年两次的巴黎时装周，是最忙的工作时段，连续一周，她沉浸在看秀、选品、订货、与设计师一起工作的状态中。她感慨地说，做买手最兴奋的事情就是能发现让自己心动的品牌，经常会在心里“哇”的一声，为新发现的设计和设计师对原材料的创意运用而惊叹。除了为自己的店铺选择合适的品牌之外，刘梦奇也会在全世界各个时尚重镇如米兰、东京、纽约、伦敦等地“买买买”，认真地感受奢侈品和小众设计师品牌，每日换着花样穿搭，习惯自拍并在社交平台分享心境，“美是多样化的，我希望能给大家带来时尚的不同角度，让大家自信地寻找到适合自己的风格。”

因为刘梦奇及“ANGLE安格”在深圳及周边城市所形成的影响力，她受到深圳市服装行业协会的关注，并多次受邀参加深圳时装周，精选店内有代表性的设计师品牌，以一场大的时装秀的形式集中亮相，赢得行业内专业人群的点赞和喝彩。

作为一种由欧洲人开发的商业模式，买手店在深圳这座年轻的城市中的历史并不长，与欧洲动辄上百年的买手式街头商铺相比，深圳买手店要走的路还比较长。不过，以刘梦奇为代表的“深二代”买手店主理人，正在努力将这种代表着潮流、品味、更私人视角的审美，从全世界各地带到深圳，让这些潮流与生活方式，与这座城市一起生长，这是这座越来越国际化的城市在服装潮流上令人期待的新趋势中的一种。

现在的**大浪时尚小镇**已成为影响中国时尚产业的重要板块，入驻的**时尚企业**已达600余家，**时尚产业**年产值超过200亿元，成为**粤港澳大湾区**唯一一个以**时尚创意**为主导产业的区域。

第六章

时尚对话

深圳将打造“永不落幕”的时装周

——访深圳市工业和信息化局一级调研员郑璇

2022年7月27日，深圳市工业和信息化局一级调研员郑璇在接受我的采访时，就深圳特区40余年跨度的时尚产业变迁与发展打开话题，谈产业升级、政策支持、“十四五”期间时尚发展规划等。多年来，郑璇对深圳时尚的相关政策、企业发展、人物故事等非常熟悉，对整个传统产业充满感情。我们的话题，主要聚焦于深圳女装。

问：以深圳女装为例，深圳时尚40年经历了怎样的发展阶段？深圳市政府对服装产业的支持政策都有哪些？哪些政策对服装产业的转型升级起到了关键性的作用？

郑璇：深圳传统优势产业最早起步于承接香港的产业转移，在40多年里，经历了加工制造（1985—1995年）、品牌崛起（1996—2009年）、设计引领（2010—2019年）、数字驱动（2020年至今）等发展阶段。传统优势产业始终扎根深圳、服务全国，助推深圳市成为国内行业门类齐全、原创品牌集中、产业配套完善、规模集聚效应显著的产业基地。经过几轮转型之后，深圳传统优势产业留下的高附加值环节，在珠三角地区形成的较为完备的供应链体系，是40年产业发展沉淀下来的宝贵财富，也是未来产业发展的基础和优势。我们的优势在研发设计、高端制造、品牌营销、供应链管理等高附加值的环节，同时，我们的设计师、工匠都非常优秀，整个产业形成了一个良好的生态。

在政府的大力推动下，深圳传统优势产业实现华丽转型，成为满足人们对美好生活向往，引领消费趋势，具有文化、科技、品牌内涵的都市型产业。早在2012年，深圳市政府就出台了对传统产业的支持政策《深圳市人民政府关于印发深圳市加快产业转型升级配套政策的通知》（深府〔2012〕90号），2016年又出台《深圳市产业转型升级专项资金管理办法》（深财规〔2016〕9号）。2020年，深圳首次将其定位为时尚产业，出台《深圳市时尚产业高质量发展行动计划》及相关配套资金操作规程，从技术创新、创意设计、品牌培育、国际化拓展等方面，系统推进传统优势产业向时尚产业全面转型。2021年，深圳市出台了《深圳市时尚产业发展规划》。2022年，现代时尚产业列入“20+8”战略性新兴产业集群，成为深圳未来重点打造的产业之一。

尽管在2012年之前没有专门的针对服装产业的政策，但深圳积极支持服装企业品牌培育和技术改造，推动产业转型升级和发展。此外，从20世纪90年代开始，在市政府的支持下，企业组团到国内外参加服装博览会，并亮相北京、上海以及国际四大时装周，这些都是服装企业及设计师打开视野学习的重要过程。

2000年初，深圳的产业整体上面临转型升级，一些传统企业有外迁的倾向。针对这种情况，深圳市政府特意落实土地政策，将大浪时尚小镇作为服装产业基地，留住了一大批服装品牌企业。2015年，我们创立了深圳时装周，这是深圳市政府助力服装产业发展的另一个重要举措。这样，深圳的服装企业、设计师除了“走出去”之外，还可以在家门口走秀，扩大深圳品牌的影响力。

问：与巴黎、纽约、伦敦、米兰等全球四大时装周以及北京、上海时装周相比，2015年创立的深圳时装周最“年轻”，那么，7年来，深圳时装周的发展状况怎么样？

郑璇：时装周是聚合时尚文化产业的重要载体和展示盛会，是一座城市、一个国家乃至全球时尚界最盛大的年度盛宴。

我们知道，巴黎时装周创立于1910年、纽约时装周创立于1943年、伦敦时装周创立于1971年、米兰时装周创立于1967年、中国国际时装周创立于1997年、上海时装周创立于2001年。深圳以服装为代表的时尚产业具有良好的产业基础，自2015年首次举办深圳时装周以来，深圳时装周的组织、规模以及专业化、国际化水平快速提升，已成为国内三大时装周之一。

深圳时装周的规模、软硬件、专业化、国际化程度不断向国际顶尖时装周看齐，知名度和国际影响力不断提升。从2015年到2021年深圳时装周的举办情况来看，走秀场次从40场增加到84场；参展品牌及设计师从120多家（人）增加到400多家（人）；媒体总关注度从3000万人次增加到8亿人次；参加时装周的国际设计师、嘉宾、媒体和企业的档次不断提高。2020年，深圳时装周第一次正式进入“一年两季”的国际时装周发布模式，按照“秋冬”“春夏”两季举行，与巴黎、纽约、伦敦、米兰等国际时装周同步进行发布。另外，深圳时装周作为国内首个引入并与WME|IMG集团、意大利时尚协会、WWD等国际机构深入合作的时装周，与国际各大时装周同步互动，确保了时装周的国际专业水平，为国内外时尚界提供了一个设计创意交流平台，得到国际时尚界人士的高度评价。

问：深圳时装周对整个服装行业的推动作用有哪些具体的表现？对传播深圳城市风貌起到了什么作用？

郑璇：深圳时装周自举办以来，在提升品牌国内国际影响力、推动商业落地、促进产业高质量发展方面成效显著。如开展与纽约、米兰时装周的交流活动，100余家深圳优秀品牌及其设计师先后受邀参加纽约、米兰时装周，与世界著名的设计师、时尚机构、高端品牌、顶级商场、金融机构建立起合作渠道；促进行业国际化进程，如2015年至2019年，歌力思已陆续收购Laurèl、IROParis、Ed Hardy、Vivenne Tam等多个国际品牌，努力打造国际时装集团；玛丝菲尔、歌力思、影儿、杰西、娜帕佳、艺之卉等深圳一线品牌均在海外设立了研发中心和机构。深圳时装周越办越成熟，既增强了深圳服装产业的发展动能，又带动了上下游产业链的发展。

面对疫情的影响，深圳时装周充分利用深圳在大数据、工业互联网、5G等信息技术方面的优势，全面推进数字化转型：2020年3月，以“时尚不缺席”的姿态，开创了“云看秀+云订货”一体化的时装周全新模式。2020年10月举办的深圳时装周2021春夏系列进一步改革创新，以线上线下联动的创新形式，为行业搭建数字化转型平台。2021年4月，深圳时装周创新打造全球首个“零碳秀”，通过虚拟建模、三维材质扫描和AI渲染等一系列3D数字仿真技术，将服装从设计到走秀全过程进行数字化呈现。

深圳时装周越来越受到大众关注，媒体关注度逐年提升。在2020年10—11月举行的中国三大时装周中，“深圳时装周”百度资讯指数峰值高达131.5万；2021年4月举办的深圳时装周2021秋冬系列活动，有超过100家国内外权威媒体和时尚媒体跟踪报道，并多次登上了微博、抖音、淘宝直播的热搜榜。时装周还首次应用全市灯光秀，展示时装周系列活动内容，营造出全城联动的热烈时尚氛围。深圳时装周传播了深圳“时尚、创新、包容、活力”的城市风貌和人文精神，为深圳赢得“设计之都”“时尚之都”“品牌之都”称号作出积极贡献，已成为传播中国时尚文化的一张亮丽名片。

问：与国内外一流的时装周相比，深圳时装周还需要怎样提升和改革？政府的支持举措有哪些？

郑璇：时装周是一座城市的时尚名片，国内外的时装周多以城市命名、由当地政府部门和专业机构共同举办。我们曾到各大国际时装周取过经，大家一致认为，深圳时装周要坚持办下去，持续打造“永不落幕的时装周”。深圳最大的优势是产业基础很好，整个产业链非常强大。比如，你看完秀马上就可以在线下找到买衣服的店，也可以边看秀边下单，所以说，深圳的服装产业链非常成熟。

为推动深圳时尚产业高质量发展，充分发挥深圳时装周对提升时尚文化与人文价值软实力的引擎作用，从2020年开始，深圳时装周由“一年一季”改为“一年两季”，实现与国际时尚体系接轨。即每年的3—4月举办当年的秋冬系列时装周，9—10月举办次年的春夏系列时装周，具体发布日期与国际时装周序列接轨。同时，深圳服装企业生产的春夏服装占比60%，秋冬服装占比40%，这项改革也能更好地发挥深圳服装产业的优势和特点。

另外，我们还将充分发挥深圳科技水平的领先优势，积极推进与深圳科技企业的深度合作，在T台展示、产业转型、促进消费、解决行业关键共性问题等方面与科技相结合，提升服装产业以及整个时尚产业的数字化、网络化、智能化水平。

问：“十四五”期间，深圳对服装产业的规划是怎样的？

深圳如何继续保持时尚产业高质量发展优势?

郑璇：传统产业是永不落幕的产业，是老百姓生活的“刚需”，也是满足人民对美好生活的需求的产业。我们要认清传统产业的优势所在，认真思考“留什么、引什么、怎么做”来进一步理清发展思路。当前深圳传统优势产业又走到了产业发展的关键路口，我们提出打造“时尚产业数智大脑”，推动产业数字化、网络化、智能化发展。具体通过四个赋能来实现：数字赋能、设计赋能、品牌赋能和服务赋能。

说到设计赋能，就是要加强原创设计，将诸如非遗文化等民族特色融入到时尚设计里面去，创造具有中国底蕴的时装，展现我们的文化自信。关于品牌赋能，国际品牌可能有上百年的积累，我们的品牌毕竟只有二三十年的历史，品牌运营能力与国际品牌还有距离，但我们要讲好中国的故事，提升品牌核心竞争力和影响力。至于服务赋能，就是发展服务型制造，延伸产品的服务环节，提高产品附加值。比如说，我们不仅要卖产品，更要通过产品来推广一种新的生活方式，通过推广生活方式，将产品潜移默化地推销出去。四个“赋能”中最关键的是数字赋能，其他三个赋能均离不开数字化。

问：深圳传统优势产业如何进行数字化转型升级?

郑璇：推动深圳传统优势产业高质量发展，就是要打造“时尚产业数智大脑”，推动产业数字化、网络化、智能化发展。唯有抓住机遇，才能赢得未来；唯有加快数字化转型，才能继续在国内外引领时尚潮流。

目前，我局正在制定深圳市时尚产业数字化转型方案，计划利用深圳电子信息产业优势，推动时尚产业的全产业链全生命周期数字化转型，围绕研发设计、生产制造、品牌营销、智能制造、大规模个性化定制、柔性快反供应链、智慧零售、产业互联网等新业态新模式，构建数据驱动型的产业生态体系，实现科技与时尚的完美融合。

“中国女装看深圳，深圳女装看大浪！”

——访大浪时尚小镇原党委副书记、建设管理中心主任曹宇昕

曹宇昕是大浪时尚小镇原党委副书记、建设管理中心主任，自2007年以来，他参与了龙华大浪时尚小镇（前身为深圳市服装产业基地）筹建、创建的全过程，亲历了深圳服装由传统加工制造向品牌时尚产业转型发展的关键节点，参与深圳大女装产业和品牌的集聚过程，推动了以特色小镇建设为引领的区域产城融合发展变化。他在这里工作了15年，在他的带领、参与和见证下，深圳龙华大浪石凹片区由原深圳经济特区外落后欠发达地区，发展成为一批时尚产业大品牌、大企业、大牌设计师集聚的产业集群地，成为影响中国时尚产业的重要板块，粤港澳大湾区唯一一个以时尚为主导产业的区域。2022年7月21日，我在大浪街道办公室与他见面采访。10天前的7月12日，在广东珠江宾馆举办的全国纺织工业先进集体劳动模范和先进工作者表彰大会（广东分会场）上，曹宇昕获得“全国纺织工业先进工作者”称号。我们的话题就从这里打开。

问：“全国纺织工业先进工作者”是一个含金量很高的荣誉，请分享下你在大浪时尚小镇服务产业的15年中，都做了哪

些具体的工作？大浪时尚小镇为深圳整个时尚产业贡献了哪些重要的价值？

曹宇昕：我在7月12日表彰大会的获奖感言中也分享过，大会为我个人颁授的荣誉，其实是对整个深圳时尚产业发展的褒奖，是对特区3000余家行业企业、10万余产业人的至高评价，是对我们在“十四五”期间时尚产业高质量发展、建设时尚产业新城的殷切期盼，我将抱以“一事一生”的态度，一如既往地为产业服务。

在大浪服务产业的15年中，见证了大浪完成区域1.08平方公里的开发，建成了深圳市服装公共服务平台，为行业发展提供了3万平方米的公共服务空间，配备了高标准秀场、设计师孵化器、金顶大师工作室等；服务了卡尔丹顿、歌力思等16家时尚企业总部的建设并投产运营，其中玛丝菲尔总部、艺之卉百年艺术博物馆、沐兰艺术大厦、深圳十大特色文化街区等项目现已成为区域的地标。

我和团队一起完成了广东省首批省级特色小镇申报、大浪时尚小镇城市设计规划，新上了时尚产业学院、时尚艺术酒店、时尚会客厅等一批项目；编撰了大浪小镇现代产业体系中长期发展规划，明确了时尚产业“1+4+6”产业目录；我本人也发表了《服装时尚产业集群化发展的成因研究及路径推演》《国家时尚产业自主创新示范区发展路径研究》等论文，为区域产业转型发展提供了理论依据。

现在的大浪时尚小镇已成为影响中国时尚产业的重要板

块，入驻的时尚企业已达600余家，时尚产业年产值超过200亿元，成为粤港澳大湾区唯一一个以时尚创意为主导产业的区域。大浪时尚小镇在业内享有“中国女装看深圳，深圳女装看大浪”的美誉，是中国纺织服装行业世界级时尚小镇建设试点单位，先后荣获“国家自主创新示范区”“国家外贸转型升级示范基地”“全国时尚服饰产业知名品牌示范区”“时尚产业集群区域品牌建设试点”等荣誉。国家发改委将大浪时尚小镇作为传统产业转型升级典型案例，在全国进行推广学习。

问：在数字化的时代，大浪时尚小镇的未来将如何规划和发展？

曹宇昕：大浪时尚小镇积极拥抱数字化浪潮，推动中国（深圳）数字时尚创新示范中心、时尚小镇新媒体矩阵建设，与华为、腾讯、阿里等企业积极开展合作，为时尚产业和企业赋能发展；在可期的将来，小镇将突破物理空间界限，打造时尚元宇宙线上、线下相结合的数字孪生小镇；我们将利用深圳比邻港澳的优势，广泛开展时尚产业的国际化合作，吸引更多的国际产业人才来到中国，来到粤港澳大湾区；我也将以自己的努力，投身数字时尚产业全幅图景的构建，为深圳建设数字时尚先行示范区、全球知名的新锐时尚产业之都作出自己的贡献。

问：大浪聚集了深圳女装中最具影响力的品牌企业，如影

儿、玛丝菲尔、歌力思、赢家、艺之卉等，那么，就你的观察而言，深圳女装在数字化、国际化的加持之下，其优势及未来发展将是怎样的？与长三角的服装企业相比，我们的差距在哪里？

曹宇昕：据权威研究指出，我国产业链配套最完整、最具全球竞争力的产业前三名分别是纺织服装、轨道交通、电子通信。我国的纺织服装产业中附加值最高、最具含金量的环节是高端时装，以深圳女装为代表的品牌已占据国内绝对领导地位。

分析珠三角粤港澳大湾区时尚产业优势，对比长三角地区产业特性，我们不难发现以下特点：一是发展质量高，以高品质产品、品牌竞争领先；二是市场化程度高，基本为民营企业，市场敏锐度全国领先；三是比邻港澳，人才、信息国际化水平领先。与此同时，我们的差距与不足表现在：一是产业规模不够，以大女装为代表的深圳百亿级时尚企业即为领军企业，与长三角千亿级领军企业不在一个数量级上，“顶天立地”的大企业数量相去甚远；二是以上海为龙头的时尚“首发、首店、首秀”模式影响突出，尤其是上海时装周目前已成为继纽约、伦敦、米兰、巴黎之后公认的世界第五大世界时装周，市场化程度、国际化程度国内最高，带动了长三角时尚产业带的高速发展；三是以阿里为龙头的直播业态、犀牛工厂等带动了产业数字化转型的浪潮，对数字时尚人才起到了强虹吸效应，已领跑了国内在时尚人才方面的优势。

在下一步的竞争中，深圳如何继续保持时尚产业高质量发展优势，充分调动深圳时尚产业既有优势资源形成合力，打通产业链痛点、难点？我的建议：一是推动数字时尚“元宇宙”建设，二是加快时尚产业资本化速度，三是助推时尚产业国际化进程，在国际时尚新赛道、新经济、新模式方面实现先导，描绘数字时尚产业全幅图景，建设粤港澳大湾区时尚产业新城。

问：你对深圳女装在经济特区40多年来所引领的时尚产业发展的观察是什么？新生代设计师中，你认为能够代表深圳服装设计未来的有哪些？

曹宇昕：以女装为代表的深圳时尚企业，是当之无愧的龙头，它实际上类似中国纺织服装行业“王冠上的明珠”。

在我看来，深圳女装是整个时尚产业中附加值最高的。很多人对这个产业有点误解，认为女装企业产生不了千亿级的企业，在中国市场上没有话语权。事实上，深圳的大女装生产企业的市场规模和产业链就决定了单一时尚品牌企业很难超过百亿级。在后疫情、信息碎片化及数字转型的时代，单一的女装品牌或者设计师品牌，不可能重复原来的发展路径，因为消费者的审美和消费发生了迭代和改变，对产品的需求发生了变化，独立设计师未来在商业品牌的转化道路上会步履艰难。

深圳女装的未来发展（我们以“三化”来概括，指的是数字化、国际化、时尚化）不能只走卖衣服、做品牌、开店这条传统路径了，在转型升级阶段，必须依靠科技和资本的力量，靠数字化和国际化的手段来带动企业转型发展。我个人认为，让国际的资本、国际的品牌认识中国的产业，中国的产业和品牌要能融入到国际的游戏规则当中，这是深圳女装下一步要思考的问题。国际化不是在四大时装周上简单地走秀，而是整个产业彼此融合，像歌力思、玛丝菲尔等目前在这一块就做得非常好。

深圳要进入全球最具竞争力的都市行列，那么一定要把产业做大做强，然后一定要培育出一批优秀的有代表性的企业和企业家来参与到国际的话语权的竞争当中。数字化平台也是助力产业发展的大势所趋，我们有良好的产业基础和人才优势，再加上科技助力，我相信未来千亿级的全新产业形态的时尚独角兽企业一定会出现在我们的身边。

译，我和同学常在杂志上看到她写的散文，也常常会觉得她是生活中如张爱玲般穿衣"惊世骇俗"之人，如今回忆起来，心中多少是充满羡慕的。20世纪90年代后期，她是人群中能够

11日下午，窗外淅淅沥沥地下着雨，雨水在南方疯长的植物叶子上，噼噼啪啪地发出声响，这是让人安心的有节奏的自然之曲。这一刻，张爱玲与衣服有关的字句再次冒了出来。她

己设计的不跟风不流俗的衣服，表达着自己对服装的热爱，呈现着自己独一无二的气质。我喜欢这样让人共鸣的字句："我们各人住在各人的衣服里""再没心肝的女人，说起她去年

文先生所著的《中国古代服饰研究》，却是一部扎扎实实的厚重之书，用图文形式"以服饰为线将古代各时期的政治、军事、经济、文化、民俗、哲学、伦理等诸多变迁之轨迹联系起

的设计师，在1997年创立品牌的时候，让自己的服装在外在美和内在气质上，打上了独一无二的东方印记。赵卉洲和她的"艺之卉"既是东方的，又是国际的；既是中国的，又是世界

先进模范人物"的称号赵卉洲，不仅用"艺之卉"这个深圳品牌，更用一座百年时尚博物馆，让人们感受到文学、历史与实物在深圳服装潮流上的奇妙连接。"光绪二十九年（1903年

"晚清西风东渐，女性服饰也受到影响。矮领变高领，宽松变紧身，逐渐性感起来。留洋女性是最先接受西方服饰的群体，电影《黄飞鸿》里的十三姨就是留洋回来的。全球化的脚

为我分享中国百年时尚之路。这个由赵卉洲和董事长周胜筹建的博物馆，为20世纪的中国服饰潮流打造了可看、可触摸、可思考的空间，这是深圳服装行业中，令人尊敬的一个创举。

一刻交汇，感受到一座城市的时尚潮流在地理坐标和空间坐标以及历史坐标上有了交汇。讲解员严谨的讲述背后，有娓娓道来的故事，也有与故事同步的世事、生活及时尚的温度。我

的流变，与时代的变迁共舞，为岁月留下痕迹。同时，更在不同的地理意义上，刻下属于自己的记号。在百年时尚博物馆内，1840—1911年的晚清皇室时尚与民族非遗服饰，让观众用

我们看见蓝色、黑色、灰色作为主流色的二十世纪五六十年代的服装风潮，看见鸭舌帽、列宁装、工装裤等布尔什维克的苏式衣装大热，看见1956年苏联式女服"布拉吉"（俄语"

大耳环等盛极一时，走在潮流前列的明星、主持人乃至大城市的时髦青年，将这一潮流轰轰烈烈地推至全国上下，至今已然是不少人的集体时尚记忆。上述种种，让20世纪的时尚才

些曾经的时尚有了"证据"。赵卉洲和她的百年时尚博物馆，用一个小小的切口，让中国的时尚史充满历史的印记，旧物是有感情的，无言却有力地诉说着有关中国时尚的一切风云及

公空间，视觉上顿感自由与开阔，古老与现代的元素在这里碰撞，石雕、有岁月痕迹的画作、充满色彩的衣服在细节处点缀着百年时尚的历史印痕，它们共处一室，诉说着深圳这个仅

远处看，深圳服装头部企业与名牌如歌力思、影儿时尚集团、赢家等汇集于此，庞大的产业园区内，代表着品牌气质与潮流走向的店铺，错落地分布于大浪时尚小镇的各处，共同成就

装企业，90%以上是自有品牌，30万名从业人员，2万名服装设计师。2020年，深圳服装业实现销售额2300多亿元，出口近百亿美元，有近10家上市企业。深圳在中国服装业具有四个"

是深圳的前身，也就在今日的南头古镇，所以，深圳的城市史距今约1700年。千百年来，这里居住的有广府、福佬、疍家和客家人，其中最多的是客家人。所以，深圳的服装潮流是以

房子，以及居住于此的人及其身上穿的千百年传承下来的服饰，会让深圳人找到城市文化与特区潮流最初的源头。客家凉帽（凉笠）现在还能常在深圳的老村、海边见到，20世纪80年

期由于中原战乱南迁，客家先民把优秀的中原文化艺术、人情风俗带到了赣闽粤，并与当地土著风情文化不断交融，形成了由中原文化艺术元素为基础变化发展而来的文化艺术形式，

部分读书女性改穿旗袍或蓝衣黑裙……服饰的确像活化石一样反映着特定社会的政治、经济、宗教、文化和民俗，客家人在保留自己服饰文化的同时，也随着时代浪潮的冲击，与前

养成等，为这座城市的时尚贡献了多姿多彩的潮流元素。深圳第一家服装厂坐落于罗湖的渔民村，原籍广东佛山的花田纺织时装（香港）有限公司董事长刘起棠靠着72把大剪刀开启了

人工也便宜，所以就很有吸引力。当时我们完全是做来自英国、法国、德国等欧洲的订单，后来发现中国才是最大的市场。"刘起棠是20世纪80年代初期深圳1000多家服装企业家中有

业基础。到90年代开始，深圳本土品牌陆续崛起，天南海北的时尚追梦人抵达这里，让梦想持续开花。此后30多年，深圳女装已然在全国处于领军地位，涌现出玛丝菲尔、影儿、赢家

觉醒史，也是中国时尚从来料加工到文化自信的生动浓缩和鲜活表达。""回忆这东西若是有气味的话，那就是樟脑的香，甜而稳妥，像记得分明的快乐，甜而怅惘，像忘却了的忧愁

那时候每个周末在学校小操场看电影，总能遇到一位装扮充满个性的大学女老师，我和同学常在杂志上看到她写的散文，也常常会觉得她是生活中如张爱玲般穿衣"惊世骇俗"之人，

22年后的夏天，我要写的这本书，是与时尚有关的《特区舞裳》。2022年6月11日下午，窗外淅淅沥沥地下着雨，雨水在南方疯长的植物叶子上，噼噼啪啪地发出声响，这是让人安心

戏剧"。她说，"衣裳让我快乐，这份快乐是别人无法理解的"。她穿着自己设计的不跟风不流俗的衣服，表达着自己对服装的热爱，呈现着自己独一无二的气质。我喜欢这样让人共

是立体的、风趣的、充满想象力的时尚观察与点评。但首版于1981年，由沈从文先生所著的《中国古代服饰研究》，却是一部扎扎实实的厚重之书，用图文形式"以服饰为线将古代各

师赵卉洲在成长期有没有受张爱玲和沈从文的影响，但我觉得这位特区代表性的设计师，在1997年创立品牌的时候，让自己的服装在外在美和内在气质上，打上了独一无二的东方印记

然而然地在服装上开出了花。荣获"深圳经济特区建立40周年创新创业人物和先进模范人物"的称号赵卉洲，不仅用"艺之卉"这个深圳品牌，更用一座百年时尚博物馆，让人们感受

二寸长的珠璎珞，慈禧一动，这些珠璎珞就前后摇摆起来，放出灿烂的光芒。""晚清西风东渐，女性服饰也受到影响。矮领变高领，宽松变紧身，逐渐性感起来。留洋女性是最先接

，在位于龙华大浪时尚小镇的艺之卉百年时尚博物馆内，讲解员正在认真地为我分享中国百年时尚之路。这个由赵卉洲和董事长周胜筹建的博物馆，为20世纪的中国服饰潮流打造了

品来展现近百年来中国时尚生活方式。我徜徉于此，让文学、历史、文化在这一刻交汇，感受到一座城市的时尚潮流在地理坐标和空间坐标以及历史坐标上有了交汇。讲解员严谨的讲

成为一直闪耀的支流，汩汩地汇入时尚的大江大海。时尚的流变，与时代的变迁共舞，为岁月留下痕迹。同时，更在不同的地理意义上，刻下属于自己的记号。在百年时尚博物馆内，

新中国成立后，实用和简朴成为服饰的主流。在博物馆内，我们看见蓝色、黑色、灰色作为主流色的二十世纪五六十年代的服装风潮，看见鸭舌帽、列宁装、工装裤等布尔什维克的

O（迪斯科）文化影响下的垫肩、蛤蟆镜、蝙蝠衫、喇叭裤、大耳环等盛极一时，走在潮流前列的明星、主持人乃至大城市的时髦青年，将这一潮流轰轰烈烈地推至全国上下，至今已

化，时装潮流因时代留下来的一件又一件珍贵的实物，让这些曾经的时尚有了"证据"。赵卉洲和她的百年时尚博物馆，用一个小小的切口，让中国的时尚史充满历史的印记，旧物是

百年时尚博物馆走出来，看到深圳服装名牌艺之卉新的办公空间，视觉上顿感自由与开阔，古老与现代的元素在这里碰撞，石雕、有岁月痕迹的画作、充满色彩的衣服在细节处点缀

地标建筑，这里已然成为大浪时尚小镇的潮流打卡点。再往远处看，深圳服装头部企业与名牌如歌力思、影儿时尚集团、赢家等汇集于此，庞大的产业园区内，代表着品牌气质与潮流

装品牌，形成了中国女装的"深圳军团"，深圳有2500多家服装企业，90%以上是自有品牌，30万名从业人员，2万名服装设计师。2020年，深圳服装业实现销售额2300多亿元，出口近

能看到的就是另一个景象。东晋时期设立的广州府宝安县，是深圳的前身，也就在今日的南头古镇，所以，深圳的城市史距今约1700年。千百年来，这里居住的有广府、福佬、疍家

喜欢周末去甘坑客家小镇，那里刻满时光印痕的大树、河流与房子，以及居住于此的人及其身上穿的千百年传承下来的服饰，会让深圳人找到城市文化与特区潮流最初的源头。客家凉

"衫"指上衣，"裤"指下衣。相关史料记载，"唐末及两宋时期由于中原战乱南迁，客家先民把优秀的中原文化艺术、人情风俗带到了赣闽粤，并与当地土著风情文化不断交融，形

穿长衫马褂，之后知识青年开始穿中山装。而妇女一般穿侧襟衫，部分读书女性改穿旗袍或蓝衣黑裙……服饰的确像活化石一样反映着特定社会的政治、经济、宗教、文化和民俗，客

抵达深圳，带着各自的成长经历、城市记忆、生活方式、审美养成等，为这座城市的时尚贡献了多姿多彩的潮流元素。深圳第一家服装厂坐落于罗湖的渔民村，原籍广东佛山的花田

来采访时说："我记得当初我们在莲塘一块钱一平方一个月，人工也便宜，所以就很有吸引力。当时我们完全是做来自英国、法国、德国等欧洲的订单，后来发现中国才是最大的市场。

内较先进的生产设备和较高的加工水平，逐渐形成成熟的产业基础。到90年代开始，深圳本土品牌陆续崛起，天南海北的时尚追梦人抵达这里，让梦想持续开花。此后30多年，深圳

扎根、成长，走向国际。40年的深圳服装史，是中国时尚的觉醒史，也是中国时尚从来料加工到文化自信的生动浓缩和鲜活表达。"刻下属于自己的记号。在百年时尚博物馆内，184

成立后，实用和简朴成为服饰的主流。在博物馆内，我们看见蓝色、黑色、灰色作为主流色的二十世纪五六十年代的服装风潮，看见鸭舌帽、列宁装、工装裤等布尔什维克的苏式衣

科）文化影响下的垫肩、蛤蟆镜、蝙蝠衫、喇叭裤、大耳环等盛极一时，走在潮流前列的明星、主持人乃至大城市的时髦青年，将这一潮流轰轰烈烈地推至全国上下，至今已然是不

装潮流因时代留下来的一件又一件珍贵的实物，让这些曾经的时尚有了"证据"。赵卉洲和她的百年时尚博物馆，用一个小小的切口，让中国的时尚史充满历史的印记，旧物是有感

时尚博物馆走出来，看到深圳服装名牌艺之卉新的办公空间，视觉上顿感自由与开阔，古老与现代的元素在这里碰撞，石雕、有岁月痕迹的画作、充满色彩的衣服在细节处点缀着百

筑，这里已然成为大浪时尚小镇的潮流打卡点。再往远处看，深圳服装头部企业与名牌如歌力思、影儿时尚集团、赢家等汇集于此，庞大的产业园区内，代表着品牌气质与潮流走向

，形成了中国女装的"深圳军团"，深圳有2500多家服装企业，90%以上是自有品牌，30万名从业人员，2万名服装设计师。2020年，深圳服装业实现销售额2300多亿元，出口近百亿

相关附录

深圳市服装行业协会大事记

■1988年

8月18日，深圳市服装行业协会正式成立。同年，协会秘书处开始编纂协会刊物《服装简讯》，加强与会员的沟通。

■1989年

1月，首次组织会员企业赴港参加自行举办的“深圳纺织服装展销、洽谈贸易会”。

8月，在协会成立一周年年会上，举办“深圳首届自行设计制作的时装模特表演”，为推动深圳市的时装设计活动打下基础。

10月，筹办成立全国首家“丝绸时装展销中心”，该中心的建立为外商投资深圳提供了信心和保证。

11月，与日本秀奇公司合作举办“深圳首届缝纫设备维修技术培训班”。

■1990年

与中国国际贸易促进委员会深圳分会合作，组织企业赴港参加香港中国时装展，并使这项活动成为深圳市服装行业协会每年的基本工作之一，有力地推动了企业开拓海外市场。

协会首次组织企业到美国进行服装市场调研，为积极帮助企业开拓国际市场迈出了第一步。

协助深圳市政府编写服装行业“八五”规划。

■1991年

整理发行了《深圳服装行业企业名录》，这是深圳首次出版完整的行业企业名录，为协会加强与企业和同行之间的联系起到了不可估量的作用。

积极推动深圳市的服装设计师参加全国性的服装设计大赛，并先后在全国“金剪奖”“兄弟杯”服装设计大赛上获奖。同时，协助设计师举办个人作品专场表演。

■1992年

组织企业赴德国、荷兰等国参加海外专业展销，加强与海外市场的联系，为帮助企业进一步开拓西欧服装市场打下了基础。

组团参加大连国际服装节。自此参展成为协会每年常规工作之一。

■1993年

在香港举办长期的“深圳特区出口服装展示会”，有力促进、加强企业对境外市场的拓展。当年的成交额为1.1亿美元。

为促进行业的服装设计事业，筹划和组建成立“深圳市服装设计师协会”。

编写深圳服装工业“九五”计划，为深圳市服装工业的发展制定目标。

■1994年

鼓励企业创立自己的产品品牌，协助深圳派纳服装有限公司创立“派纳”品牌，并获“全国十大名牌西服”称号，打破了深圳服装业没有自己真正名牌的被动局面。

■1995年

举办“首批深圳市服装名牌评选活动”，共评出23家服装企业的服装名牌和3种服装优质产品，增强了企业的名牌意识。

■1996年

推荐华丝、衡韵、兴泰、皇家等公司参加全国女装专业委员会，提高深圳市服装品牌企业在全国同行中的地位。

■1997年

举行首届粤港澳国际服装服饰博览会。

协助衡韵时装有限公司在北京举办“首届衡韵杯全国丝绸服装设计大赛”。

推荐华丝企业股份有限公司参加中国服装行业“双百强”企业评选活动，该公司被中国服装协会评为“双百强”企业。

■1998年

邀请原国家纺织工业部副部长王曾敬教授、中国服装协会理事长蒋衡杰、深圳市副市长郭荣俊、经济发展局局长庞大同及深圳服装企业代表30多人举行研讨会，郭荣俊副市长在会上指出：服装工业不是“夕阳产业”，而是“朝阳产业”，深圳市服装企业要抓好生产、销售、设计三大环节，不断创新，开拓新的局面。

策划编辑出版《深圳服装品牌与企业》刊物。

举办第2届粤港澳国际服装服饰博览会。

首次提出“五名工程”（名师、名牌、名企、名模、名店），着力实施深圳服装名牌战略。

■1999年

编辑出版《深圳服装品牌与企业》画册，是深圳市服装行业第一本反映企业品牌的刊物，它的出版，对于进一步宣传深圳服装自有品牌和企业，不断提高深圳服装在国内外的影响具有重大作用。

首次以整体形象组团参加北京中国国际服装服饰博览会，深圳20多家服装企业组成“品牌舰队”，以“深圳的花季”为主题。

■2000年

组团参加中国国际服装服饰博览会，以“春天的故事”为主题展开系列推广活动。

成功在德国纽伦堡举办了“深圳服装精品展览会”。通过一系列的宣传展示活动，向德国乃至欧洲企业界展示了深圳市服装业的发展风貌，同时也进一步帮助企业拓展海外市场。

由深圳市服装行业协会主办的《深圳服饰》正式出版，为深圳服装企业进一步了解行业动态、政策导向提供了一个良好的窗口。

■2001年

组团参加中国国际服装服饰博览会，以“特区冉骄阳”为主题展开系列推广活动。

组团参加香港时装节。

成功举办首届中国（深圳）国际品牌服装服饰交易会。

组织意大利贝萨罗乌比诺商会与深圳知名品牌企业开展的座谈。

组织“天风海涛霓裳情——服装企业家与媒体联谊活动”。

参与《深圳地方志·服装工业志》编写。

■2002年

组团参加中国国际服装服饰博览会，以“特区舞霓裳”为主题展开系列推广活动。

成功举办第二届中国（深圳）国际品牌服装服饰交易会。

协助上级主管部门制定《深圳市纺织服装产业结构调整方案》。

完成《关于成立“深圳市服装研发中心”的可行性报告》专家论证。

组织部分品牌企业参加美国拉斯维加斯服装展。

成立深圳市服装行业协会设计师专业委员会。

市政府重点支持的传统产业公共技术服务平台“深圳市服装研发中心”正式挂牌成立。

■2003年

组团参加中国国际服装服饰博览会，以“鹏城舒彩翼”为主题展开系列推广活动，首次统一布展风格。

“梦回田园”会员企业主题联谊活动在深圳西部海上田园成功举行。

成功举办第三届中国（深圳）国际品牌服装服饰交易会。

组团赴德国参观2003年CPD成衣博览会。

成功举办首届深圳国际时装周。

■2004年

组团参加中国国际服装服饰博览会，以“南国时尚风”为主题展开系列推广活动，统一装修形象。

深圳市服装产业集聚基地正式立项并开工建设，首批企业签约入驻。

成功举办第四届中国（深圳）国际品牌服装服饰交易会。

成功举办第二届深圳国际时装周。

深圳市服装行业协会荣获“全国先进协会”称号。

■2005年

组织10多家企业参加香港时装节，组织部分企业去澳大利亚、韩国、日本的专业展览会观摩考察。

组团参加中国国际服装服饰博览会，以“动感鹏城”为主题展开系列推广活动。

成功举办第五届中国（深圳）国际品牌服装服饰交易会，协调政府相关部门提高整个服装基地建筑容积率。

首次与哈尔滨联手，在哈尔滨成功举办第三届深圳国际时装周。

■2006年

成功举办第六届中国（深圳）国际品牌服装服饰交易会。

组团赴俄罗斯和波兰波兹南举办了专场发布会和静态展览，向国外展示了深圳服装的风采。

组织企业赴韩国、日本访问交流，并参加大邱国际时装展，推广深圳服交会和服装品牌。

■2007年

组织几十家企业组团参观考察香港时装节。

组团参展中国服博会，以“炫彩南国”为主题展开系列推广活动。

组织企业带领专家赴法国学习考察，为深圳服装品牌与国际对接提供了很好的借鉴。

成功举办第七届中国（深圳）国际品牌服装服饰交易会。

首次举办“2007中国（深圳）国际孕、婴、童产业博览会”。

服装研发中心搬迁至龙华民治工业区，办公场地扩至近2000平方米。

首届“金剪刀”服装工艺大赛全面启动。

■2008年

3月，“改革开放30年·时尚创意20年 深圳女装区域品牌推广工程”新闻发布会在深圳市民中心召开。

4月，在我驻英国大使馆的大力支持下，“2008深圳（伦敦）时装产业推介会”在英国伦敦洲际酒店隆重举办，深圳服装首次整体亮相伦敦，开国内之先河。

5月，协会理事会召开救灾筹备会议，赈灾汶川大地震，共计筹集3000多万元款物。

6月，组织华丝、迪丝平、季德娜、金坚纺织等20家知名企业参加第五届首尔服饰生产展。

7月，成功举办第八届中国（深圳）国际品牌服装服饰交易会；梁子、杰西、亿弘润、马天奴、歌力思、艺之卉、曼娅奴等20家深圳知名女装企业入围首批“深圳女装区域品牌”企业名单。

■2009年

组团参加中国服博会，并荣获中国纺织工业协会“中国服装品牌推动大奖”，成为国内唯一一个获得该项大奖的团体组织。

组织百余家深圳服装、饰品企业前往山西太原同至人畅货中心新东方品牌进行考察与合作。

9月，组织深圳“欧洲经贸代表团”在伦敦时装周成功举办了“时尚深圳”活动，驻英大使傅莹出席活动。这是中国服装首次跻身世界四大国际时装周。

11月，在北京成功举办“2009深圳时装精品展示会暨第七届深圳国际时装周”。

12月4日，由深圳市服装行业协会牵头组织，被称为“时尚硅谷”的“深圳服装产业集聚基地”奠基，共有22家企业落户大浪服装基地，其中有玛丝菲尔、影儿、爱特爱、沐兰、艺之卉、歌力思、卡尔丹顿、梵思诺等。

协会被评为“深圳市社会组织评估5A级”单位。

■2010年

组织几十家企业参观考察香港时装节，向境外展商大力推广深圳服交会和深圳服装。

组团参加中国服博会，以“创意深圳”为主题展开系列推广活动。

成功举办“深圳—郑州经贸洽谈采购会暨宝安产品展销会”。

成功举办第十届中国（深圳）国际品牌服装服饰交易会，深圳市委书记在考察深圳服交会时给予高度评价，认为深圳的服装行业是转型升级的典范。

9月，第三次组团参加伦敦时装周，举办了伦敦时装周历史上规模最大、规格最高的中国时尚活动。

■2011年

第七届理事会换届选举，沈永芳当选深圳市服装行业协会会长，翟小平任荣誉会长。

组团参加考察香港时装节，向海外展商推广深圳服装品牌。

组团参加中国服博会，以“深圳印象”为主题展开系列推广活动。

纺织工业“十二五”品牌发展纲要调研会在深圳市民中心召开。

成功举办第十一届中国（深圳）国际品牌服装服饰交易会。

第四次组团参加伦敦时装周，以“时尚深圳”系列活动开展海外推广。

■2012年

成功举办“时尚与资本发展论坛”，推动深圳服装行业向资本运作发展。

组团参加中国服博会，以“深圳印象”为主题展开系列推广活动。

成功举办第十二届中国（深圳）国际品牌服装服饰交易会。

组织企业第五次参加伦敦时装周，开展时装发布、设计展示、特色学院合作建设三大系列交流活动。

■2013年

组团参加中国服博会，开展“新生力量潮动2013”深圳展团新闻·时装发布会暨“大浪杯”中国女装设计大赛新闻发布活动。

成功举办第十三届中国（深圳）国际品牌服装服饰交易会。

7月11日，中国纺织品牌战略推进委员会和深圳市人民政府举行“中国纺织区域品牌试点”授牌仪式，深圳市被授予“时尚品牌创意之都”称号。

9月，首次组团亮相纽约时装周，歌力思、邓皓等20家知名品牌服装企业整体展示了深圳品牌设计创意成品和视觉设计概念。

12月，深圳市中小企业公共服务平台正式上线。

成功举行“2013比利时高级时装代表团与知名代理商、零售商交流会”。

■2014年

组团参加中国服博会，以“我型我姝，风华云商”为主题开展品牌联合推广活动。

3月19日，由市政府倡导，服装、家具、黄金珠宝、钟表等八大优势传统行业协会共同发起的深圳时尚创意产业联盟正式成立。

7月，成功举办第十四届中国（深圳）国际品牌服装服饰交易会。

9月，第二次组团参加纽约时装周，主会场举行歌力思、丽琪、谢海平3个品牌时装发布秀，引起国际时尚界高度关注和广泛赞誉。

10月19日，深圳市设计与艺术联盟正式成立。选举了任克雷为联盟主席，沈永芳为联盟第一届轮值副主席。

■2015年

3月，首届深圳时装周在华侨城欢乐海岸成功举办。

7月，成功举办第十五届中国（深圳）国际品牌服装服饰交易会。

9月，协会组织的“时尚深圳”系列活动亮相2016春夏纽约时装周，这是深圳第三次亮相春夏纽约时装周，连续第8年组团参加世界四大时装周。

10月，组团参加2015柯桥时尚周，与世界最大纺织服装面料基地——绍兴市柯桥区达成战略合作。

12月，“大美2015”深圳市服装行业年度慈善风尚礼成功举办。活动以关爱地中海贫血儿童为目的而发起，现场捐款68万元，成功拯救了三个地中海贫血患病儿童的生命。

■2016年

3月，深圳时装周2016秋冬系列在华侨城欢乐海岸成功举办。

7月，成功举办第十六届中国（深圳）国际品牌服装服饰交易会。

9月，协会组织的“时尚深圳”系列活动首次亮相世界时尚“晴雨表”米兰时装周。

10月，协会组团参加中国国际服装服饰博览会、2016柯桥时尚周。

■2017年

深圳时装周2017秋冬系列在华侨城欢乐海岸成功举办，首次进入IMG国际时装周发布系列。

协会与意大利Class Editori传媒集团签署战略合作伙伴协议。

成功举办第十七届中国（深圳）国际品牌服装服饰交易会。

“时尚深圳”系列活动亮相2018春夏米兰时装周，推动国际时尚交流和友好城市建设。组团参加2017柯桥时尚周并举办“深圳时装专场发布会”。

成功举办首届中国（深圳）国际环保时尚服装设计大赛。

■2018年

深圳时装周2018秋冬系列在深圳市当代艺术与城市规划馆成功举办，有20多个国家和地区的200多个品牌及设计师参与了80场大秀，规模和影响力跃居中国前列。

成功举办第十八届中国（深圳）国际品牌服装服饰交易会，简称由“深圳服交会”改为“时尚深圳展”。

“时尚深圳”系列活动亮相2019春夏米兰时装周，深圳时装连续11年在国际四大时装周上展现中国力量。

12月28日，协会30周年庆典“三十风华 再创辉煌”在洲际酒店盛大举行，评选出“30年30人，深圳服装行业功勋人物”。

■2019年

9月22日，由深圳市服装行业协会组织的“时尚深圳”系列活动亮相2020春夏米兰时装周。

12月27日，深圳市服装行业协会第九届会员大会第一次会议选举产生了新一届理事会成员，深圳市顶宜服饰有限公司前总经理潘明，当选深圳市服装行业协会新一任会长。

■2020年

1月27日，深圳市服装行业协会向各界发起“爱心捐赠·助力武汉”倡议，为疫情重区武汉捐赠急需物资。

4月10日，“A/W 2020深圳时装周·云秀”，以“时尚不缺席”的姿态，用全方位数字化的方式呈现时装周影音多媒体内容，为时尚产业和区域经济注入全新力量。

4月26日，为营造优良营商环境、支持知识产权保护工作，深圳市服装行业协会成立了深服协知识产权工作站。

7月16—17日，2020中国纺织创新年会·设计峰会在深圳市龙华区大浪时尚小镇召开。

10月21日，深圳首个“春夏系列”时装周——2021春夏深圳时装周，在深圳市当代艺术与城市规划馆进行趋势发布。

11月10—13日，由四川凉山传统工艺工作站联合深圳市服装行业协会举办的首届凉山非遗创新设计大赛采风活动在四川凉山举行。

■2021年

1月28日，深圳市服装行业协会与深圳职业技术学院联合开启“鸿雁计划最后一公里”。通过搭建校企合作交流平台，发挥各自优势，在生产加工、设计、时装周实践、品牌营销、服表、传媒、文化艺术、市场营销、教育等诸多环节创新合作，推广民族品牌和服饰，通过深圳向世界传递东方文化的自信。

4月12日，AW 21/22深圳时装周以“新生”（Reborn）为主题，在深圳欢乐海岸盛大开启。此届深圳时装周加码科技和设计创新元素，以线上线下联动的形式，进一步打造“科技+时尚”一体化的时尚盛会。

4月25日，北京知识产权司法保护研究会联合中国知识产权法学研究会、中国服装协会、深圳市知识产权联合会、深圳市服装行业协会、影儿时尚集团在京召开新闻发布会，正式发布《中国服装行业知识产权保护白皮书》。《白皮书》首次全方位披露了中国服装行业的著作权、商标权、专利权等知识产权的保护状况，以及中国服装在知识产权保护技术上的创新。

6月18日，深圳市委政法委、深圳市中级人民法院、福田区人民法院会同深圳市服装行业协会在万科滨海云中心举办“深圳市服装行业诉源治理非诉解纷签约仪式”暨“深圳市诉源治理非诉解纷试点单位”“诉源治理非诉解纷中心（服装行业）”揭牌仪式，大力搭建社会矛盾纠纷多元预防调处化解联动平台和提供“一站式”服务，为构建服装产业良性高质量发展、构建社会治理新格局提供有力司法服务和保障。这是中国首个也是唯一一个诉源治理非诉解纷中心（服装行业）。

10月24日，S/S 2022深圳时装周精彩上演。此届时装周在南山设立欢乐海岸主秀场，并设龙华大浪会场与福田会场，为深圳市民带来逾100场时尚大秀和时尚创意活动。本届时装周还打造了全球首个图像AI和机器视觉的走秀款实时确权系统，将参秀品牌视频和图像同步上传到备案平台，通过AI自动识别，对秀款进行实时的确权，构建数字化知识产权保护体系。

■2022年

4月23日，A/W 2022深圳时装周在深圳蛇口意库价值工厂正式开幕，此次大秀以“时尚元宇宙”为灵感，通过“元宇宙线上发布+线下走秀”的呈现形式，打造了一场线上线下联动的“时尚+科技”大秀。

10月25日，S/S 2023深圳时装周在欢乐海岸椰林沙滩主秀场序厅开幕。本届时装周以“渐见”为主视觉创作灵感，呈现全球首个“碳中和时装周”，传达“低碳力量”，同时深植“科技+时尚”的双重基因，以数字化转型点亮深圳的“时尚名片”，打造城市级时尚盛会。

11月，2022湾区时尚大奖公布获奖名单。此奖项旨在进一步激发时尚设计产业活力，引进和孵化更多优秀时尚设计人才，每年评选一届。通过表彰和鼓励优秀设计师和品牌，树立时尚行业标杆，致力打造代表湾区乃至中国时尚设计最高水准的时尚大奖，不断提升深圳时装周的专业性、权威性和影响力。本届湾区时尚大奖共颁发5项大奖。在往届“湾区年度十佳时装设计师”“湾区年度杰出时装品牌”“湾区年度升值潜力时装品牌”“湾区年度纺织非遗活化特别贡献奖”等奖项基础上，新增“湾区年度可持续时尚践行品牌”奖项。

（以上数据由深圳市服装行业协会提供）

后记

2021年12月初，深圳报业集团出版社总编辑郭洪义先生向我发来邀约，外加在食堂的一顿饭，就把聚焦特区服装40年的书《特区舞裳》定下来了，感谢这份难得的信任。

我第一时间欢喜答应，觉得这是从时尚领域看深圳的一个窗口，是非常珍贵的一次机缘。不过，我很快发现要完成这个写作任务极为不易。数据显示：深圳有2500多家服装企业（90%以上为自主品牌），近10家上市企业，30万名从业人员，2万名服装设计师；2021年实现产值近2700亿元，出口近百亿美元，产值规模占全国的10%以上。深圳在40年间已经形成完整的时尚生态链，培育出了一批具有国际影响力的时尚集团。然而，并没有权威的书籍或者资料来完整地介绍这个行业、行业里的人、人的故事，以及故事里呈现的深圳服装历史、变迁、文化与时尚，等等。

我知道，这一切都需要自己一点一点深入地挖掘，需要去不同的现场见不同的有代表性的人，然后，采访、倾听、整理、写作。这无疑是一个漫长的过程，需要真正地静下来进行精神层面的深度交流，需要认真地梳理深圳与时尚的关系，梳理40年来从不同城市抵达特区的商人，他们带着原生城市的印记与梦想，在奔流的时光之河中成就深圳时尚。

2021年12月16日，我第一个约的是沈永芳女士。她于1988年抵达深圳，参与经济特区时尚30多年。我们一边喝茶，一边聊了快3个小时。时光逆流而上，那些伴随着经济特区服装发展一路共舞的人，带着情感、往事陆续出现，非常深情，非常动人。沈永芳提到的人中，几乎包含了深圳服装行业产业链上的不同角色，诸如政府领导、专家学者，行业协会、头部企业的相关负责人，顶级设计师、模特、媒体记者等等。同时，她提到了深圳服装发展的诸多关键词，诸如深圳时装周、大浪时尚小镇、登陆国际时装周……有关这本书的框架与脉络，逐渐清晰，分外感谢她的格局、专业与责任心。之后，我去大浪时尚小镇与影儿时尚集团的副总裁殷博相见，我们在咖啡厅聊了2个多小时，感谢她对这本书在人选、框架等方面提供的非常宝贵的建议。

特别需要感谢的是，中国服装协会原副会长、中国纺织工业企业管理协会常务副会长谢青，深圳大学艺术设计学院前院长、中国服装设计师协会副主席、中国文化艺术发展促进会服装服饰专委会主任、深圳市服装设计协会主席吴洪，中国服装设计师协会常务理事、广东省服装设计师协会副会长、福建省服装设计师协会会长、两次获得中国时装设计最高奖“金顶奖”的著名设计师刘勇，以及深圳市服装行业协会会长潘明、深圳市时装设计师协会会长周世康，他们均对这本书的框架搭建和采访人选给了非常专业的建议，吴洪教授还特别为本书写了推荐序。同时，时尚行业的专家和“大咖”强力支持与支招，在此对他们表示无尽的感激。

前期准备工作长达两三个月，除了向专业人士请教之外，还需要查阅相关书籍并思考写作的角度。2022年春天，我终于决定，通过写行业的代表人物，从而呈现深圳服装潮流变化，展现时尚中的深圳。为什么做这样的选择？我的感受是，每个参与这个行业的领军者，就是深圳时尚历史的一部分；每个人，就是一本打开的书；每个人，带着各自的城市印记抵达深圳，他们的成长史、审美养成、品牌历程、行走足迹、时尚版图等等，如同拼图般共同构成了深圳时尚40年。

我写作的切口聚焦于“深圳女装”，它被评论界称为“深圳时尚王冠上最闪闪发光的那颗明珠”。这个小切口确定了，相应的人选就能定下来，通过人来讲设计，讲品牌，讲时尚，讲潮流，讲深圳在全国乃至全球坐标下的时尚价值与城市影响力等。所以，每一个采访对象，都是精心选择，都具有某一个领域的代表性。他们共同串起了从20世纪80年代至今40余年的深圳时尚。从这个意义上说，这本书的确如吴洪院长所言，“可成为深圳这座城市的时尚行业发展史录，更具有填补空白的意义”。

采访和写作的过程，于我而言真的是“痛并快乐着”，准备提纲、预约采访、完成写稿、稿件审核确定，都是非常漫长的过程。因为涉及行业历史、品牌发展、深圳时尚大事等，实现史料的准确性与写作上试图做的创新、语言上的生动等，都是一个努力抵达平衡的过程。

非常感恩每一位被访者，我分赴这座城市的不同地段，与他们倾情相约，喝他们提供的美味咖啡，看他们的工作环境，触摸他们设计的服装。最最感动的是，他们与我共处的那两三个小时，那是燃烧的忘我的回望与倾听，是令人沉醉的心流交汇，是发自内心的热爱并让梦想照进现实。于我而言，这是无尽的宝贵的值得珍视的财富，我感动于他们给我的时间，以及对我的这份深深的信任。

特别鸣谢歌力思的王笃森，玛丝菲尔的陈艳、魏雨薇、唐颢坤、肖云、杨富纲，影儿时尚集团的武丽，赢家服饰集团的罗俊，深圳市服装行业协会的姜美与王孜，欧柏兰奴的陆倩雯，天意的郭劲松，艺之卉的张晶，德玺见萩的唐诗吟，

ANNAKIKI的黄鹏燕，等等。他们为本书在协调推进、图文素材提供、写作等各个方面提供了非常细致的帮助，感谢他们为深圳时尚行业所付出的这份专业与用心。

感谢我的好友胡姝和李晔在写作过程的鼓励、陪伴、支持及提供专业建议。感谢晶报常务副总编辑冯景和同事康岩慧、刘羚在采访上的协调与帮助。感谢我的先生曹鹏和女儿曹伊的支持，半年来，我几乎把每个周末乃至所有的业余时间都贡献于这本书的采访与写作，他们给了我最大的情感力量，让我能够安心完成这部作品。

最后感谢编辑林洁楠的专业与用心。这不是一本完美的书，其中在视野、写作手法、角度等诸多方面存在一定的偏见、不准确、遗漏等局限，我怀着一颗惶恐之心，感恩诸位读者的理解。

尹维颖
2023年3月10日

首部深圳人文大型文库

特区舞裳
深圳服装潮流记
FASHION SHENZHEN
“中国女装看深圳”
城市，因时尚而美

寻找光明记忆
MEMORIES OF GUANGMING

寻找光明记忆
MEMORIES OF GUANGMING
工厂故事
一个城市新区的嬗变之路
一代创业者的逐梦之旅

寻找光明记忆
MEMORY OF GUANGMING
一座城市
一方水土

大转折
GREAT TRANSFORMATION
叙述
历史

。她说，“衣裳让我快乐，这份快乐是别人无法理解的”。她穿着自己设计的不跟风不流俗的衣服，表达着自己对服装的热爱，呈现着自己独一无二的气质。我喜欢这样让人共鸣的字句：“我们各人住在各

版于1981年，由沈从文先生所著的《中国古代服饰研究》，却是一部扎扎实实的厚重之书，用图文形式“以服饰为线将古代各时期的政治、军事、经济、文化、民俗、哲学、伦理等诸多变迁之轨迹联系起来”

牌的时候，让自己的服装在外在美和内在气质上，打上了独一无二的东方印记。赵卉洲和她的“艺之卉”既是东方的，又是国际的；既是中国的，又是世界的。她从深圳出发，让世界看到中国的时尚力量，看

妙连接。“光绪二十九年（1903年）四月间，慈禧设宴招待各国驻华公使夫人。她拣了一件最华贵的朝袍，是用孔雀翠羽织成的，上面

正在逐渐接受来自西方的新时尚理念，中国的时尚也开始踩上了西方时尚的尾巴。”2022年5月19日，在位于龙

一个实体空间，用馆藏近万件藏品来展现近百年来中国时尚生活方式。我徜徉于此，让文学、

在这里找到有迹可循的源头。然后，成为一直闪耀的支流，汩汩地汇入时尚的大江大

实用和简朴成为服饰的主流。在博物馆内，我们看见蓝色、黑色、灰色作为

安静，齐整——在清王朝三百年的统治下，女人竟没有什么时装

光如此神奇。2000年大学毕业后，

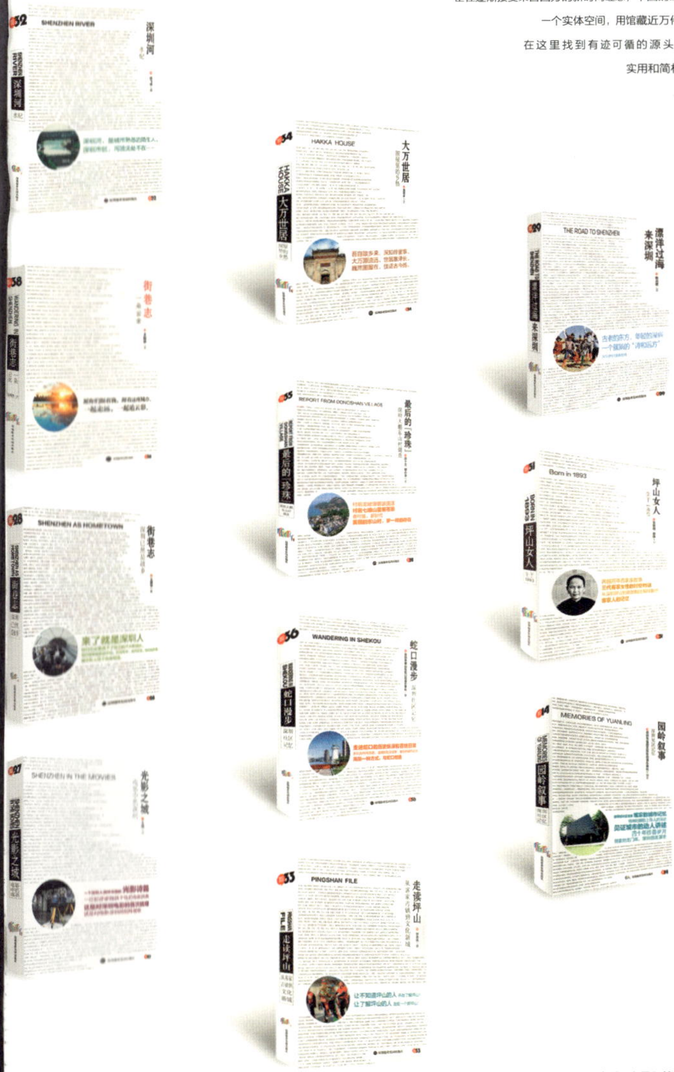

随身带着的一

趣的、充满想象力的时尚观察与

表性的设计师，在199

用“艺之卉”这个深圳品牌，

女性是最先接受西方服

的空间，这是深圳服装行业中，

分字句，让读者的

1912—1949年的民国服

去，那就是樟脑的香，甜而稳妥，像

世骇俗”之人，如今

这一刻，张爱玲与衣服有关

夹袍的时候，也

和服饰研究领域的开山之作。不

齐、社会、世俗生活、

禧一动，这些珠

，讲解员正在认真地为我分

尚潮流在地理坐标和空

，汩汩地汇入时尚的大江大

，灰色作为

统治下，女人竟没有什么时装

，2000年大学毕业后

衣服是一种言语，随身带着的一

时尚观察与

觉得这位特区代表性的设计师，在199

艺之卉”这个深圳品牌，

生是最先接受西方服

的空间，这是深圳服装行业中，

字句，让读者的

1912—1949年的民国服

那就是樟脑的香，甜而稳妥，像

世骇俗”之人，如今

然之曲。这一刻，张爱玲与衣服有关

她去年那件织锦夹袍的时候，也

研究领域的开山之作。不

，看到经济、社会、世俗生活、

上挂着一串二寸长的珠璎珞，慈禧一动，这些珠

时尚博物馆内，讲解员正在认真地为我分

文化在这一刻交汇，感受到一座城市的时尚潮流在地理坐标和空

支流，汩汩地汇入时尚的大江大

之后，实用和简朴成为服饰的主流。在博物馆内，我们看见蓝色、黑色、灰色作为

多想象过去的世界，这么迂缓，安静，齐整——在清王朝三百年的统治下，女人竟没有什么时装

的。20世纪90年代后期，她是人群中能够因为“时尚”二字而被记住的一位知识女性。时光如此神奇。2000年大学毕业后

了出来。她在《我的天才梦》里写着“生命是一袭华美的袍”，在《童言无忌》中写着“对于不会说话的人，衣服是一种言语，随身带着的一

没心肝的女人，说起她去年那件织锦夹袍的时候，也是一往情深的”……张爱玲用辛辣机智俏皮的文字来讲服装背后的时代变化、民意的洪流、社会心理的变化，是立体的、风趣的、充满想象力的时尚观察与

），是中国古代丝绸和服饰研究领域的开山之作。不知道生于20世纪70年代的艺之卉时尚集团创始人兼首席设计师赵卉洲在成长期有没有受张爱玲和沈从文的影响，但我觉得这位特区代表性的设计师，在199

服装上的沿袭与生长，看到经济、社会、世俗生活、各地风情自然而然地在服装上开出了花。荣获“深圳经济特区建立40周年创新创业人物和先进模范人物”的称号赵卉洲，不仅用“艺之卉”这个深圳品牌，

凤嘴上挂着一串二寸长的珠璎珞，慈禧一动，这些珠璎珞就前后摇摆起来，放出灿烂的光芒。”“晚清西风东渐，女性服饰也受到影响。矮领变高领，宽松变紧身，逐渐性感起来。留洋女性是最先接受西方服

的艺之卉百年时尚博物馆内，讲解员正在认真地为我分享中国百年时尚之路。这个由赵卉洲和董事长周胜筹建的博物馆，为20世纪的中国服饰潮流打造了可看、可触摸、可思考的空间，这是深圳服装行业中，

刻交汇，感受到一座城市的时尚潮流在地理坐标和空间坐标以及历史坐标上有了交汇。讲解员严谨的讲述背后，有娓娓道来的故事，也有与故事同步的世事、生活及时尚的温度。我摘录下部分字句，让读者的

总策划/出版人：
胡洪侠
策划编辑：
郭洪义
责任编辑：
林洁楠
技术编辑：
杨杰　杨铖彦
装帧设计：
李斌

图书在版编目（CIP）数据

特区舞裳：深圳服装潮流记 / 尹维颖著. -- 深圳：深圳报业集团出版社，2023.4
（我们深圳）
ISBN 978-7-80774-046-9

Ⅰ. ①特… Ⅱ. ①尹… Ⅲ. ①纪实文学－中国－当代 Ⅳ. ①I25

中国国家版本馆CIP数据核字(2023)第042818号

《我们深圳》文丛

特区舞裳：深圳服装潮流记
Tequ Wushang Shenzhen Fuzhuang Chaoliuji

尹维颖/著

深圳报业集团出版社出版发行
（深圳市福田区商报路2号　518034）
中华商务联合印刷（广东）有限公司印制
新华书店经销

开本：889mm×1230mm　1/32
字数：220千字
版次：2023年4月第1版　2023年4月第1次印刷
印张：10.875
ISBN 978-7-80774-046-9
定价：76.00元

。她说，“衣裳让我快乐，这份快乐是别人无法理解的”。她穿着自己设计的不跟风不流俗的衣服，表达着自己对服装的热爱，呈现着自己独一无二的气质。我喜欢这样让人共鸣的字句：“我们各人住在各人

于1981年，由沈从文先生所著的《中国古代服饰研究》，却是一部扎扎实实的厚重之书，用图文形式“以服饰为线将古代各时期的政治、军事、经济、文化、民俗、哲学、伦理等诸多变迁之轨迹联系起来”

的时候，让自己的服装在外在美和内在气质上，打上了独一无二的东方印记。赵卉洲和她的“艺之卉”既是东方的，又是国际的；既是中国的，又是世界的。她从深圳出发，让世界看到中国的时尚力量，看到

妙连接。“光绪二十九年（1903年）四月间，慈禧设宴招待各国驻华公使夫人。她拣了一件最华贵的朝袍，是用孔雀翠羽织成的，上面绣

正在逐渐接受来自西方的新时尚理念，中国的时尚也开始踩上了西方时尚的尾巴。”2022年5月19日，在位于龙华

一个实体空间，用馆藏近万件藏品来展现近百年来中国时尚生活方式。我徜徉于此，让文学、历

在这里找到有迹可循的源头。然后，成为一直闪耀的支流，汩汩地汇入时尚的大江大

实用和简朴成为服饰的主流。在博物馆内，我们看见蓝色、黑色、灰色作为主

安静，齐整——在清王朝三百年的统治下，女人竟没有什么时装可

光如此神奇。2000年大学毕业后，

随身带着的一种

趣的、充满想象力的时尚观察与感

表性的设计师，在199

用“艺之卉”这个深圳品牌，更

女性是最先接受西方服饰

的空间，这是深圳服装行业中，令

分字句，让读者的脑

1912—1949年的民国服饰

舌，那就是樟脑的香，甜而稳妥，像记

世骇俗”之人，如今回

这一刻，张爱玲与衣服有关的

夹袍的时候，也是

和服饰研究领域的开山之作。不知

济、社会、世俗生活、各

禧一动，这些珠璎

，讲解员正在认真地为我分享

尚潮流在地理坐标和空间

，汩汩地汇入时尚的大江大

。灰色作为主

统治下，女人竟没有什么时装可

。2000年大学毕业后

衣服是一种言语，随身带着的一种

时尚观察与感

觉得这位特区代表性的设计师，在199

艺之卉”这个深圳品牌，

生是最先接受西方服饰

的空间，这是深圳服装行业中，

字句，让读者的

1912—1949年的民国服

那就是樟脑的香，甜而稳妥，像

世骇俗”之人，如今

然之曲。这一刻，张爱玲与衣服有关

他去年那件织锦夹袍的时候，也

研究领域的开山之作。不

，看到经济、社会、世俗生活、

上挂着一串二寸长的珠璎珞，慈禧一动，这些珠

时尚博物馆内，讲解员正在认真地为我分

文化在这一刻交汇，感受到一座城市的时尚潮流在地理坐标和空

支流，汩汩地汇入时尚的大江大

立后，实用和简朴成为服饰的主流。在博物馆内，我们看见蓝色、黑色、灰色作为

多想象过去的世界，这么迂缓，安静，齐整——在清王朝三百年的统治下，女人竟没有什么时装

的。20世纪90年代后期，她是人群中能够因为“时尚”二字而被记住的一位知识女性。时光如此神奇。2000年大学毕业后

了出来。她在《我的天才梦》里写着“生命是一袭华美的袍”，在《童言无忌》中写着“对于不会说话的人，衣服是一种言语，随身带着的一种

没心肝的女人，说起她去年那件织锦夹袍的时候，也是一往情深的”……张爱玲用辛辣机智俏皮的文字来讲服装背后的时代变化、民意的洪流、社会心理的变化，是立体的、风趣的、充满想象力的时尚观察与

），是中国古代丝绸和服饰研究领域的开山之作。不知道生于20世纪70年代的艺之卉时尚集团创始人兼首席设计师赵卉洲在成长期有没有受张爱玲和沈从文的影响，但我觉得这位特区代表性的设计师，在19

服装上的沿袭与生长，看到经济、社会、世俗生活、各地风情自然而然地在服装上开出了花。荣获“深圳经济特区建立40周年创新创业人物和先进模范人物”的称号赵卉洲，不仅用“艺之卉”这个深圳品牌，

嘴上挂着一串二寸长的珠璎珞，慈禧一动，这些珠璎珞就前后摇摆起来，放出灿烂的光芒。”“晚清西风东渐，女性服饰也受到影响。矮领变高领，宽松变紧身，逐渐性感起来。留洋女性是最先接受西方服

艺之卉百年时尚博物馆内，讲解员正在认真地为我分享中国百年时尚之路。这个由赵卉洲和董事长周胜筹建的博物馆，为20世纪的中国服饰潮流打造了可看、可触摸、可思考的空间，这是深圳服装行业中，

刻交汇，感受到一座城市的时尚潮流在地理坐标和空间坐标以及历史坐标上有了交汇。讲解员严谨的讲述背后，有娓娓道来的故事，也有与故事同步的世事、生活及时尚的温度。我摘录下部分字句，让读者的

总策划/出版人：
胡洪侠
策划编辑：
郭洪义
责任编辑：
林洁楠
技术编辑：
杨杰　杨铖彦
装帧设计：
李斌

图书在版编目（CIP）数据

特区舞裳：深圳服装潮流记 / 尹维颖著. —— 深圳：深圳报业集团出版社，2023.4
（我们深圳）
ISBN 978-7-80774-046-9

Ⅰ.①特… Ⅱ.①尹… Ⅲ.①纪实文学－中国－当代 Ⅳ.①I25

中国国家版本馆CIP数据核字(2023)第042818号

《我们深圳》文丛

特区舞裳：深圳服装潮流记
Tequ Wushang Shenzhen Fuzhuang Chaoliuji

尹维颖/著

深圳报业集团出版社出版发行
（深圳市福田区商报路2号 518034）
中华商务联合印刷（广东）有限公司印制
新华书店经销

开本：889mm×1230mm 1/32
字数：220千字
版次：2023年4月第1版　2023年4月第1次印刷
印张：10.875
ISBN 978-7-80774-046-9
定价：76.00元